鲁彦

黄勇 主编

中国现代文学名著文库

汕头大学出版社

图书在版编目(CIP)数据

中国现代文学名著文库. 鲁彦/黄勇主编. —汕头：汕头大学出版社. 2012.1(2021.6重印)
ISBN 978-7-5658-0615-5

Ⅰ. ①中… Ⅱ. ①黄… Ⅲ. ①中国文学：现代文学—作品综合集 Ⅳ. ①I216.1

中国版本图书馆CIP数据核字(2012)第008850号

鲁 彦

LU YAN

总策划	赵 坚	印 刷	永清县晔盛亚胶印有限公司
主 编	黄 勇	开 本	705mm×960mm 1/16
责任编辑	胡开祥	印 张	15
责任技编	黄东生	字 数	253千字
装帧设计	袁 野	版 次	2012年1月第1版
出版发行	汕头大学出版社	印 次	2021年6月第4次印刷
	广东省汕头市大学路243号	定 价	39.80元
	汕头大学校园内	书 号	ISBN 978-7-5658-0615-5
邮政编码	515063		
电 话	0754-82904613		

版权所有，翻版必究 如发现印装质量问题，请与承印厂联系退换

前　言

　　左翼文学的创作实绩尤以乡土写实小说最为突出,而鲁彦（1901—1944）正是乡土写实流派中成就最高的作家之一。

　　鲁彦原名王衡,因立志师法鲁迅而自取笔名,又叫王鲁彦。1901年出生于浙江省镇海县的一个商人家庭。童年时代的农村经历使他对故乡的乡土生活保持着鲜明的印象。1918年,十八岁的鲁彦去上海做学徒,而后到北京参加了蔡元培、李大钊等人创办的工读互助团,学习世界语。课余到北大旁听鲁迅开设的小说史课程。1923年夏,鲁彦先后在长沙平民大学、第一师范等学校教书,并创作发表了第一篇小说《秋夜》,引起文坛重视。大革命时期,鲁彦在武汉任《民国日报》副刊编辑,后辗转各地教书并创作了大量乡土气息浓郁的小说。抗战全面爆发后,鲁彦在桂林积极组织"中华文艺界抗敌协会桂林分会",创办重要文学刊物《文艺杂志》。1944年,因经济窘迫加之积劳成疾,不幸去世,终年四十四岁。

　　鲁彦虽以乡土小说名世,但却是以抒情作品起家的,这便难怪在他的第一本短篇集子中浪漫抒情小说占了很大的比重。在处女作《秋夜》中,作者以梦幻的形式,带有象征意味地描写了一个人道主义战士孤身奋行、茫然无助的情景。小说取法鲁迅的《狂人日记》,但它只学了《狂人日记》的象征与峻急,却忽略了鲁迅的现实主义精神和坚韧的战斗性,因而显得率直而略浮躁。鲁彦是一个富于探索性的作家,在尝试了多种创作方法之后,终于发现乡土写实才是他创作的归宿。而以《许是不至于罢》、《菊英的出嫁》为代表的第一批乡土写实作品就充分显示了作者的特色所在。《菊英的出嫁》描写了浙东宗法制农村中一种古旧的民俗——冥婚,情节奇特,地方色彩浓郁,其中朴实、沉着的写实手法已颇有意味。《黄金》标志着鲁彦进入了乡土写实小说创作的黄金时代。从由追求感情的真诚流露而转向探索对生活的真实描绘,鲁彦用冷峻而朴实的文笔写出了宗法制度下农民的私欲、隔膜与悲哀,体现了作者对炎凉世态的抨击。鲁彦还擅长描写故乡特定的风土人情、天灾人祸和社会变迁,深刻地透析到外来资本主义工商业对自给自足的农村经济的巨大破坏。最能体现鲁彦乡土写实风格的佳作《屋顶下》,通篇都是对家庭琐屑事务的描写,但却在家族落败与婆媳不和间交织出宗法制农村濒于破产的悲剧气氛。抗战爆发后,鲁彦写作了一批带有抗战热情的作品,但其中最动人的地方,则还是作品中留有的乡土写实遗风。《陈老奶》作为作者最后一部集子中的最后一篇,其珍贵之处也正在于作者没有丢掉"乡土写实"这一灵魂。

贫病交加的鲁彦还是过早地离开了人世,离开了他钟爱的文坛,但在其短暂的创作生涯中能够几经历练逐步走向成熟,并最终被后人所认同,鲁彦是自有其不可替代的价值的。

本书按作者创作时序收录了鲁彦最具代表性的作品,从中读者可以看到鲁彦创作历程中所迈出的坚实的每一步。

目 录

秋　夜 …………………………………………………… 1
许是不至于罢 …………………………………………… 7
菊英的出嫁 ……………………………………………… 16
黄　金 …………………………………………………… 23
毒　药 …………………………………………………… 35
阿长贼骨头 ……………………………………………… 43
童年的悲哀 ……………………………………………… 71
小小的心 ………………………………………………… 87
他们恋爱了 ……………………………………………… 98
岔　路 …………………………………………………… 105
屋顶下 …………………………………………………… 112
病 ………………………………………………………… 130
李　妈 …………………………………………………… 141
安　舍 …………………………………………………… 156
桥　上 …………………………………………………… 165
惠泽公公 ………………………………………………… 177
河　边 …………………………………………………… 187
银　变 …………………………………………………… 198
中　人 …………………………………………………… 214
陈老奶 …………………………………………………… 225

鲁 彦

秋　夜

"醒醒罢，醒醒罢，"有谁敲着我的纸窗似的说。

"呵，呵——谁呀？"我朦胧的问，揉一揉睡眼。

黑沉沉的看不见一点什么，从帐中望出去。也没有人回答我，也没有别的声音。

"梦罢？"我猜想，转过身来，昏昏的睡去了。

不断的犬吠声，把我惊醒了。我闭着眼仔细的听，知道是邻家赵冰雪先生的小犬，阿乌和来法。声音很可怕，仿佛凄凉的哭着，中间还隔着些呜咽声。我睁开眼，帐顶映得亮晶晶。隔着帐子一望，满室都是白光。我轻轻的坐起来，掀开帐子，看见月光透过了玻璃，照在桌上，椅上，书架上，壁上。

那声音渐渐的近了，仿佛从远处树林中向赵家而来，其中似还夹杂些叫喊声。我惊异起来，下了床，开开窗子一望，天上满布了闪闪的星，一轮明月浮在偏南的星间，月光射在我的脸上，我感着一种清爽，便张开口，吞了几口，犬吠声渐渐的急了。凄惨的叫声，时时间断了呻吟声，听那声音似乎不止一人。

"请救我们被害的人……我们是从战地来的……我们的家屋都被凶恶者占去了，我们的财产也被他们抢夺尽了……我们的父母兄弟姊妹多被他们杀害尽了……"惨叫声突然高了起来。

仿佛有谁泼了一盆冷水向我的颈上似的，我全身起了一阵寒战。

"吞下去的月光作怪罢？"我想。转过身来，向衣架上取下一件夹袍，披在身上。复搬过一把椅子，背着月光坐下。

"请救我们没有父母的人，请救我们无家可归的人！……"叫声更高了。有老人，青年，妇女，小孩的声音。似乎将到村头赵家了。犬吠得更利害，已不是起始的悲哭声，是一种凶暴的怒恨声了。

我忍不住了，心突突的跳着。站起来，扣了衣服，开了门，往外走去。忽然，又是一阵寒战。我看看月下的梧桐，起了恐怖。走回来，从枕头底下拿出一支手枪，复披上一件大衣，倒锁了门，小心的往村头走去。

梧桐岸然的站着。一路走去，只见地上这边一个长的影，那边一个大的影。草上的露珠，闪闪的如眼珠一般，到处都是。四面一望，看不见一个人，只有一个影子伴着我孤独者。"今夜有许多人伴我过夜了，"我走着想，叹了一口气。

奇怪，我愈往前走，那声音愈低了，起初还听得出叫声，这时反而模糊了。"难道失望的回去了吗？"我连忙往前跑去。

突突的脚步声，在静寂中忽然在我的后面跟来，我骇了一跳，回头一看，什么也没有。

"谁呀？"我大声的问。预备好了手枪，收住脚步，四面细看。

突突的声音忽然停止了，只有对面楼屋中回答我一声"谁呀？"

"呵，弱者！"我自己嘲笑自己说，不觉微笑了。"这样的胆怯，还能救人吗？"我放开脚步，复往前跑去。

静寂中听不见什么，只有自己突突的脚步声。这时我要追的声音，几乎听不见了。

"不要失望，不要失望，困苦者！我便是你们的兄弟，我的家便是你们的家！请回转来，请回转来！"我急得大声的喊了。

"不要失望，不要失望，困苦者！我便是你们的兄弟，我的家便是你们的家！请回转来，请回转来！"四面八方都跟着我喊了一遍。

静寂，静寂，四面八方都是静寂，失望者没有回答我，失望者听不见我的喊声。

失望和痛苦攻上我的心来，我眼泪簌簌的落下来了。

我失望的往前跑，我失望的希望着。

"呵，呵，失望者的呼声已这样的远了，已这样的低微了！……"我失望的想，恨不得多生两只脚拚命跑去。

呼的一声，从草堆中出来一只狗，扑过来咬住我的大衣。我吃了一惊，站住左脚，飞起右脚，往后踢去。它却抛了大衣，向我右脚扑来。幸而缩得快。往前一跃，飞也似的跑走了。

喽喽的叫着，狗从后面追来。我拿出手枪，回过身来，砰的一枪，没有中着，它的来势更凶了。砰的第二枪，似乎中在它的尾上，它跳了一跳，倒地了。然而叫得更凶了。

我忽然抬起头来，往前面一望，呼呼的来了三四只狗。往后一望，又来了无数的狗，都凶恶的叫着。我知道不妙，欲向原路跑回去，原路上正有许多狗冲过来，不得已向左边荒田中乱跑。

鲁 彦

  我是什么也不顾了，只是拚命的往前跑。虽然这无聊的生活不愿意再继续下去，但是死，总有点害怕呀。
  呼呼呼的声音，似乎紧急的追着。我头也不敢回，只是匆匆迫迫越过了狭沟，跳过了土堆，不知东西南北，慌慌忙忙的跑。
  这样的跑了许久，许久，跑得精疲力竭，我才偷眼的往后望了一望。
  看不见一只狗，也听不见什么声音，我于是放心的停了脚，往四面细望。
  一堆一堆小山似的坟墓，团团围住了我，我已镇定的心，不禁又跳了起来。脚旁的草又短又疏，脚轻轻一动，便刷刷的断落了许多。东一株柏树，西一株松树，都离得很远，孤独的站着。在这寂寞的夜里，凄凉的坟墓中，我想起我生活的孤单与漂荡，禁不住悲伤起来，泪儿如雨的落下了。
  一阵心痛，我扭缩的倒了……
  "呵——"我睁开眼一看，不觉开奇的叫了出来。
  一间清洁幽雅的房子，绿的壁，白的天花板，绒的地毯，从纱帐中望出去。我睡在一张柔软的钢丝床上。洁白的绸被，盖在我的身上。一股沁人的香气充满了帐中。
  正在这惊奇间，呀的一声，床后的门开了。进来的似乎有两个人、一个向床前走来，一个站在我的头旁窥我。
  "要茶吗，鲁先生？"一个十六七岁的女郎轻轻的掀开纱帐，问我。
  "如方便，就请给我一杯，劳驾，"我回答说，看着她的乌黑的眼珠。
  "很便，很便，"她说着红了面，好像怕我看她似的走了出去。
  不一刻，茶来了。她先扶我坐起，复将茶杯凑到我口边。
  "这真对不起，"我喝了半杯茶，感谢的说。
  "没有什么，"她说。
  "但是，请你告诉我，这是什么地方，你姓什么？"
  "我姓林，这里是鲁先生的府上，"她笑着说，雪白的脸上微微起了两朵红云。
  "哪一位鲁先生？"
  "就是这位，"她笑着指着我说。
  "不要取笑，"我说。
  "唔，你到处为家的人，怎的这里便不是了。也罢，请一个人来和你谈谈罢。"她说着出去了。
  "好伶俐的女子，"我暗自的想。
  在我那背后的影子，似乎隐没了。一会儿，从外面走进了一个人。走得十分的慢，仿佛踌躇未决的样子。我回过头去，见是一个相熟的女子的模样。正待深深思索的时候，她却掀开帐子，扑的倒在我的身上了。

3

"呀！"我仔细一看，骇了一跳。

过去的事，不堪回忆，回忆时，心口便如旧创复发般的痛，它如一朵乌云，一到头上时，一切都黑暗了。

我们少年人只堪往着渺茫的未来前进，痴子似的希望着空虚的快乐。纵使悲伤的前进，失望的希望着，也总要比回头追那过去的影快乐些罢。

在无数的悲伤着前进，失望的希望着者之中，我也是一个。我不仅是不肯回忆，而且还竭力的使自己忘却。然而那影子真利害，它有时会在我无意中，射一支箭在我的心上。

今天这事情，又是它来找我的。

竭力想忘去的二年前的事情，今天又浮在我眼前了。竭力想忘去的二年前的一个人，今天又突然的显在我眼前了。最苦的是，箭射在中过的地方，心痛在伤过的地方。

扑倒在我身上呜咽着的是，二年前的爱人兰英。我和她过去的历史已不堪回想了。

"呵，呵，是梦罢，兰英？"我抱住了她，哽咽的说。

"是呵，人生原如梦呵……"她紧紧的将头靠在我的胸上。

"罢了，亲爱的。不要悲伤，起来痛饮一下，再醉到梦里去罢。"

"好！"她慨然的回答着，仰起头，凑过嘴来。我们紧紧的亲了一会。俄顷，她便放了我，叫着说，"拿一瓶最好的烧酒来，松妹。"

"晓得，"外间有人答应说。

我披着衣起来了。

"现在是在夜里吗？"我看见明晃晃的电灯问。

"正是，"她回答说。

"今夜可有月亮？可有星光？"

"没有。夜里本是黑暗，哪有什么光，"她凄凉的说。

我的心突然跳动了一下，问道：

"呵，兰英，这是什么地方？我怎样来到这里的？"

"这是漂流者的家，你是漂流而来的，"她笑着回答说。

"唔，不要取笑，请老实的告诉弦，亲爱的，"我恳切的问。

"是呵，说要醉到梦里去，却还要问这是什么地方。这地方就是梦村，你现在做着梦，所以来到这溜了。不信吗？你且告诉我，没有到这里以前，你在什么地方？"

我低头想了一会，从头讲给她听。讲到我恐慌的逃走时，她笑得仰不起头了。

"这样的无用，连狗也害怕，"她最后忍不住笑，说。

"唔，你不知道那些狗多么凶，多么多……"我分辩说。

"人怕狗，已经很可耻了，何况又带着手枪……"

"一个人怎样对付？……而且死在狗的嘴里谁甘心？……"

"是呵，谁肯牺牲自己去救人呵！……咳，然而我爱，不肯牺牲自己是救不了人的呀……"她起初似很讥刺，最后却诚恳的劝告我，额上起了无数的皱纹。

我红了脸，低了头的站着。

"酒来了，"说着，走进来了那一位年轻的姑娘，手托着盘。

"请不要回想那过去，且来畅饮一杯热烈的酒罢，亲爱的。"她牵着我的手，走近桌椅旁，从松妹刚放下的盘上取过酒杯，满满的斟了一杯，凑到我的口边。

"呵——"我长长的叹了一口气，一饮而尽。走过去，满斟了一杯，送到她口边，她也一饮而尽。

"鲁先生量大，请拿大杯来，松妹，"她说。

"是，"松妹答应着出去了，不一刻，便拿了两只很大的玻璃杯来。

桌上似乎还摆着许多菜，我不曾注意，两眼只是闪闪的在酒壶和酒杯间。兰英也喝得很快，不曾动一动菜，一面还连呼着"松妹，酒，酒"，松妹"是，是"的从外间拿进来好几瓶。

我们两人，只是低着头喝，不愿讲什么话，松妹惊异的在旁看着。

无意中，我忽然抬起头来。兰英惊讶似的也突然仰起头来，我的眼光正射到她的乌黑的眼珠上，我眉头一皱，过去的影刷的从我面前飞过，心口上中了一支箭了。

我呵的一声，拿起玻璃杯，狠狠的往地上摔去，砰的一声，杯子粉碎了。

我回过头去看兰英，兰英两手掩着面，发着抖，凄凉的站着，只叫着"酒，酒"。我忽然被她提醒，捧起酒壶，张开嘴，倒了下去。

我一壶一壶的倒了下去，我一壶一壶的往嘴里倒了下去……

一阵冷战，我醒了。睁开眼一看，满天都是闪闪的星。月亮悬在远远的一株松树上。我的四面都是坟墓；我睡在濡湿的草上。

"呵，呵，又是梦吗？"我惊骇的说，忽的站了起来，摸一摸手枪，还在身边，拿出来看一看，又看一看自己的胸口，叹了一口气，复放入衣袋中。

"砰，砰，砰……"忽然远远的响了起来。随后便是一阵凄惨的哭声，叫喊声。

"唔，又是那声音？"我暗暗的自问。

"这是很好的机会，不要再被梦中的人讥笑了！"我鼓励着自己，连忙循着声音走去。

"砰，砰，砰……"又是一排枪声，接连着便是隆隆隆的大炮声。

我急急的走去，急急的走去，不一会便在一条生疏的街上了。那街上站着许多人，静静的听着，又不时轻轻的谈论。我看他们镇定的态度，不禁奇异起来了。于是走上几步，问一个年轻的男子。

"请问这炮声在什么地方，离这里有多少远？"

"在对河。离这里五六里。"

"那么，为什么大家很镇定似的？"我惊奇的问。

"你害怕吗？那有什么要紧！我们这里常有战事，惯了。你似乎不是本地人，所以这样的胆小。"他反问我，露出讥笑的样子。

"是，我才从外省来。"我答应了这一句，连忙走开。

"惯了，"神经刺激得麻木便是"惯了"。我一面走一面想。"他既觉得胆大，但是为什么不去救人？——也许怕那路上的狗罢？"

叫喊声，哭泣声，渐渐的近了，我急急的，急急的跑去。

"请救我们虎口残生的人……请救我们无家可归的人……请救我们无父母兄弟妻女的人……你以外的人死尽时，你便没有社会了，你便不能生存了……死了一个人，你便少了一个帮手了，你便少了一个兄弟了……"许多人在远处凄凄的叫着，似像向我这面跑来，同时炮声，枪声，隆隆，砰砰的响着。

我急急的，急急的往前跑。

"咦！站住！"一个人从屋旁跳出来，拖住我的手臂。"前面流弹如雨，到处都戒严，你却还要乱跑！不要命吗？"他大声地说。

"很好，很好，"我挣扎着说。"不能救人，又不能自救，没有勇气杀人，又没有勇气自杀，咒诅着社会，又翻不过这世界，厌恨着生活，又跳不出这地球，还是去求流弹的怜悯，给我幸福罢！……"

脱出手，我便飞也似的往前跑去。只听见那人"疯子！"一句话。

扑通一声，不提防，我忽然落在水中了。拚命挣扎，才伸出头来，却又沉了下去。水如箭一般的从四面八方射入我的口，鼻，眼睛，耳朵里……

"醒醒罢，醒醒罢！"有谁敲着我的纸窗，愤怒似的说。

"呵，呵——谁呀？"我朦胧的问，揉一揉睡眼。

黑沉沉的看不见一点什么，从帐中望出去。没有人回答我，只听见呼呼的过了一阵风。随后便是窗外萧萧的落叶声。

"又是梦，又是梦！……"我咒诅说。

（选自小说散文集《柚子》，1926年10月，北新书局）

鲁　彦

许是不至于罢

一

　　有谁愿意知道王阿虞财主的情形吗？——请听乡下老婆婆的话：
　　"啊唷，阿毛，王阿虞的家产足有二十万了！王家桥河东的那所住屋真好呵！围墙又高屋又大，东边轩子，西边轩子，前进后进，前院后院，前楼后楼，前巷后巷密密的连着，数不清有几间房子！左弯右弯，前转后转，像我这样年纪的老太婆走进去了，还能钻得出来吗？这所屋真好，阿毛！他屋里的椽子板壁不像我们的椽子板壁，他的椽子板壁都是红油油得血红的！石板不像我们这里的高高低低，屋柱要比我们的大一倍！屋檐非常阔，雨天来去不会淋到雨！每一间房里都有一个自鸣钟，桌子椅子是花梨木做的多，上面都罩着绒的布！这样的房子，我不想多，只要你能造三五间给我做婆婆的住一住，阿毛，我也就心满意足了。……
　　他的钱哪里来的呢？这自然是运气好，开店赚出来的！你看，他现在在小碶头开了几爿店：一爿米店，一爿木行，一爿砖瓦店，一个砖瓦厂。除了这自己开的几爿店外，小碶头的几爿大店，如可富绸缎店，开成南货店，新时昌酱油店都有他的股份。——新开张的仁生堂药店，文记纸号，一定也有他的股份！这爿店年年赚钱，去年更好，听说赚了二万，——有些人说是五万！他店里的伙计都有六十元以上的花红，没有一个不眉笑目舞，一个姓陈的学徒，也分到五十元！今年许多大老板纷纷向王阿虞荐人，上等的职司插不进，都要荐学徒给他。隔壁阿兰嫂是他嫡堂的嫂嫂，要荐一个表侄去做他店里的学徒，说是只肯答应她"下年"呢！啊，阿毛，你若是早几年在他店里做学徒，现在也可以赚大铜钱了！小碶头离家又近，一杯热茶时辰就可走到，那一天我要断气了，你还可以奔了来送终！……
　　"钱可通神"，是的确的，阿毛，王阿虞没有读过几年书，他能不能写信还说不定，一班有名的读书人却和他要好起来了！例如小碶头的自治会长周伯谋，从前在县衙门做过师爷的顾阿林那些人，不是容易奉承得上的。你将来若是也能发财，阿毛，这些人和你相交起来，我做婆婆的也可以扬眉吐气，不会再像现在的被人家欺侮了！……"

二

欢乐把微笑送到财主王阿虞的唇边，使他的脑中涌出无边的满足：

"难道二十万的家产还说少吗？一县能有几个二十万的财主？哈哈！丁旺，财旺，是最要紧的事情，我，都有了！四个儿子虽不算多，却也不算少。假若他们将来也像我这样的会生儿子，四四也有十六个！十六再用四乘，我便有六十四个的曾孙子！四六二百四十，四四十六，二百四十加十六，我有二百五十六个玄孙！哈哈哈！……玄孙自然不是我可以看见的，曾孙，却有点说不定。像现在这样的鲜健，谁能说我不能活到八九十岁呢？其实没有看见曾孙也并没有什么要紧，能够看见这四个儿子统统有了一个二个的小孩也算好福气了，哈哈，现在大儿子已有一个小孩，二媳妇怀了妊，过几天可以娶来的三媳妇如果再生得早，二年后娶四媳妇，三年后四个儿子便都有孩子了！哈哈，这有什么难吗？……

有了钱，做人真容易！从前阿姆对我说，她穷的时候受尽人家多少欺侮，一举一动不容说都须十分的小心，就是在自己的屋内和自己的人讲话也不能过于随便！我现在走出去，谁不嘻嘻的喊我"阿叔""阿伯"？非常恭敬的对着我？许多的纠纷争斗，没有价值的人去说得喉咙破也不能排解，我走去只说一句话便可了事！哈哈！……

王家桥借钱的人这样多，真弄得我为难！真是穷的倒也罢了，无奈他们借了钱多是吃得好好，穿得好好的去假充阔老！也罢，这毕竟是少数，又是自己族内人，我不妨手头宽松一点，同他们发生一点好感。……

哈哈，三儿的婚期近了，二十五，初五，初十，只有十五天了！忙是要一天比一天忙了，但是现在已经可以说都已预备齐全。新床，新橱，新桌，新凳，四个月前都已漆好，房子里面的一切东西，前天亦已摆放的妥贴，各种事情都有人来代我排布，我只要稍微指点一下就够了。三儿，他做我的儿子真快活，不要他担，不要他扛，只要到时辰拖着长袍拜堂！哈哈！……"

突然，财主脸上的笑容隐没了。忧虑带着皱纹侵占到他的眉旁，使他的脑中充满了雷雨期中的黑云：

"上海还正在开战，从衢州退到宁波的军队说是要独立，不管他谁胜谁输，都是不得了的事！败兵，土匪，加上乡间的流氓！无论他文来武来，架我，架妻子，架儿子或媳妇，这二十万的家产总要弄得一秃精光的了！咳咳！……命，而且性命有没有还难预料！如果他捉住我，要一万就给他一万，要十万就给他十万，他肯放我倒也还好，只怕那种人杀人惯了没有良心，拿到钱就是砰的一枪怎么办？……哦，不要紧！躲到警察所去，听到风头不好便早一天去躲着！——啊呀，不好！扰乱的时候，警察变了强盗怎么办？……宁波的银行里去？——银行更要被抢！上海的租界去？路上不太平！……呵，怎么办呢？——或者，菩萨会保佑我的？……"

三

九月初十的吉期差三天了，财主的大屋门口来去进出的人如鳞一般的多，如梭一般的忙。大屋内的各处柱上都贴着红的对联，有几间门旁贴着"局房"，"库房"等等的红条。院子的上面，搭着雪白的帐篷，篷的下面结着红色的彩球。玻璃的花灯，分出许多大小方圆的种类，挂满了堂内堂外，轩内轩外，以及走廊等处。凡是财主的亲戚都已先后于吉期一星期前全家老小的来了。帮忙时帮忙，没有忙可帮时他们便凑上四人这里一桌，那里一桌的打牌。全屋如要崩倒似的噪闹，清静连在夜深也不敢来窥视了。

财主的心中深深的藏着隐忧，脸上装出微笑。他在喧哗中不时沉思着。所有的嫁妆已破例的于一星期前分三次用船秘密接来，这一层可以不必担忧。现在只怕人手繁杂，盗贼混入和花轿抬到半途，新娘子被土匪劫去。上海战争得这样厉害，宁波独立的风声又紧，前几天镇海关外都说有四只兵舰示威。那里的人每天有不少搬到乡间来。但是这里的乡间比不来别处，这里离镇海只有二十四里！如果海军在柴桥上陆去抄宁波或镇海之背，那这里便要变成战场了！

吉期越近，财主的心越慌了。他叮嘱总管一切简省，不要力求热闹。从小碶头，他又借来了几个警察。他在白天假装着镇静，在夜里睡不熟觉。别人嘴里虽说他眼肿是因为忙碌的缘故，其实心里何尝不晓得他是为的担忧。

远近的贺礼大半都于前一天送来。许多贺客因为他是财主，恐怕贺礼过轻了难看，都加倍的送。例如划船的阿本，他也借凑了一点去送了四角。

王家桥虽然是在山内，人家喊他为"乡下"，可是人烟稠密得像一个小镇。几条大小路多在屋巷里穿过。如果细细的计算一下，至少也有五六百人家。(他们都是一些善人，男女老幼在百忙中也念"阿弥陀佛"。) 这里面，没有送贺礼的大约还没有五十家，他们都想和财主要好。

吉期前一天晚上，喜筵开始了。这一餐叫做"杀猪饭"，因为第二日五更敬神的猪羊须在那晚杀好。照规矩，这一餐是只给自己最亲的族内和办事人吃的，但是因为财主有钱，菜又好，桌数又备得多，远近的人多来吃了。

在那晚，财主的耳膜快被"恭喜"撞破了，虽然他还不大出去招呼！

第二天，财主的心的负担更沉重了。他夜里做了一个恶梦：一个穿缎袍的不相认的先生坐着轿子来会他。他一走出去那个不相识者便和轿夫把他拖入轿内，飞也似的抬着他走了。他知道这就是所谓土匪架人，他又知道，他是做不得声的，他只在轿内缩做一团的坐着。跑了一会，仿佛跑到山上了。那土匪仍不肯放，只是满山的乱跑。他知道这是要混乱追者的眼目，使他们找不到盗窟。忽然，轿子在岩石上一撞，他和轿子就从山上滚了下去……他醒了。

他醒来不久，大约五更，便起来穿带着带子儿子拜祖先了。他非常诚心的恳切的——甚至眼泪往肚里流了——祈求祖先保他平安。他多拜了八拜。

早上的一餐酒席叫"享先饭"，也是只给最亲的族内人和办事人吃的，这一餐没有外客来吃。

中午的一餐是"正席"，远近的贺客都纷纷于十一时前来到了。花轿已于九时前抬去接新娘子，财主暗地里捏着一把汗。贺客填满了这样大的一所屋子，他不敢在人群中多坐多立。十一点多，正席开始了。近处住着的人家听见大屋内在奏乐，许多小孩子多从隔河的跑了过去，或在隔河的望着。有几家妇女可以在屋上望见大屋的便预备了一个梯子，不时的爬上去望一望，把自己的男孩子放到屋上去，自己和女孩站在梯子上。他们都知道花轿将于散席前来到，他们又相信财主家的花轿和别人家的不同，财主家的新娘子的铺陈比别人家的多，财主家的一切花样和别人家的不同，所以他们必须扩一扩眼界。

喜酒开始了一会，财主走了出来向大家道谢，贺客们都站了起来：对他恭喜，而且扯着他要他喝敬酒。——这里面最殷勤的是他的本村人。——他推辞不掉，便高声的对大众说；"我不会喝酒，但是诸位先生的盛意使我不敢固拒，我只好对大家喝三杯了！"于是他满满的喝了三杯，走了。

贺客们都非常的高兴，大声的在那里猜拳，行令，他们看见财主便是羡慕他的福气，尊敬他的忠实，和气。王家桥的贺客们，脸上都露出一种骄傲似的光荣，他们不时的称赞财主，又不时骄傲的说，王家桥有了这样的一个财主。他们提到财主，便在"财主"上加上"我们的"三字，"我们的财主！"表示财主是他们王家桥的人！

但是忧虑锁住了财主的心，不让它和外面的喜气稍稍接触一下。他担忧着路上的花轿，他时时刻刻看壁上的钟，而且不时的问总管先生轿子快到了没有。十一点四十分，五十分，十二点，钟上的指针迅速的移了过去，财主的心愈加慌了。他不敢把自己所忧虑的事情和一个亲信的人讲，他恐怕自己的忧虑是空的，而且出了口反不利。

鲁 彦

十二点半，妇人和孩子们散席了，花轿还没有来。贺客们都说这次的花轿算是到得迟了，一些老婆婆不喜欢看新娘子，手中提了一包花生，橘子，蛋片，肉圆等物先走了。孩子们都在大门外游戏，花轿来时他们便可以先望到。

十二点五十五分了，花轿还没有来！财主问花轿的次数更多了，"为什么还不到呢？为什么呢？"他微露焦急的样子不时的说。

钟声突然敲了一下。

长针迅速的移到了一点十五分。贺客统统散了席，纷纷的走了许多。

他想派一个人去看一看，但是他不敢出口。

壁上时钟的长针尖直指地上了，花轿仍然没有来。

"今天的花轿真迟！"办事人都心焦起来。

长针到了四十分。

财主的心突突的跳着：抢有钱人家的新娘子去，从前不是没有听见过。

忽然，他听见一阵喧哗声，——他突然站了起来。

"花轿到了！花轿到了！"他听见门外的孩子们大声的喊着。

于是微笑飞到了他的脸上，他的心的重担除掉了。

门外放了三个大纸炮，无数的鞭炮，花轿便进了门。

站在梯子上的妇女和在别处看望着的人都看见抬进大门的只有一顶颜色不鲜明的，形式不时新的旧花轿，没有铺陈，也没有吹手，花轿前只有两盏大灯笼。于是他们都明白了财主的用意，记起了几天前晚上在大屋的河边系着的几只有篷的大船，他们都佩服财主的措施。

四

是黑暗的世界。风在四处巡游，低声的打着呼哨。屋子惧怯的屏了息，敛了光伏着。岸上的树战栗着；不时发出低微的凄凉的叹息，河中的水慌张的拥挤着，带着一种几乎听不见的呜咽。一切，地球上的一切仿佛往下的，往下的沉了下去。……

突然一种慌乱的锣声被风吹遍了村上的各处，惊醒了人们的欢乐的梦，忧郁的梦，悲哀的梦，骇怖的梦，以及一切的梦。

王家桥的人都在矇眬中惊愕的翻起身来。

"乱锣！火！火！……"

"是什么铜锣？大的，小的？"

"大的！是住家铜锣！火在屋前屋后！水龙铜锣还没有敲！——快！"

王家桥的人慌张的起了床，他们都怕火在自己的屋前屋后。一些妇女孩子

11

带了未尽的梦,疯子似的从床上跳了下来,发着抖,衣服也不穿。他们开了门出去四面的望屋前屋后的红光。——但是没有,没有红光!屋上的天墨一般的黑。

细听声音,他们知道是在财主王阿虞屋的那一带。但是那边也没有红光。

自然,这不是更锣,不是喜锣,也不是丧锣,一听了接连而慌张的锣声,王家桥的三岁小孩也知道。

他们连忙倒退转来,关上了门。在房内,他们屏息的听着。

"这锣不是报火!"他们都晓得。"这一定是哪一家被抢劫!"

并非报火报抢的锣有大小的分别,或敲法的不同,这是经验和揣想告诉他们的。他们看不见火光,听不见大路上的脚步声,也听不见街上的水龙铜锣来接。

那么,到底是哪一家被抢呢?不消说他们立刻知道是财主王阿虞的家了。试想:有什么愚蠢的强盗会不抢财主去抢穷主吗?

"强盗是最贫苦的人,财主的钱给强盗抢些去是好的,"他们有这种思想吗?没有!他们恨强盗,他们怕强盗,一百个里面九十九个半要想做财主。那么他们为什么不去驱逐强盗呢?甚至连大家不集合起来大声的恐吓强盗呢?他们和财主有什么冤恨吗?没有!他们尊敬财主,他们中有不必向财主借钱的人,也都和财主要好!他们只是保守着一个原则:"管自己!"

锣声约莫响了五分钟之久停止了。

风在各处巡游,路上静静的没有一个人走动。屋中多透出几许灯光,但是屋中人都像沉睡着的一般。

半点钟之后,财主的屋门外有一盏灯笼,一个四五十岁的木匠——他是财主最亲的族内人——和一个相等年纪的粗做女工——她是财主屋旁的小屋中的邻居——隔着门在问门内的管门人:

"去了吗?"

"去了。"

"几个人?"

"一个。是贼!"

"哦,哦!偷去什么东西?"

"七八只皮箱。"

"贵重吗?"

"还好。要你们半夜到这里来,真真对不起!"

"笑话,笑话!明天再见罢!"

"对不起,对不起!"

这两人回去之后，路上又沉寂了。数分钟后，前后屋中的火光都消灭了。于是黑暗又继续的统治了这世界，风仍在四处独自的巡游，低声的打着呼哨。

五

第二天，财主失窃后的第一天，曙光才从东边射出来的时候，有许多人向财主的屋内先后的走了进去。

他们，都是财主的本村人，和财主很要好。他们痛恨盗贼，他们都代财主可惜，他们没有吃过早饭仅仅的洗了脸便从财主的屋前屋后走了出来。他们这次去并不是想去吃财主的早饭，他们没有这希望，他们是，去"慰问"财主——仅仅的慰问一下。

"昨晚受惊了，阿哥。"

"没有什么。"财主泰然的回答说。

"这真真想不到！——我们昨夜以为是那里起了火，起来一看，四面没有火光，过一会锣也不敲了，我们猜想火没有穿屋，当时救灭了，我们就睡了。……"

"哦，哦！……"财主笑着说。

"我们也是这样想！"别一个人插入说。

"我们倒疑是抢劫，只是想不到是你的家里……"又一个人说。

"是哪，铜锣多敲几下，我们也许听清楚了。……"又一个人说。

"真是，——只敲一会儿我们又都是矇矇眬眬的。"又一个人说。

"如果听出是你家里敲乱锣，我们早就拿着扁担，门闩来了。"又一个人说。

"哦，哦！哈哈！"财主笑着说，表示感谢的样子。

"这还会不来！王家桥的男子又多！"又一个人说。

"我们也来的！"又是一个。

"自然，我们不会看着的！"又是一个。

"一二十个强盗也抵不住我们许多人！"又是一个。

"只是夜深了，未免太对不住大家！——哦，昨夜也够惊扰你们了，害得你们睡不熟，现在又要你们走过来，真真对不起！"财主对大家道谢说。

"没有什么，没有什么！"大家都齐声的回答。

"昨夜到底有几个强盗？"一个人问。

"一个。不是强盗，是贼！"

"呀，还是贼吗？偷去什么？"

"偷去八只皮箱。"

"是谁的？新娘子的？"

"不是。是老房的，我的先妻的。"

"贵重不贵重？"

"还好，只值一二百元。"

"是怎样走进来的，请你详细讲给我们听听。"

"好的，"于是财主便开始叙述昨夜的事情了。"半夜里，我正睡得很熟的时候，我的妻子把我推醒了。她轻轻的说要我仔细听。于是我听见后房有脚步声，移箱子声。我怕，我不知道是贼，我总以为是强盗。我们两人听了许久不敢做声，过了半点钟，我听见没有撬门声，知道并不想到我的房里来，也不见有灯光，才猜到是贼，于是听到贼拿东西出去时，我们立刻翻起身来，拿了床底下的铜锣，狠命的敲，一面紧紧的推着房门。这样，屋内的人都起来了，贼也走了。贼是用竹竿爬进来的，这竹竿还在院子内。大约他进了墙，便把东边的门开开，又把园内的篱笆门开开，留好了出路。他起初是想偷新娘子的东西。他在新房的窗子旁的板壁上挖了一个大大的洞，但是因为里面钉着洋铁，他没有法子想，到我的后房来了。凑巧巷堂门没有关，于是他走到后房门口，把门撬了开来。……"

这时来了几个人，告诉他离开五六百步远的一个墓地中，遗弃着几只空箱子。小硖头来了十几个警察和一个所长。于是这些慰问的人都退了出来。财主作揖打恭的比以前还客气，直送他们到大门外。慰问的客越来越多了。除了王家桥外，远处也有许多人来。

下午，在人客繁杂间，来了一个新闻记者，这个新闻记者是宁波S报的特约通讯员，他在小硖头的一个小学校当教员。财主照前的详细讲给他听。

"那么，先生对于本村人，就是说对于王家桥人，满意不满意，他们昨夜听见锣声不来援助你？"新闻记者听了财主的详细的叙述以后，问。

"没有什么不满意。他们虽然没有来援助我，但是他们现在并不来破坏我。失窃是小事。"财主回答说。

"唔，唔！"新闻记者说，"现今，外地有一班讲共产主义者都说富翁的钱都是从穷人手中剥夺去的，他们都主张抢回富翁的钱，他们说这是真理，先生，你听见过吗？"

"哦哦！这，我没有听见过。"

"现在有些人很不满意你们本村人坐视不助，但照鄙人推测，恐怕他们都是和共产党有联络的。鄙人到此不久，不识此地人情，不知先生以为如何？"

"这绝对没有的事情?"财主决然的回答说。

"有些人又以为本村人对于有钱可借有势可靠的财主尚不肯帮助,对于无钱无势的人家一定要更进一步而至于欺侮了。——但不知他们对于一般无钱无势的人怎么样?先生系本地人必所深识,请勿厌啰嗦,给我一个最后的回答。"

"唔,唔,本村人许是不至于罢!"财主想了一会,微笑的回答说。于是新闻记者便兴辞的退了出来。

慰问的客踏穿了财主的门限,直至三日五日后,尚有不少的人在财主的屋中进出。听说一礼拜后,财主吃了一斤十全大补丸。

(选自小说散文集《柚子》,1926年10月,北新书局)

菊英的出嫁

菊英离开她已有整整的十年了。这十年中她不知道滴了多少眼泪，瘦了多少肌肉了，为了菊英，为了她的心肝儿。

人家的女儿都在自己的娘身边长大，时时刻刻倚傍着自己的娘，"阿姆阿姆"的喊。只有她的菊英，她的心肝儿，不在她的身边长大，不在她的身边倚傍着喊"阿姆阿姆"。

人家的女儿离开娘的也有，例如出了嫁，她便不和娘住在一起。但做娘的仍可以看见她的女儿，她可以到女儿那边去，女儿可以到她这里来。即使女儿被丈夫带到远处去了，做娘的可以写信给女儿，女儿也可以写信给娘，娘不能见女儿的面，女儿可以寄一张相片给娘。现在只有她，菊英的娘，十年中不曾见过菊英，不曾收到菊英一封信，甚至一张明片。十年以前，她又不曾给菊英照过相。

她能知道她的菊英现在的情形吗？菊英的口角露着微笑？菊英的眼边留着泪痕？菊英的世界是一个光明的？是一个黑暗的？有神在保佑菊英？有恶鬼在捉弄菊英？菊英肥了？菊英瘦了？或者病了？——这种种，只有天知道！

但是菊英长得高了，发育成熟了，她相信是一定的。无论男子或女子，到了十七八岁的时候想要一个老婆或老公，她相信是必然的。她确信——这用不着问菊英——菊英现在非常的需要一个丈夫了。菊英现在一定感觉到非常的寂寞，非常的孤单。菊英所呼吸的空气一定是沉重的，闷人的。菊英一定非常的苦恼，非常的忧郁。菊英一定感觉到了活着没有趣味。或者——她想——菊英甚至于想自杀了。要把她的心肝儿菊英从悲观的，绝望的，危险的地方拖到乐观的，希望的，平安的地方，她知道不是威吓，不是理论，不是劝告，不是母爱，所能济事；唯一的方法是给菊英一个老公，一个年轻的老公。自然，菊英

鲁 彦

绝不至于说自己的苦恼是因为没有老公；或者菊英竟当真的不晓得自己的苦恼是因何而起的也未可知。但是给菊英一个老公，必可除却菊英的寂寞，菊英的孤单。他会给菊英许多温和的安慰和许多的快乐。菊英的身体有了托付，灵魂有了依附，便会快活起来，不至于再陷入这样危险的地方去了。问一个十七八岁的女子要不要老公，这是不会得到"要"字的回答的。不论她平日如何注意男子，喜欢男子，想念男子，或甚至已爱上了一个男子，你都无须多礼。菊英的娘明白这个道理，所以也毅然的把对女儿的责任照着向来的风俗放在自己的肩上了。她已经耗费了许多心血。五六年前，一听见媒人来说某人要给儿子讨一个老婆，她便要冒风冒雨，跋山涉水的去东西打听。于今，她心满意足了，她找到了一个非常好的女婿。虽然她现在看不见女婿，但是女婿在七八岁时照的一张相片，她看见过。他生的非常的秀丽，显见得是一个聪明的孩子。因了媒人的说合，她已和他的爹娘订了婚约。他的家里很有钱，聘金的多少是用不着开口的。四百元大洋已做一次送来。她现在正忙着办嫁妆，她的力量能好到什么地步，她便好到什么地步。这样，她才心安，才觉得对得住女儿。

菊英的爹是一个商人。虽然他并不懂得洋文，但是因为他老成忠厚，森森煤油公司的外国人遂把银根托付了他，请他做经理。他的薪水不多，每月只有三十元，但每年年底的花红往往超过他一年的薪水。他在森森公司五年，手头已有数千元的积蓄。菊英的娘对于穿吃，非常的俭省。虽然菊英的爹不时一百元二百元的从远处带来给她，但她总是不肯做一件好的衣服，买一点好的小菜。她身体很不强健，屡因稍微过度的劳动或心中有点不乐，她的大腿腰背便会酸起来，太阳心口会痛起来，牙床会浮肿起来，眼睛会模糊起来。但是她虽然这样的多病，她总是不肯雇一个女工，甚至一个工钱极便宜的小女孩。她往往带着病还要工作。腰和背尽管酸痛，她有衣服要洗时，还是不肯在家用水缸里的水洗——她说水缸里的水是备紧要时用的——定要跑到河边，走下那高高低低摇动而且狭窄的一级一级的埠头，跪倒在最末的一级，弯着酸痛的腰和背，用力的洗衣服。眼睛尽管起了红丝，模糊而且疼痛，有什么衣或鞋要做时，她还是要带上眼镜，勉强的做衣或鞋。她的几种病所以成为医不好的老病，而且一天比一天利害了下去，未始不是她过度的勉强支持所致。菊英的爹和邻居都屡次劝她雇一个女工，不要这样过度的操劳，但她总是不肯。她知道别人的劝告是对的。她知道自己的身体一天不如一天的缘故。但是她以为自己是不要紧的，不论多病或不寿。她以为要紧的是，赶快给女儿嫁一个老公，给儿子讨一个老婆，而且都要热热闹闹阔阔绰绰的举办。菊英的娘和爹，一个千辛万苦的在家工作，一个飘海过洋的在外面经商，一大半是为的儿女的大事。如果儿女的婚姻草草的了事，他们的心中便要生出非常的不安。因为他们觉得儿女的婚嫁，是做爹娘责任内应尽的事，做儿女的除了拜堂以外，可以袖手旁观。不能使喜事热闹阔绰，他们便觉得对不住儿女。人家女儿多的，也须东挪西扯的弄一点钱来尽力的把她们一个一个，热热闹闹阔阔绰绰的嫁出去，何况他们除了菊英没有第二个女儿，而且菊英又是娘所最爱的心肝儿。

尽她所有的力给菊英预备嫁妆，是她的责任，又是她十分的心愿。

哈，这样好的嫁妆，菊英还会不喜欢吗？人家还会不称赞吗？你看，哪一种不完备？哪一种不漂亮？哪一种不值钱？

大略的说一说：金簪二枚，银簪珠簪各一枚。金银发钗各二枚。挖耳，金的二个，银的一个。金的，银的和钻石的耳环各两副。金戒指四枚，又钻石的二枚。手镯三对，金的倒有二对。自内至外，四季衣服粗穿的俱备三套四套，细穿的各二套。凡丝罗缎绉如纺绸等衣服皆在粗穿之列。棉被八条，湖绉的占了四条。毯子四条，外国绒的占了两条。十字布乌贼枕六对，两面都挑出山水人物。大床一张，衣橱二个，方桌及琴桌各一个。椅，凳，茶几及各种木器，都用花梨木和其他上等的硬木做成，或雕刻，或嵌镶，都非常细致，全件漆上淡黄，金黄和淡红等各种颜色。玻璃的橱头箱中的银器光彩夺目。大小的蜡烛台六副，最大的每只重十二斤。其余日用的各种小件没有一件不精致，新奇，值钱。在种种不能详说（就是菊英的娘也不能一一记得清楚）的东西之外，还随去了良田十亩，每亩约计价一百二十元。

吉期近了，有许多嫁妆都须在前几天送到男家去，菊英的娘愈加一天比一天忙碌起来。一切的事情都要经过她的考虑，她的点督，或亲自动手。但是尽管日夜的忙碌，她总是不觉得容易疲倦，她的身体反而比平时强健了数倍。她心中非常的快活。人家都由"阿姆"而至"丈姆"，由"丈姆"而至"外婆"，她以前看着好不难过，现在她可也轮到了！邻居亲戚们知道罢，菊英的娘不是一个没有福气的人！

她进进出出总是看见菊英一脸的笑容。"是的呀，喜期近了呢，我的心肝儿！"她暗暗的对菊英说。菊英的两颊上突然飞出来两朵红云。"是一个好看的郎君，聪明的郎君哩！你到他的家里去，做'他的人'去！让你日日夜夜跟着他，守着他，让他日日夜夜陪着你，抱着你！"菊英羞得抱住了头想逃走了。"好好的服侍他，"她又庄重的训导菊英说："依从他，不要使他不高兴。欢欢喜喜的明年就给他生一个儿子！对于公婆要孝顺，要周到。对于其他的长者要恭敬，幼者要和蔼。不要被人家说半句坏话，给娘争气，给自己争气，牢牢的记着！……"

音乐热闹的奏着，渐渐由远而近了。住在街上的人家都晓得菊英的轿子出了门。菊英的出嫁比别人要热闹，要阔绰，他们都知道。他们都预先扶老携幼

鲁 彦

的在街上等候着观看。

最先走过的是两个送嫂。他们的背上各斜披着一幅大红绫子，送嫂约过去有半里远近，队伍就到了。为首的是两盏红字的大灯笼。灯笼后八面旗子，八个吹手。随后便是一长排精制的，逼真的，各色纸童，纸婢，纸马，纸轿，纸桌，纸椅，纸箱，纸屋，以及许多纸做的器具。后面一项鼓阁两杠纸铺陈，两杠真铺陈。铺陈后一顶香亭，香亭后才是菊英的轿子。这轿子与平常花轿不同，不是红色，却是青色，四围结着彩。轿后十几个人抬着一口十分沉重的棺材，这就是菊英的灵柩。棺材在一套呆大的格子架中，架上盖着红色的绒毯，四面结着彩，后面跟送着两个坐轿的，和许多预备在中途折回的，步行的孩子。

看的人多说菊英的娘办得好，称赞她平日能吃苦耐劳。她们又谈到菊英的聪明和新郎生前的漂亮，都说配合的得当。

这时，菊英的娘在家里哭得昏过去了。娘的心中是这样的悲苦，娘从此连心肝儿的棺材也要永久看不见了。菊英幼时是何等的好看，何等的聪明，又是何等听娘的话！她才学会走路，尚不能说话的时候，一举一动已很可爱了。来了一位客，娘喊她去行个礼，她便过去弯了一弯腰。客给她糖或饼吃，她红了脸不肯去接，但看着娘，娘说"接了罢，谢谢！"她便用两手捧了，弯了一弯腰。她随后便走到娘的身边，放了一点在自己的口里，拿了一点给娘吃，娘说，"娘不要吃，"她便"嗯"的响了一声，露出不高兴的样子，高高的举着手，硬要娘吃，娘接了放在口里，她便高兴得伏在娘的膝上嘻嘻的笑了。那时她的爹不走运，跑到千里迢迢的云南去做生意，半年六个月没有家信，四年没有回家，也没有半边烂钱寄回来。娘和她的祖母千辛万苦的给人家做粗做细，赚钱来养她，她六岁时自己学磨纸，七岁绣花，学做小脚娘子的衣裤，八岁便能帮娘磨纸，挑花边了。她不同别的孩子去玩耍，也不嗓吃闲食，只是整天的坐在房子里做工。她离不开娘，娘也离不开她。她是娘的肉，她是娘的唯一的心肝儿！好几次，娘想到她的爹不走运，娘和祖母日日夜夜低着头给人家做苦工，还不能多赚一点钱，做一件好看的新衣给她穿，买点好吃的糖果给她吃，反而要她日日夜夜的帮着娘做苦工，娘的心酸了起来，忽然抱着她哭了。她看见娘哭，也就放声大哭起来。娘没有告诉她，娘想些什么，但是娘的心酸苦了，她也酸苦了。夜间娘要她早一点睡，她总是说做完了这一点，做完了这一点。娘恐怕她疲倦，但是她反说娘一定疲倦了，她说娘的事情比她多。她好几次的对娘说，"阿姆，我再过几年，人高了，气力大了，我来代你煮饭。你太苦了，又要做这个，又要做那个。"娘笑了，娘抱着她说，"好的，我的肉！"这时，眼泪几乎从娘的眼中滚出来了。娘有时心中悲伤不过，脸上露着愁容，一言不发的独自坐着，她便走了过来，靠着娘站着说"阿姆，我猜阿爹明天要回来了。"她看见娘病了，躺在床上，她的脸上的笑容就没有了。她没有心思再做工，但她整天的坐在娘的床边，牵着娘的手，或给娘敲背，或给娘敲腿。八年来，娘没有打过她一下，骂过她半句，她实在也无须娘用指尖去轻轻的触一触！菩萨，娘是敬重的，娘没有做过一件亵渎菩萨的事情。但是，天呵！为什么不留心肝儿在娘的身边呢？那时虽是娘不小心，但也是为的她苦得太可怜了，所以娘才要她跟着祖母到表兄弟那里去吃喜酒，好趁此热闹热闹，开开心。谁能够晓得反而害了她呢？早知这样，咳，何必要她去呢！她原是不肯去的。"阿姆不去，我也不去。"她对娘这样说。但是又有吃，又好看，又好耍，做娘的怎么不该劝她偶尔的去一次呢？"那么只有阿姆一个人在家了，"她固执不过娘，便答应了，但她又加上这一句。娘愿意离开她吗？娘能离开她吗？天呵，她去了八天，娘已经尽够苦恼了！她的爹在千里迢迢的地方，钱也没有，信也没有，人又不回来，娘日日夜夜在愁城中做苦工，还有什么生趣？娘的唯一的安慰只有这一个心肝儿，没有她，娘早就不想再活下去了。第九天，她跟着祖母回来了。娘是这样的喜欢：好像娘的灵魂失去了又回来一般！她一看见娘便喊着"阿姆"，跑到娘的身边来。娘把她抱了起来，她便用手臂挽住了娘的颈、将面颊贴到娘的脸上来。娘问她去了八天喜欢不喜欢，她说，"喜欢，只是阿姆不在那里没有十分趣味。"娘摸她的手，看她的脸，觉得反而比先瘦了。娘心中有点不乐。过了一会，她咳嗽了几声，娘没有留意。谁知过了一会，她又咳嗽了。娘连忙问她咳嗽了几天，她说两天。娘问她身体好过不好过，她说好过，只是咳了又咳，有点讨厌。娘听了有点懊悔，忙到街上去买了两个铜子的苏梗来泡茶给她吃。她把新娘子生得什么样子，穿什么好的衣服，闹房时怎样，以及种种事情讲给娘听，她的确很喜欢，她讲起来津津有味。第二天早晨，她的声音有点哑了，娘很担忧。但因为要预备早饭，娘没有仔细的问她，娘烧饭时，她还代娘扫了房中的地。吃饭时，娘见她吃不下去，两颊有点红色，忙去摸她的头，她的头发烧了。娘问她还有什么地方难过，她说喉咙有点痛。这一来，娘懊悔得不得了了，娘觉得以先不该要她去。祖母愈加懊悔，她说不知道哪里疏忽了，竟使她受了寒，咳嗽而至于喉痛。娘放下饭碗，看她的喉咙，她的喉咙已如血一般的红了。收拾过饭碗，娘又喊她到屋外去，给她仔细的看。这时，娘看见她喉咙的右边起了一个小小的雪白的点子。娘不晓得这是什么病，娘只知道喉病是极危险的。娘的心跳了起来，祖母也非常的担忧。娘又问她，哪一天便觉得喉咙不好过了，这时她才告诉说，前天就觉得有点干燥了似的。娘连忙喊了一只划船，带她到四里远的一个喉科医生那里去。医生的话，骇死了娘，他说这是白喉，已起了两三天了。"白喉！"这

鲁 彦

是一个可怕的名字！娘听见许多人说，生这病的人都是一礼拜就死的！医生要把一根明晃晃的东西拿到她的喉咙里去搽药，她怕，她闭着嘴不肯。娘劝她说这不痛的，但是她依然不肯。最后，娘急得哭了："为了阿姆呀，我的肉！"于是她也哭了，她依了娘的话，让医生搽了一次药。回来时，医生又给了一包吃的和漱的药。

第二天，她更加厉害了：声音愈加哑，咳嗽愈加多，喉咙里面起了一层白的薄膜，白点愈加多，人愈发烧了。娘和祖母都非常的害怕。一个邻居来说，昨天的医生不大好，他是中医，这种病应该早点请西医。西医最好的办法是打药水针，只要病人在二十四点钟内不至于窒息，药水针便可保好。娘虽然不大相信西医，但是眼见得中医医不好，也就不得不去试一试。首善医院是在万邱山那边，娘想顺路去求药，便带了香烛和香灰去。她怕中医，一定更怕西医，娘只好不告诉她到医院里，只说到万邱山求药去。她相信了娘的话，和娘坐着船去了。但是到要上岸的时候，她明白了。因为她到过万邱山两次，医院的样子与万邱山一点也不像。她哭了，她无论如何不肯上岸去。娘劝她，两个划船的也劝她说，不医是不会好的，你不好，娘也不能活了，她总是不肯。划船的想把她抱上岸去，她用手足乱打乱挣，哑着声音号哭得更利害了，娘看着心中非常的不好过，又想到外国医生的利害，怕要开刀做什么，她既一定不肯去，不如依了她，因此只到万邱山去求了药回来了。第三天早晨，她的呼吸是这样的困难：喉咙中发出嘶嘶的声音，好像有什么塞住了喉咙一般，咳嗽愈厉害，她的脸色非常的青白。她瘦了许多，她有两天没有吃饭了。娘的心如烈火一般的烧着，只会抱着流泪。祖母也没有一点主意，也只会流眼泪了。许多人说可以拿荸荠汁，莱菔汁，给她吃，娘也一一的依着办来给她吃过。但是第四天早晨，她的喉咙中声音响得如猪的一般了。说话的声音已经听不清楚。嘴巴大大的开着，鼻子跟着呼吸很快的一开一闭。咳嗽得非常厉害。脸色又是青又是白，两颊陷了进去。下颚变得又长又尖。两眼呆呆的圆睁着，凹了进去，眼白青白的失了光，眼珠暗淡的不活泼了——像山羊的面孔！死相！娘怕看了。娘看起来，心要碎了！但是娘肯甘心吗！娘肯看着她死吗？娘肯舍却心肝儿吗？不的！娘是无论如何也要想法子的！娘没有钱，娘去借了钱来请医生。内科医生请来了两个，都说是肺风，各人开了一个方子。娘又暗自的跪倒在灶前，眼泪如潮一般的流了出来，对灶君菩萨许了高王经三千，吃斋一年的愿，求灶君菩萨的保佑。娘又诚心的在房中暗祝说，如果有客在房中请求饶恕了她。今晚瘥了，今晚就烧元宝五十锭，直到完全好了，摆一桌十六大碗的羹饭。上半天，那个要娘送她到医院去看的邻居又来了。他说今天再不去请医生来打药水针，一定不会好了。他说他亲眼看见过医好几个人，如果她在二十四点钟内不至于"走",打了这药水针一定保好。请医院的医生来,必须喊轿子给他,打针和药钱都贵,他说总须六元钱才能请来,他既然这样说,娘在走投无路的时候也必须试一试看。娘没有钱,也没有地方可以再借了,娘只有把自己的皮袄托人拿去当了请医生。皮袄还有什么用处呢,她如果没有法子救了,娘还能活下去吗?吃中饭的时候,医生请来了。他说不应该这样迟才去请他,现在须看今夜的十二点钟了,过了这一关便可放心。她听见,哭了,紧紧的挽住了娘的头颈。她心里非常的清白。她怕打针,几个人硬按住了她,医生便在她的屁股上打了一针,灌了一瓶药水进去。——但是,命运注定了,还有什么用处呢!咳,娘是该要这样可怜的!下半天,她的呼吸渐渐透不转来,就在夜间十一点钟……天呀!

(选自小说散文集《柚子》,1926年10月,北新书局)

鲁彦

黄 金

　　陈四桥虽然是一个偏僻冷静的乡村，四面围着山，不通轮船，不通火车，村里的人不大往城里去，城里的人也不大到村里来。但每一家人家却是设着无线电话的，关于村中和附近地方的消息，无论大小，他们立刻就会知道，而且，这样的详细，这样的清楚，仿佛是他们自己做的一般。例如，一天清晨，桂生婶提着一篮衣服到河边去洗涤，走到大门口，遇见如史伯伯由一家小店里出来，一眼瞥去，看见他手中拿着一个白色的信封，她就知道如史伯伯的儿子来了信了，眼光转到他的脸上去，看见如史伯伯低着头一声不响的走着，她就知道他的儿子在外面不很如意了，倘若她再叫一声说，"如史伯伯，近来萝蔔很便宜，今天我和你去合买一担来好不好？"如史伯伯摇一摇头，微笑着说，"今天不买，我家里还有菜吃，"于是她就知道如史伯伯的儿子最近没有钱寄来，他家里的钱快要用完，快要……快要……了。

　　不到半天，这消息便会由他们自设的无线电话传遍陈四桥，由家家户户的门缝里窗隙里钻了进去，仿佛阳光似的，风似的。

　　的确，如史伯伯手里拿的是他儿子的信；一封不很如意的信，最近，信中说，不能寄钱来。的确，如史伯伯的钱快要用完了，快要……快要……。

　　如史伯伯很忧郁，他一回到家里便倒在藤椅上，躺了许久，随后便在房子里踱来踱去，苦恼地默想着。

　　"悔不该把这些重担完全交给了伊明，把自己的职务辞去，现在……"他想，"现在不到二年便难以维持，便要摇动，便要撑持不来原先的门面了……悔不该——但这有什么法子想呢？我自己已是这样的老，这样的衰，讲了话马上就忘记，算算账常常算错，走路又踉踉跄跄，谁喜欢我去做账房，谁喜欢我去做跑街，谁喜欢我……谁喜欢我呢？"

如史伯伯想到这里，忧郁地举起两手往头上去抓，但一触着头发脱了顶的光滑的头皮，他立刻就缩回了手，叹了一口气，这显然是悲哀侵占了他的心，觉得自己老得不堪了。

"你总是这样的不快乐，"如史伯母忽然由厨房里走出来，说。她还没有像如史伯伯那么老，很有精神，一个肥胖的女人，但头发也有几茎白了。"你父母留给我们的只有一间破屋，一口破衣橱，一张旧床，几条板凳，没有田，没有多的屋。现在，我们已把家庭弄得安安稳稳，有了十几亩田，有了几间新屋，一切应用的东西都有，不必再向人家去借，只有人家向我们借，儿子读书知礼，又很勤苦——弄到这步田地，也够满意了，你还是这样忧郁的做什么！"

"我没有什么不满意，"如史伯伯假装出笑容，说，"也没有什么不快乐，只是在外面做事惯了，有吃有笑有看，住在家里冷清清的，没有趣味，所以常常想，最好是再出去做几年事，而且，儿子书虽然读了多年，毕竟年纪还轻，我不妨再帮他几年。"

"你总是这样的想法，儿子够能干了，放心罢。——哦，我昨晚做了一个梦，忘记告诉你了，我看见伊明戴了一顶五光十色的帽子，摇摇摆摆的走进门来，后面七八个人抬着一口沉重的棺材，我吓了一跳，醒来了。但是醒后一想，这是一个好梦：伊明戴着五光十色的帽子，一定是做了官了；沉重的棺材，明明就是做官得来的大财。这几天，伊明一定有银信寄到的了。"如史伯母说着，不知不觉地眉飞色舞的欢喜起来。

听了这个，如史伯伯的脸上也现出了一阵微笑，他相信这帽子确是官帽，棺材确是财。但忽然想到刚才接得的信，不由得又忧郁起来，脸上的笑容又飞散了。

"这几天一定有钱寄到的，这是一个好梦，"她又勉强装出笑容，说。

刚才接到了儿子一封信，他没有告诉她。

第二天午后，如史伯母坐在家里寂寞不过，便走到阿彩婶家里去。阿彩婶平日和她最谈得来，时常来往，她们两家在陈四桥都算是第二等的人家。但今天不知怎的，如史伯母一进门，便觉得有点异样：那时阿彩婶正侧面的立在巷子那一头，忽然转过身去，往里走了。

"阿彩婶，午饭吃过吗？"如史伯母叫着说。

阿彩婶很慢很慢的转过头来，说，"啊，原来是如史伯母，你坐一坐，我到里间去去就来。"说着就进去了。

如史伯母是一个聪明人，她立刻又感到了一种异样：阿彩婶平日看见她来了，总是搬凳拿茶，嘻嘻哈哈的说个不休，做衣的时候，放下针线，吃饭的时候，放下碗筷，今天只隔几步路侧着面立着，竟会不曾看见，喊她时，她只掉过头来，说你坐一坐就走了进去，这显然是对她冷淡了。

她闷闷地独自坐了约莫十五分钟，阿彩婶才从里面慢慢的走了出来。

"真该死！他平信也不来，银信也不来，家里的钱快要用完了也不管！"阿彩婶劈头就是这样说。"他们男子都是这样，一出门，便任你是父亲母亲，老婆子女，都丢开了。"

"不要着急，阿彩叔不是这样一个人，"如史伯母安慰着她说。但同时，她又觉得奇怪了：十天以前，阿彩婶曾亲自对她说过，她还有五百元钱存在裕生木行里，家里还有一百几十元，怎的今天忽然说快要用完了呢？……

过了一天，这消息又因无线电话传遍陈四桥了：如史伯伯接到儿子的信后，愁苦得不得了，要如史伯母跑到阿彩婶那里去借钱，但被阿彩婶拒绝了。

有一天是裕生木行老板陈云廷的第三个儿子结婚的日子，满屋都挂着灯结着彩，到的客非常之多。陈四桥的男男女女都穿得红红绿绿，不是绸的便是缎的。对着外来的客，他们常露着一种骄矜的神气，仿佛说：你看，裕生老板是四近首屈一指的富翁，而我们，就是他的同族！

如史伯伯也到了。他穿着一件灰色的湖绉棉袍，玄色大花的花缎马褂。他在陈四桥的名声本是很好，而且，年纪都比别人大，除了一个七十岁的阿瑚先生。因此，平日无论走到哪里，都受族人的尊敬。但这一天不知怎的，他觉得别人对他冷淡了，尤其是当大家笑嘻嘻地议论他灰色湖绉棉袍的时候。

"呵，如史伯伯，你这件袍子变了色了，黄了！"一个三十来岁的人说。

"真是，这样旧的袍子还穿着，也太俭省了，如史伯伯！"绰号叫做小耳朵的珊贵说，接着便是一阵冷笑。

"年纪老了还要什么好看，随随便便算了，还做什么新的，知道我还能活……"如史伯伯想到今天是人家的喜期，说到"活"字便停了口。

"老年人都是这样想，但儿子总应该做几件新的给爹娘穿。"

"你听，这个人专门说些不懂世事的话，阿凌哥！"如史伯伯听见背后稍远一点的地方有人这样说。"现在的世界，只有老子养儿子，还有儿子养老子的吗？你去打听打听，他儿子出门了一年多，寄了几个钱给他了！年轻的人一有了钱，不是赌就是嫖，还管什么爹娘！"接着就是一阵冷笑。

如史伯伯非常苦恼，也非常生气，这是他第一次听见人家的奚落。的确，他想，儿子出门一年多，不曾寄了多少钱回家，但他是一个勤苦的孩子，没有一刻忘记过爹娘，谁说他是喜欢赌喜欢嫖的呢？

他生着气踱到别一间房子里去了。

喜酒开始，大家嚷着"坐，坐"，便都一一的坐在桌边，没有谁提到如史伯伯，待他走到，为老年人而设，地位最尊敬，也是他常坐的第一二桌已坐满了人，次一点的第三第五桌也已坐满，只有第四桌的下位还空着一位。

"我坐到这一桌来，"如史伯伯说着，没有往凳上坐。他想，坐在上位的品生看见他来了，一定会让给他的。但是品生看见他要坐到这桌来，便假装着不注意，和别个谈话了。

"我坐到这一桌来，"他重又说了一次，看有人让位子给他没有。

"我让给你，"坐在旁边，比上位卑一点地方的阿琴看见品生故意装做不注意，过意不去，站起来，坐到下位去，说。

如史伯伯只得坐下了。但这侮辱是这样的难以忍受，他几乎要举起拳头敲碗盏了。

"品生是什么东西！"他愤怒的想，"三十几岁的木匠！他应该叫我伯伯！平常对我那样的恭敬，而今天，竟敢坐在我的上位！……"

他觉得隔座的人都诧异的望着他，便低下了头。

平常，大家总要谈到他，当面称赞他的儿子如何的能干，如何的孝顺，他的福气如何的好，名誉如何的好，又有田，又有钱；但今天座上的人都仿佛没有看见他似的，只是讲些别的话。

没有终席，如史伯伯便推说已经吃饱，郁郁的起身回家。甚至没有走得几步，他还听见背后一阵冷笑，仿佛正是对他而发的。

"品生这东西！我有一天总得报复他！"回到家里，他气愤愤的对如史伯母说。

如史伯母听见他坐在品生的下面，几乎气得要哭了。

"他们明明是有意欺侮我们！"她嗄着声说，"咳，运气不好，儿子没有钱寄家，人家就看不起我们，欺侮我们了！你看，这班人多么会造谣言：不知哪一天我到阿彩婶那里去了一次，竟说我是向她借钱去的，怪不得她许久不到我这里来了，见面时总是冷淡淡的。"

"伊明再不寄钱来，真是要倒霉了！你知道，家里只有十几元钱了，天天要买菜买东西，如何混得下去！"

如史伯伯说着，又忧郁起来，他知道这十几元钱用完时，是没有地方去借的，虽然陈四桥尽多有钱的人家，但他们都一样的小器，你还没有开口，他们就先说他们怎样的穷了。

三天过去，第四天晚上，如史伯伯最爱的十五岁小女儿放学回来，把书包一丢，忍不住大哭了。如史伯伯和如史伯母好不伤心，看见最钟爱的女儿哭了起来，他们连忙抚慰着她，问她什么。过了许久，几乎如史伯母也要流泪了，她才停止啼哭，呜呜咽咽地说：

"在学校里，天天有人问我，我的哥哥写信来了没有，寄钱回来了没有。

鲁 彦

  许多同学，原先都是和我很要好的，但自从听见哥哥没有钱寄来，都和我冷淡了，而且还不时的讥笑地对我说，你明年不能读书了，你们要倒霉了，你爹娘生了一个这样的儿子！……先生对我也不和气了，他总是天天的骂我愚蠢……我没有做错的功课，他也说我做错了……今天，他出了一个题目，叫做《冬天的乡野》，我做好交给他看，他起初称赞说，做得很好，但忽然发起气来，说我是抄的！我问他从什么地方抄来，有没有证据，他回答不出来，反而愈加气怒，不由分说，拖去打了二十下手心，还叫我面壁一点钟……"她说到这里又哭了，"他这样冤枉我……我不愿意再到那里读书去了！……"

  如史伯伯气得呆了，如史伯母也只会跟着哭。他们都知道那位先生的脾气：对于有钱人家的孩子一向和气，对于没有钱人家的孩子只是骂打的，无论他错了没有。

  "什么东西！一个连中学也没有进过的光蛋！"如史伯伯拍着桌子说，"只认得钱，不认得人，配做先生！"

  "说来说去，又是自己穷了，儿子没有寄钱来！咳，咳！"如史伯母揩着女儿的眼泪说，"明年让你到县里去读，但愿你哥哥在外面弄得好！"

  一块极其沉重的石头压在如史伯伯夫妻的心上似的，他们都几乎透不过气来了。真的穷了吗？当然不穷，屋子比人家精致，田比人家多，器用什物比人家齐备，谁说穷了呢？但是，但是，这一切不能拿去当卖！四周的人都睁着眼睛看着你，如果你给他们知道，那么你真的穷了，比讨饭的还要穷了！讨饭的，人家是不敢欺侮的；但是你，一家中等人家，如果给了他们一点点，只要一点点，穷的预兆，那么什么人都要欺侮你了，比对于讨饭的，对于狗，还厉害！……

  过去了几天忧郁的时日，如史伯伯的不幸又来了。

  他们夫妻两个只生了一个儿子，二个女儿：儿子出了门，大女儿出了嫁，现在住在家里的只有三个人。如果说此外还有，那便只有那只年轻的黑狗了。来法，这是黑狗的名字。它生得这样的伶俐，这样的可爱；它日夜只是躺在门口，不常到外面去找情人，或去偷别人家的东西吃。遇见熟人或是面貌和善的生人，它仍躺着让他进来，但如果遇见一个坏人，无论他是生人或熟人，它远远的就噑了起来，如果没有得到主人的许可，他就想进来，那么它就会跳过去咬那人的衣服或脚跟。的确奇怪，它不晓得是怎样辨别的，好人或坏人，而它的辨别，又竟和主人所知道的无异。夜里，如果有什么声响，它便站起来四处巡行，直到遇见了什么意外，它才噑，否则是不做声的。如史伯伯一家人是这样的爱它，与爱一个二三岁的小孩一般。

  一年以前，如史伯伯做六十岁生辰那一天，来了许多客。有一家人家差了一个曾经偷过东西的人来送礼,一到门口,来法就一声不响的跳过去,在他的脚骨上咬了一口。如史伯伯觉得它这一天太凶了,在它头上打了一下,用绳子套了它的头,把它牵到花园里拴着,一面又连忙向那个人陪罪,拿药给他敷。来法起初嗥着,挣扎着,但后来就躺下了。酒席散后,有的是残鱼残肉,伊云,如史伯伯的小女儿,拿去放在来法的面前喂它吃,它一点也不吃,只是躺着。伊云知道它生气了,连忙解了它的绳子。但它仍旧躺着,不想吃。拖它起来,推它出去,它也不出去。如史伯伯知道了,非常的感动,觉得这惩罚的确太重了,走过去抚摩着它,叫它出去吃一点东西,它这才摇着尾巴走了。

"它比人还可爱!"如史伯伯常常这样的说。

然而不知怎的,它这次遇了害了。

约莫在上午十点钟光景,有人来告诉如史伯伯,说是来法跑到屠坊去拾肉骨吃,肚子上被屠户阿灰砍了一刀,现在躺在大门口嗥着。如史伯伯和如史伯母听见都吓了一跳,急急忙忙跑出去看,果然它躺在那里嗥,浑身发着抖,流了一地的血。看见主人去了,它掉转头来望着如史伯伯的眼睛。它的目光是这样的凄惨动人,仿佛知道自己就将永久离开主人,再也看不见主人,眼泪要涌了出来似的。如史伯伯看着心酸,如史伯母流泪了。他们检查它的肚子,割破了一尺多长的地方,肠都拖出来了。

"你回去,来法,我马上给你医好,我去买药来。"如史伯伯推着它说,但来法只是望着嗥着,不能起来。

如史伯伯没法,急忙忙地跑到药店里,买了一点药回来,给它敷上,包上。隔了几分钟,他们夫妻俩出去看它一次,临了几分钟,又出去看它一次。吃中饭时,伊云从学校里回来了。她哭着抚摩着它很久很久,如同亲生的兄弟遇了害一般的伤心,看见的人也都心酸。看看它哼得好一些,她又去拿子肉和饭给它吃,但它不想吃,只是望着伊云。

下午二点钟,它哼着进来了,肚上还滴着血。如史伯母忙找了一点旧棉花旧布和草,给它做了一个柔软的躺的窝,推它去躺着,但它不肯躺。它一直踱进屋后,满房走了一遍,又出去了,怎样留它也留不住。如史伯母哭了。她说它明明知道自己不能活了,舍不得主人和主人的家,所以又最后来走了一次,不愿意自己肮脏地死在主人的家里,又到大门口去躺着等死了,虽然已走不动。

果然,来法是这样的,第二天早晨,他们看见它吐着舌头死在大门口了,地上还流了一地的血。

"我必须为来法报仇!叫阿灰一样的死法!"伊云哭着,咒诅说。

"咳!不要做声,伊云,他是一个恶棍,没有办法。受他欺侮的人多着呢！说来说去，又是我们穷了，不然他怎敢做这事情！……"说着，如史伯母也哭了起来。

听见"穷"字，如史伯伯脸色渐渐青白了，他的心撞得这样的厉害：犹如雷雨狂至时，一个过路的客人用着全力急急地敲一家不相识者的门，恨不得立时冲进门去的一般。

在他的账簿上，已只有十二元另几角存款。而三天后，是他们远祖的死忌，必须做两桌羹饭；供过后，给亲房的人吃，这里就须化六元钱。离开小年，十二月二十四，只有十几天，在这十几天内，店铺都要来收账，每一个收账的人都将说，"中秋没有付清，年底必须完全付清的，现在……"现在，现在怎么办呢？伊明不是来信说，年底不限定能够张罗一点钱，在二十四以前寄到家吗？……他几乎也急得流泪了。

三天过去，便是做羹饭的日子。如史伯伯一清早便提着篮子到三里外的林家塘去买菜。簿子上写着，这一天羹饭的鱼，必须是支鱼。但寻遍鱼摊，如史伯伯看不见一条支鱼，不得已，他买了一条米鱼代替。米鱼的价钱比支鱼大，味道也比支鱼好，吃的人一定满意的，他想。

晚间，羹饭供在祖堂中的时候，亲房的人都来拜了。大房这一天没有人在家，他们知道二房轮着吃的是阿安，他的叔伯兄弟阿黑今年轮不到吃，便派阿黑来代大房。

阿黑是一个驼背的泥水匠，从前曾经有过不名誉的事，被人家在屋柱上绑了半天。他平常对如史伯伯是很恭敬的。这一天不知怎样，他有点异样：拜过后，他睁着眼睛，绕着桌子看了一遍，像在那里寻找什么似的。如史伯母很注意他。随后，他拖着阿安走到屋角里，低低的说了一些什么。

酒才一巡，阿黑便先动筷箝鱼吃。尝了一尝，便大声的说："这是什么鱼？米鱼！簿子上明明写的是支鱼！做不起羹饭，不做还要好些！……"

如史伯伯气得跳了起来，说："阿黑，支鱼买不到，用米鱼代还不好吗？哪种贵？哪种便宜？哪种好吃？哪种不好吃？"

"支鱼贵！支鱼好吃！"

"米鱼便宜！米鱼不好吃！"阿安突然也站了起来说。

如史伯伯气得呆了。别的人都停了筷，愤怒地看着阿黑和阿安，显然觉得他们是无理的。但因为阿黑这个人不好惹，都只得不做声。

"人家儿子也有，却没有看见过连羹饭钱也不寄给爹娘的儿子！米鱼代支鱼！这样不好吃！"阿黑左手拍着桌子，右手却只是箝鱼吃。

"你说什么话！畜生！"如史伯母从房里跳了出来，气得脸色青白了。"没有良心的东西！你靠了谁，才有今天？绑在屋柱上，是谁把你保释的？你今天有没有资格说话？今天轮得到你吃饭吗？……"

"从前管从前，今天管今天！……我是代表大房！……明年轮到我当办，我用鲤鱼来代替！鸭蛋代鸡蛋！小碗代大碗！……"阿黑似乎不曾生气，这话仿佛并不是由他口里出来，由另一个传声机里出来一般。他只是喝一口酒，箝一筷鱼，慢吞吞地吃着。如史伯母还在骂他，如史伯伯在和别人谈论他不是，他仿佛都不曾听见。

几天之后，陈四桥的人都知道如史伯伯的确穷了；别人家忙着买过年的东西，他没有买一点，而且，没有钱给收账的人，总是约他们二十三，而且，连做羹饭也没有钱，反而给阿黑骂了一顿，而且，有一天跑到裕生木行那里去借钱，没有借到，而且，跑到女婿家里去借钱，没有借到，坐着船回来，船钱也不够，而且……而且……

的确，如史伯伯着急得没法，曾到他女婿家里去借过钱。女婿不在家里。和女儿说着说着，他哭了。女儿哭得更厉害。伊光，他的大女儿，最懂得陈四桥人的性格：你有钱了，他们都来了，对神似的恭敬你；你穷了，他们转过背去，冷笑你，诽谤你，尽力的欺侮你，没有一点人心。她小时，不晓得在陈四桥受了多少的气，看见了多少这一类的事情。现在，想不到竟转到老年的父母身上了。她越想越伤心起来。

"最好是不要住在那里，搬到别的地方去。"她哭着说，"那里的人比畜生还不如！……"

"别的地方就不是这样吗？咳！"老年的如史伯伯叹着气，说。他显然知道生在这世间的人都是一样的。

伊光答应由她具名打一个电报给弟弟，叫他赶快电汇一点钱来，同时她又叫丈夫设法，最后给了父亲三十元钱，安慰着，含着泪送她父亲到船边。

但这三十元钱有什么用呢？当天付了两家店铺就没有了。店账还欠着五十几元。过年不敬神是不行的，这里还需十几元。

在他的账簿上，只有三元另几个铜子的存款了！

收账的人天天来，他约他们二十三那一天一定付清。

十二月十六日，账簿上只有二元八角的存款……

"这样羞耻的发抖的日子，我还不曾遇到过……"如史伯伯颤动着语音，说。

如史伯母含着泪，低着头坐着，不时在沉寂中发出沉重的长声的叹息。

"啊啊，多福多寿，发财发财！"忽然有人在门外叫着说。

隔着玻璃窗一望，如史伯伯看见强讨饭的阿水来了。

他不由得颤动着站了起来。"这个人来，没有好结果，"他想着走了出来。

"啊，发财发财，恭喜恭喜！财神菩萨！多化一点！"

"好，好，你等一等，我去拿来。"如史伯伯又走了进来。

他知道阿水来到是要比别的讨饭的拿得多的，于是就满满的盛了一碗米出去。

"不行，不行，老板，这是今年最末的一次！"阿水远远的就叫了起来。

"那么你拿了，我再去盛一碗来。"如史伯伯知道，如果阿水说"不行"，是真的不行的。

"差得远，差得远！像你们这样的人家，米是不要的。"

"你要什么呢？"

"我吗？现洋！"阿水睁着两只凶恶的眼睛，说。

"不要说笑话，阿水，像我们这样的人家，哪里……"

"哼！你们这样的人家！你们这样的人家！我不知道吗？到这几天，过年货也还不买，藏着钱做什么！施一点给讨饭的！"阿水带着冷笑，恶狠狠地说。

"今年实在……"如史伯伯忧郁地说。

但阿水立刻把他的话打断了："不必多说，快去拿现洋来，不要耽搁我的工夫！"

如史伯伯没法，慢慢地进去了，从柜子里，拿了四角钱。正要出去，如史伯母急得跳了起来，叫着说：

"发疯了吗？一个讨饭的，给他这许多钱！"

"没有办法，没有办法！"如史伯伯低声的说着，又走了出去。

"四角吗？看也没有看见。我又不是小讨饭的，哼！"阿水忿然的说，偏着头，看着门外。"一千多亩田，二万元现金的人家，竟拿出这一点点来哄小孩子！谁要你的！"

"你去打听打听，阿水！我哪里有这许多……"

"不要多说！快去拿来！"阿水不耐烦的说。

如史伯伯又进去了，他又拿了两角钱。

"六角总该够了罢，阿水？我的确没有……"

"不上一元，用不着拿出来！钱，我看得多了！"阿水仍偏着头说。

这显然是没有办法的。如史伯伯又进去了。

在柜子里，只有两元另两角……

"把这角子统统给了他算了，罢，罢，罢！"如史伯伯叹着气说。

"天呀！你要我们的命吗？一个讨饭的要这许多钱！"如史伯母气得脸色青白，叫着跳了出去。

"哼！又是两角！又是两角！"阿水冷笑地说。

"好了，好了，阿水！明年多给你一点。儿子的钱的确还没有寄到，家里的钱已经用完了……"

"再要多，我同你到林家塘警察所去拚老命！看有没有这种规矩！"如史伯母暴躁的说。

"好好！去就去！哼！……"

"她是女人家，阿水，原谅她。我明年多给你一点就是了。"如史伯伯忍气吞声的说，在他的灵魂中，这是第一次充满了羞辱。

"既这样说，我就拿着走了，到底是男人家。哼！我是一个讨饭的，要知道，一个穷光蛋，什么事情都做得出来的！……"他拿了钱，喃喃的说着，走了。

走进房里，如史伯母哭了。如史伯伯也只会陪着流泪。

"阿水这东西，就是这样的坏！"如史伯伯非常气忿的说。"真正有钱的人家，他是决不敢这样的，给他多少，他就拿多少。今天，他知道我们穷了，故意来敲诈。"

忽然，他想到柜子里只有两元，只有两元了……

他点了一炷香，跑到厨房里，对着灶神跪下了……不一会，如史伯母也跑进去在旁边跪下了：

……两个人口里喃喃的祷祝着，面上流着泪……

十二月二十二日的清晨，如史伯伯捧着账簿，失了魂似的呆呆地望着。簿子上很清楚的写着：尚存小洋八角。

"啊，这是一个好梦！"如史伯母由后房叫着说，走了出来。她的脸上露着希望的微笑。

"又讲梦话了！日前不是做了不少的好梦吗？但是钱呢？"如史伯伯皱着眉头说。

"自然会应验的，昨夜，"如史伯母坚决地相信着，开始叙述她的梦了，"不知在什么地方，我看见地上泼着一堆饭，'罪过，饭泼了一地，'我说着用手去拾，却不知怎的，到手就烂了，像浆糊似的，仔细一看，却是黄色的粪。'啊，这怎么办呢，满手都是粪了。'我说着，便用衣服去揩手，那知揩来揩去，只是揩不干净，反而愈揩愈多，满身都是粪了。'用水去洗罢，'我正想着要走的时候，忽然伊明和几个朋友进来了。'啊，慢一点！伊明慢一点进来！'我慌慌张张叫着说，着急了，看着自己满身都是粪，满地都是粪。'不要紧，妈妈，都是熟人，'他说着向我走来，我慌慌张张的往别处跑，跑着跑着，好像伊明和他的朋友追了来似的。'怎么办呢，怎么办呢，满身都是粪！'我叫着醒来了。你说，粪不就是黄金吗？呵，这许多……"

"不见得应验，"如史伯伯说。但想到梦书上写着"梦粪染身，主得黄金"，确也有点相信了。

然而这不过是一阵清爽的微风，它过去后，苦恼重又充满了老年人的心。

来了几个收账的人，严重的声明，如果明天再不给他们的钱，他们只得对不住他，坐索了……

时日在如史伯伯夫妻是这样的艰苦，这样的沉重，他们俩都消瘦了，尤其是如史伯伯。他觉得自己仿佛是一匹拖重载的驴子，挨着饿，耐着苦，忍着叱咤的鞭子，颠蹶着在雨后泥途中行走。但前途又是这样的渺茫，没有一线光明，没有一点希望。时光留住着罢，不要走近年底！但它并不留住，它一天一天的向这个难关上走着。迅速地跨过这难关罢！但他却有意延宕，要走不走的徘徊着。咳，咳……

夜上来了。他们睡得很迟。他近来常常咳嗽，仿佛有什么梗在他的喉咙里一般。

时钟警告地敲了十二下。四周非常的沉寂。如史伯伯也已入在睡眠里。

钟敲二下，如史伯伯又醒了。他记得柜子里只有小洋八角，他预算二十四那一天就要用完了。伊明为什么这几天连信也没有呢？伊光打去的电报没有收到吗？来不及了，来不及了，现在已是二十三，最末的一天，一切店铺里的收账人都将来坐索了！这是一种什么样的耻辱！六十年来没有遇到过！不幸！不幸！……

忽然，他倾着耳朵细听了，仿佛有谁在房子里轻着脚步走动似的。

"谁呀？"

但没有谁回答，轻微的脚步出去了。

"啊！伊云的娘！伊云的娘！起来！起来！"他一面叫着，一面翻起身点灯。

如史伯母和伊云都吓了一惊，发着抖起来了。

衣橱门开着，柜子门也开着，地上放着两只箱子，外面还丢着几件衣服。

"有贼！有贼！"如史伯伯敲着板壁，叫着说。

住在隔壁的是南货店老板松生，他好像没有听见。

如史伯母抬头来看，衣橱旁少了四只箱子，两只在地上，两只不见了。

"打！打！打贼！打贼！"如史伯伯大声的喊着，但他不敢出去。如史伯母和伊云都牵着他的衣服，发着抖。

约莫过去了十五分钟，听听没有动静，大家渐渐镇静了。如史伯伯拿着灯，四处的照，从卧房里照起，直照到厨房。他看见房门上烧了一个洞，厨房的砖墙挖了一个大洞。

如史伯母检查一遍,哭着说把她冬季的衣服都偷去了。此外还有许多衣服,她一时也记不清楚。

"如果,"她哭着说,"来法在这里,决不会让贼进来的。……仿佛他们把来法砍死了,就是为的这个……阿灰不是好人,你记得。我已经好几次听人家说他的手脚靠不住……明天,我们到林家塘警察所去报告,而且,叫他们注意阿灰。"

"没有钱,休提起警察!"如史伯伯狠狠的说,"而且,你知道,明天如果儿子没有钱寄来,不要对人家说我们来了贼,不然,就会有更不好的名声加到我们的头上,一班人一定会说这是我们的计策,假装出来了贼,可以赖钱。你想,你想,……在这样的世界上,最好是不要活着!……"

如史伯伯叹了一口气,躺倒在藤椅上,昏过去了。

但过了一会,他的青白的脸色渐渐绯红起来,微笑显露在上面了。

他看见阳光已经上升,充满着希望和欢乐的景象。阿黑拿着一个极大的信封,驼背一耸一耸地颠了进来,满面露着笑容,嘴里哼着恭喜,恭喜。信封上印着红色的大字,什么司令部什么处缄。红字上盖着墨笔字,是清清楚楚的"陈伊明"。如史伯伯喜欢得跳了起来。拆开信,以下这些字眼就飞进他的眼里:

　　……儿已在……任秘书主任……兹先汇上大洋二千元,新正……再当亲解价值三十万元之黄金来家……

"呵!呵!……"如史伯伯喜欢得说不出话了。

门外走进来许多人,齐声大叫:"老太爷!老太太!恭喜恭喜!"

阿黑,阿灰,阿水都跪在他们的前面,磕着头……

　　　　(选自短篇小说集《黄金》,1928年5月,上海人间书店)

鲁　彦

毒　药

　　一天下午，光荣而伟大的作家冯介先生正在写一篇故事的时候，门忽然开开了。走进来的是一个十七岁的青年，他的哥哥的儿子。问了几句关于学校生活的话，他就拿了一本才出版的书给他的侄儿看。书名叫做《天鹅》，是他最得意的一部杰作。冯介先生的文章，在十年以前，已哄动全国。读了他的文章，没有一个不感动，惊异，赞叹，认为是中国最近的唯一的作家。代他发行著作的书店，只要在报纸上登一个预告，说冯介先生有一本书在印刷，预约的人便纷至沓来，到出书的那一天，拿了现钱来购买的人往往已买不到了。即如《天鹅》这本书，初版印了五千部，第三天就必须赶紧再版五千。许多杂志的编辑先生时常到他家里来谈天，若是发现了他在写小说，无论只写了一半或才开始，便先恳求他在那一个杂志上发表，并且先付了很多的稿费，免得后来的人把他的稿子拿到别的地方去发表。酷爱他的作品的读者屡次写信给他，恳求见他一面，从他那里出去便如受了神圣的洗礼，换了一个灵魂似的愉快。如其得到冯介先生的一封短短的信，便如得到了宝一般，觉得无上的光荣。

　　"小说应怎样着手写呢，叔叔？"沉没在惊羡里的他的侄儿敬谨而欢乐地接受了《天鹅》，这样的问。

　　这在冯介先生，已经听得多了。凡一般憧憬于著作的青年或初进的作家，常对他发这样的问话，希冀在他的回答中得到一点启发和指示。他的侄儿也已不止一次的这样问他。

　　听了这话，冯介先生常感觉一种苦恼，皱着眉头，冷冷的回答说，"随你自己的意思，喜欢怎样，就怎样着手。"

　　但这话显然是空泛的，不能满足问者的希冀。于是这一天他的侄儿又问了：

"先想好了写，还是随写随想呢，叔叔？"

"整个的意思自然要先想好了才写。"

"我有时愈写愈多，结果不能一贯，非常的散漫，这是什么原因呢？"

"阿，作文法书上不是常常说，搜集材料之后，要整理，要删削，要像裁缝拿着剪刀似的，把无用的零碎边角剪去吗？"

于是他的年青的侄儿像有所醒悟似的，喜悦而且感激的走了出去。

但冯介先生烦恼了。他感觉到一种不堪言说的悲哀。他觉得自己好像在不知不觉中已把这个青年拖到深黑的陷阱中，离开了美丽的安乐的世界；他觉得自己既用毒药戕害了自己的生命和无数的青年，而今天又戕害了自己年青的可爱的侄儿，且把这毒药授给了他，教唆他去戕害其他的青年的生命。

这时，一幅险恶的悲哀的图画便突然高高地挂在光荣的作家的面前，箭似的刺他的眼，刺他的心，刺他的灵魂……

二十岁的时候，他在北京的一个大学校里读书。那时显现在他眼前的正是美丽的将来，绕围着的是愉快的世界。他不知道什么叫做痛苦，对于一切都模糊，朦胧。烦恼如浮云一般，即使有时他偶然的遇着，不久也就不留痕迹的散去了。他自己也有一种梦想，正如其他的青年一般，但那梦想在他是非常的甜蜜的。

因为爱好文艺，多读了一点文学书，他有一天忽然兴致来了，提起笔写了一篇短短的故事。朋友们看了都说是很好的作品，可以发表出去，于是他便高兴地寄给了一家报馆。三天后，这篇故事发表了。相熟的人都对他说，他如果努力的写下去是极有希望的。过了不久，上海的某一种报纸而且将他的故事转载了出来。这使他非常的高兴，又信笔作了一篇寄去发表。这样的接连发表了四五篇，他得了许多朋友的惊异，赞赏。从此他相信在著作界中确有成就的希望，便愈加努力了。

然而美丽的花草有萎谢的时候，光辉的太阳有阴暗的时候，他的命运不能无外来的打击：为了不愿回家和一个不相爱不相熟的女子结婚，激起了父母极大的愤怒，立刻把他的经济的供给停止了。这使他不能再继续地安心读书，不得不跑到一个远的地方去教书。工作和烦恼占据着他，他便有整整的一年多不曾创作。

生活逼迫着他，常使他如游丝似的东飘西荡。一次，他穷得不堪时，忽然想起寄作品给某杂志是有稿费可得的，便写了几千字寄了去。不久，他果然收到了十几元钱。这样的三次五次，觉得也是一种于己于人两无损害的事情，又常常创作了。

有时，他觉得为了稿费而创作是不对的。好的文学作品应该是自然流露出来的产物。为了稿费而创作，有点近于榨取。但有时他又觉得这话不完全合于事实。有好几篇小说，他在二三年前早想好了怎样的开始，怎样的描写，用什么格调，什么样的情节，什么样的人物，怎样的结束，以及其他等等。动笔写，本是要有一贯的精神，特别的兴致的。现在把这种精神和兴致统辖在稿费的希望之下，也不能说写出来的一定不如因别的动机写出来的那么好。或者，他常常这样想，榨出来的作品比别的更好一点也说不定，因为那时有一种特别的环境，特别的压迫，特别的刺激和感触，可以增加作品的色彩，使作品更其生动有力。

但这种解释在一般人看起来似乎是一种强辩。编辑先生自从知道他创作是因了稿费，便对他冷淡了。读者，不愿再看他的小说了。稿子寄出去，起初是压着压着迟缓的发表，随后便老实退还了给他。

"这篇稿子太长了，我们登不下，"编辑先生常常这样的对他说，把稿子退还了给他。有时又这样说，"这篇太短了，过于简略。"

在读者的中间常常这样说，"冯介的小说受了S作者的影响，但又不是正统的传代者，所以不值得看。"

一次，一个朋友以玩笑而带讥刺的写信给他说，"你的作品好极了，但翻了一万八千里路的筋头终于还跳不出作家X君的手心！"

一位公正的批评家在报纸上批评说，"冯介的小说是在模仿N君！"

这种种的刺激使他感觉到一种耻辱，于是他搁笔不写了，虽然他觉得编辑先生的可笑，读者的浅薄。

二年后的一天，他在街上走，无意中遇见了一个久不相见的朋友。那个朋友到这里还只两月。他问了问冯介近来的生活之后，便请冯介给他自己主编的将要出版的月刊做文章。冯介告诉他以前做文章所受的冥落，表示不肯再执笔。

"读者的批评常是不对的，可以不必管他！至于文章的长短，我都发表，你尽管拿来。稿费从丰！"那个朋友说。

一种说不出的喜悦和感激从他的心底里涌了出来，他觉得这个朋友对于读者有特殊的眼光，对于他有热心扶助的诚意。这时他的生活正艰苦得厉害，便决计又开始创作了。

"别个的稿费须等登出来了以后才算给，但你，"那个朋友接到了他的稿子，说，"我知道很穷，今天便先给你带了回去。"

"多谢你的帮助！"他接了稿费，屡屡这样的说。

但是编辑先生照例是很忙的。他拿了稿子去，以遇不着人，把稿子交给门房，空手回来的次数较多。回来后，他常写这样的信去："好友，送上的稿子想已收到。我日来窘迫万状，恳你先把我的稿费算给我，以救燃眉。拜托拜托！"

有几次，不知是邮差送错了，还是那里的门房没有交进去，他等了好久终于没有接到回信。连连去了感激而又拜托的信，都没有消息。

"来信读悉，因忙，未能早复，请恕。弟与兄友谊至厚，今兄在患难中需弟帮助，弟安得不尽绵力。稿费容嘱会计课早日送奉可也。"有时编辑先生似乎特别闲空而且高兴，回信来了。

但会计课也是很忙的。接到通知后他们一时还无暇算他的稿费。稿费虽然只有十几元，然而除去标点符号和空白一字一字的数字数，却是一件艰苦的工作，等待了几天，常使他又不得不亲自跑到会计课去查问。

"昨日已经叫收发课送去了。"会计先生回答说。

收发课同样是忙碌得非常。他们不管他正饿着肚子望眼欲穿的在那里等候，仍须迟缓几天。

这种情形使他感觉得烦恼，羞耻，侮辱。费尽了自己的脑和力及时间，写出来的东西，得到一点酬资，原是分内的事。但他却须对人家表示感激，乞丐似的伸出手去恳求，显出自己是一个穷迫可怜的动物。时时只听见人家恩惠的说，"你穷，你可怜，我救你！……"同时又仿佛听见人家威吓似的说，"你的生命就在我的手中！我要你活下去就活下去，要你死就死！……"即使是会计先生，收发课的人，或一个不重要的送信者，都可以昂然的对他表示这种骄傲，这种侮辱。他觉得卖稿子远不如在马路上的肩贩，客人要买什么货时，须得问问他的价钱，合便卖，不合便不卖，当场拿出现钱来，一面交出货去，各无恩怨的走散。只有稿子寄了去不能说一声要多少稿费，编辑先生收受了，还须对他表示感激。不收受，就把它捻做一团丢入字纸篓，不能说一句话，还须怪自己献丑。侥幸的给了稿费，无论一元钱一千字或五角钱一千字，随他们自己的意思，你都须感激。如果人家说，"你穷，我帮助你，收受你的稿子，给你稿费。"你就须感激，感激，而又感激！像被鞭鞑的牛马对于宽恕它的主人一般，像他救了你一条命，恩谊如山一般……

想着想着，他几乎又不愿再写小说了。然而，生活的压迫也正是一个重大的难题。如其他的平凡的人一般，他只得先来解决物质上的问题，忍垢含辱的依旧写些小说。

三年过去，他的小说集合起来竟有了厚厚的三本。他便决计去找书店印单行本。严密的重新检阅了几遍，他觉得也还不十分粗糙。在这些小说里面，他看见了自己的希望和失望，快乐的痛苦，泪和血，人格与灵魂。

"无论人家怎样批评，只要我自己满意就是了。"他想着就开始去寻觅出版的书店。

S城的商业虽然繁盛，书店虽然多至数十家，但愿意给他印书的却不容易找到。书店的经理不是说资本缺乏，便是说经费支绌。其实无非因为他是一个不出名的作家。怕出版后销路不好罢了。

找了许多书店，稿子经过了许多商人的审查，搁了许多时日，他的第一部小说集才被一家以提倡新文化为目的的书店留住。

"这部书销路好坏尚难预测，我们且印六百本看看再说。"这家书店的经理这样说。于是他才欢喜地满足的走了。

六个月后，这部书出版了。他所听见的批评倒也还好，这叫他很喜欢。

三个月后，忽然想到这部小说集的销路，便写信去问书店的经理。

"销路很坏，不知何日方能售完。……"回信这样说。

这使他非常的愤怒，对于读者，他眼看着一般研究性的或竟所谓淫书，或一些无聊的言情小说之类的书印了三千又三千，印了五千又五千，而对于他这部并不算过坏的文艺作品竟冷落到如此。

"没有眼睛的读者！"他常常气愤地说。

年节将近的一天，他正为着节关经费的问题向一个朋友借钱去回来，顺路走过这一家书店，便信步走了进去。

"啊，先生，你这部书销路非常之坏！"书店的经理先生劈头就是这一句话。

他阑珊地和经理先生谈了一些闲话，正想起身走时，忽然走进来一个提着黑色皮包的人。寒暄了几句，那个人便开开皮包，取出一大叠的揭单。一张一张的提给经理先生说，"这是《恋爱问题研究》的账，五千部，计……这是《性生活》的账计，……《恋爱信札》……《微风》……《萍踪》……《夜的》……"

正在呆坐着想些别的事情的他，忽然模糊地听见"夜的"两字，他知道是算到自己的《夜的悲鸣》了，便不知不觉的抬起头来。同时，他看见经理先生伸出一只大的手，把账单很快的抢过去，匆促而不自然的截断印刷店里的收账员的话，说：'不必多说了！统统交给我罢！我明天仔细查对。"

在经理先生大的手指缝里，他明白地看见账单上这样的写着："一千五百本……"

"哦！"他几乎惊异地叫了出来。

"年底各处的账款多吗？"经理先生一面问，一面很快的开开抽屉，把账单往里面一塞，便得的又锁上了。

他回来后愤怒地想了又想，越想越气。这明明是书店作了弊，在那里哄骗他。本来印六百部就不近人情：排字好不容易，上版好不容易，印刷费愈印多愈上算，他印六百部价钱贵了许多，赚什么钱，开什么书店？

他气愤愤地在家里坐了一会，又走了出去，想去质问书店。但走到半路上又折回了。他觉得商人是不易惹的。他存心偷印，你怎样也弄不过他。他可以把账单改换，可以另造一本假的账簿给你看，可以买通印刷所。你要同他打官司，他有的是钱！著作家，是一个穷光蛋！

他想来想去，觉得只有委屈地把这怒气按捺下去，转一个方向，向他要版税。于是他就很和气地写了一封信去。

"《夜的悲鸣》销路不好，到现在只卖去了一百多本，还都不是现款。年内和各店结清了账目，收到书款后，照本店的定例，明年正月才能付先生的版税。……"回信这样说。

"照本店的定例！"他觉得捧出这种法律似的定例来又是没有办法的了，虽然在事实或理论上讲不通，著作家也要过年节，也要付欠账，也要吃饭！于是他又只好转一个方向，写一封信向经理先生讲人情了：

"年关紧迫，我穷得不得了，务请特别帮我一个忙，把已售出去的一百多本书的版税算给我，作为借款，年外揭账时扣下。拜恳拜恳！……"

这样的信写了去，等了四五天终于没有回信。于是他觉得只有亲自去找经理先生。但年关在即，经理先生显然是很忙的。他去了几次，店里的伙计都回说不在家。最后，他便留了一个条子："前信想已收到……好在数目不大……如蒙帮忙，真比什么还感激！……"

又等了三四天，回信来了。那是别一个人所写的，经理先生只亲笔签了一个名字。然而他说得比谁还慷慨，比谁还穷：

"可以帮忙的时候，我没有不尽力帮忙。如在平时，即使先生要再多借一点也可以。但现在过年节的时候，我们各处的账款都收不拢来，各处的欠款又必须去付清。照现在的预算，我们年内还缺少约近一万元之谱。先生之款实难如命……"

这有什么办法呢？即使你对他再说得恳切一点，或甚至磕几十个响头，眼见得也是没有效力的了！

艰苦地捱过了年关，等了又等，催了又催，有一天版税总算到了手。精明的会计先生开了一张单子，连二百十一本的"一"字都不曾忽略，而每册定价五角，值百抽十二，共计版税洋十二元六角六分的"六分"也还不曾抹去。

对着这十二元六角六分，他只会发气。版税抽得这样的少，他连听也不曾听见过！怪不得商人都可以吃得大腹便便，原来他们的滋养品就是用欺诈，掠夺而来的他人的生命！在编辑先生和书店经理先生的重重压迫之下，他觉得自

40

己仿佛是一条蠕虫或比蠕虫还可怜的动物。无论受着如何的打击，他至多只能缩一缩身子。有时这打击重一点，连缩一缩身子也不可能，就完结了。

他灰心而且失望的，又委屈地受了其他经理先生的欺侮，勉勉强强又把第二集第三集的小说都出了版。

一年后，暴风雨过去了。在他命运的路上渐渐开了一些美丽的花：有几种刊物上，常有称赞他的小说的文章，有几个编辑先生渐渐来请他做文章，书店的经理也向他要书稿了。

在狂热的称赞和惊异中，他不知怎的竟在二年后变成了一个人人钦仰的作家。好几篇文章，在他觉得是没有什么精采的，编辑先生却把它们登在第一篇，用极大的字印了出来。甚至一点无聊的随感，笔记，都成了编辑先生的宝贵的材料，读者的贵重的读物。无论何种刊物上，只要有"冯介"两个字出现，它的销路便变成惊人的大。有许多预备捻做一团，塞入字纸篓的稿子，经理先生把它从满被着灰尘的旧稿中找了出来，要拿去出版。五六万字的稿子，二个礼拜后就变成了一部美丽的精致的书。版税突升到值百抽二十五。杂志或报纸上发表的稿费，每千字总在五元以上，编辑先生亲自送了来，还说太微薄，对不起。

这在有些人确是一件愉快，不堪言说的光荣的事情。但在他，却愈觉得无味，耻辱，下贱。作品还未曾为人所欢迎的时候，一脚把你踢开，如踢街上颠蹶地徘徊着的癞狗一般。这时，你出了名，便都露着谦恭，钦敬的容貌，甜美如妓女卖淫一般的言笑着，竭力拉你过去。利用纯洁的青年的心的弱点，把你装饰成一个偶像，做刊物或书店的招牌，好从中取利……

"这篇文章须得给五十元稿费！"一次，他对一个编辑先生说。这是他在愤怒中一个复仇的计策。这篇稿子连空白算在里面，恐怕也只有三千字左右。

"哦哦！不多，不多！"编辑先生居然拿着稿子走了，一面还露出欢喜与感激。

当天下午，他竟出人意外的收到了六十元稿费，一页信，表示感激与光荣。

"兹有新著小说稿一部，约计七万字，招书店承印发行。谁出得版税最多的，给谁出版。"有一天又想到了一个复仇的计策，在报纸上登了一个投标的广告。

三天内果然来了一百多名经理先生，他们的标价由百分之三十到百分之五十五。

痛快了一阵，他又觉得索然无味了。商人终于是商人。欺骗，无耻，卑贱，原是他们的护身法宝。怎样的作弄他们，也是无用的。而这样一来，也徒然表现自己和他们一样的卑贱而已。过去的委屈，羞耻，羞辱，尽可以释然。这在人生的路上，原是随处可以遇着的。

但是，著作的生活到底于自己有什么利益呢，除去了这些过去的痕迹？他沉思起来，感觉到非常的苦恼。

自从开始著作以来，他几乎整个的沉埋在沉思和观察里。思想和眼光如用锉刀不断地锉着一般，一天比一天敏锐起来。人事的平常的变动在他在在都有可注意的地方。在人家真诚的背后，他常常看见了虚伪；在天真的背后，他看见了狡诈；在谦恭的背后，他看见了狠毒；在欢乐的背后，他发现了苦恼；在忧郁的背后，他发现了悲哀。这种种在平常的时候都可以像浮云似的不留痕迹地过去，像无知的小孩不知道世界的大小，人间的欢恼，流水自流水，落花自落花一般，现在他都敏锐地深刻地看见了隐藏在深的内部的秘密。从这里得到了深切的失望和悲哀。幼年时的憧憬与梦想都已消散。前途一团的漆黑。什么是人生的意义？什么是伟大的自我？他终于寻不出来。他虽活着，已等于自杀。像这样的思想，远不如一个愚蒙的村夫，无知无识的做着发财的梦，名誉的梦，信托着泥塑木雕的神像，挣扎着谋现在或未来的幸福。……

自己不必管了，他想，譬如短命而死，譬如疾病而死，譬如因一种不测的灾祸而死，如为水灾，火灾，兵灾，或平白地在马路上被汽车撞倒。然而，作品于读者有什么益处呢？给了他们一点什么？安慰吗？他们自己尽有安慰的朋友，东西！希望吗？骗人而已！等到失了望，比你没有给他们希望时还痛苦！指示他们人生的路吗？这样渺茫，纷歧的前途，谁也不知道那里是幸福，那里是不幸，你自己觉得是幸福的，在别人安知就不是不幸？想告诉他们以世界的真相和秘密吗？这该诅咒的世界，还是让他们不了解，模模糊糊的好！想讽刺一些坏的人，希望他们转变过来吗？痴想！他们即使看了，也是一阵微风似的过去了！想对读者诉说一点人间的忧抑，苦恼，悲哀吗？何苦把你自己的毒药送给别人！……

伟大而光荣的作家冯介先生想到这里，翻开几本自己的著作来看，只看见字里行间充满着自己的点点的泪和血；无边的苦恼与悲哀：罪恶的结晶，戕害青年的毒药……

点起火柴，他烧掉了桌上尚未完工的作品……

（选自短篇小说集《黄金》，1928 年 5 月，上海人间书店）

阿长贼骨头

第一章

父母之荣誉——出胎之幸运——幼时之完美——芳名之由来及其意义

阿长有这样荣誉的父母，我们一点也不能否认，那是他前生修来的结果。易家村里的人们，无论老幼男女，都勇于修来生的幸福，已不是新发明的事，你去问一块千百年前的老石头，恐怕它还记得年青时，易家村尚叫做周家村。或周家村尚叫做陈家村的那从前的从前，人们对于修行的热烈的。如果人人都修行，念经又拜佛，拜佛而又念经，从不堪追计的过去直奉行至无尽的未来，谁能说这个地方还会有不荣誉的事，而阿长，显然前生也在修行的，还会有不荣誉的父母呢？

讲到阿夏，阿长的父亲，不但是易家村里没有一个人不知道，就是离易家村数十里的地方，也人人知道他的大名。在山与海围抱着，周围约有百余里的区域中，像这样出名的人，二百年中还只有三个。第一个，是光绪初年的李筱林进士；第二个是发洋财的陈顺生；第三个——那就是阿夏了。他拿着一条打狗棍。背着一只污旧的饭袋，到处敲着竹板或小木鱼，唱情歌或念善经给人家听，走遍了家家户户，连每一条路上的石头都已认识他。但荣誉之由来却不在于此，——那是因为他喜欢在别人不注意的时候，随便带一点东西回家的缘故。

至于阿长的母亲，还没有嫁给阿夏，便已有了她自己的荣誉。阿长的来源，一直到现在还有点模糊。因此阿夏在阿长还未落地之先，曾和阿长的母亲翻过几次脸。分娩时，阿夏在房里瞪着脚盆和剪刀，已经决定给这孩子一个冷不防，覆了下去；或插了下去。但他毕竟是一个唱情歌和念善经的人，孩子落了地，他的心肠就软了下来，瞧一眼，不自主的溜出去了。

但阿夏虽然饶了他的命，总还有点不曾释然，有好几天懒出去干他的勾当。于是这影响到他的妻子，使才出世的阿长不得不尝难以消化的稀饭。

然而阿长有幸，造物主宠爱他，给了他粗健的肠胃，使他能够一天比一天长大。他有了落落的黄色的皮肤，短短的眉毛，炯炯发光的眼珠，低而且小的鼻子，狭窄的口，尖削的下巴，小而外翻的耳朵，长的手指，长的腿，小的脚。在灵魂中，造物主又放了一点智慧和欢乐。每当他的父亲发了脾气，要狠狠地打他一个耳光，他便转过脸去，朝着他的父亲嘻嘻笑了起来，现出舒服而且光荣的表情。他冻冻也可以，饿饿也不妨，正六年中没有生过几次病，偶而有病，不吃一点药就好了。他虽然长得瘦，晒得黑，但却生得高，也不缺乏气力。六七岁时，他已能拖着一个拉草爬，到街上去拉残草断柴回来，给他的母亲煮饭；提着一只破篮，到人家已经掘完的芋艿田里去拾残剩的芋艿片；也会带着镰刀去挖藜藿。还有许多事情，别人十几岁才会做的，他七八岁时便会做了。有时，他还赚得一二个铜元回来。只有一次，他拿了沉重的锋利的镰刀出去割路边的茅草，出了一点祸：那就是他割完了茅草，和几个同伴耍镰刀，把它滴溜溜的丢了上去，看看它滴溜溜的落下来，刀尖刚刚陷在草地里，一个不小心，镰刀落在脚旁，砍去了左脚脚跟的一块肉，脚跟好后，这个地方再也不生新的肉，偏了进去。他的父亲起初以为这是极不雅观的事情，但他的母亲寻找了。

阿长渐渐长大起来，才能也渐渐表露出来，使他的父亲渐渐忘记了已往的事，对他喜欢起来。其中最使他父亲满意的，就是用不着谁教他，便像他父亲似的，晓得在人家不注意的时候，顺手带一点东西回家。他起初连自己母亲衣袋内的铜钱也要暗暗摸了出去，用小石头在地上画了一个方格，又在格内画了两条相交的叉线，和几个同伴打铜钱，或当新年的时候，挤到祠堂门前的牌九摊旁，把铜钱压在人家的最后一道。但被他母亲查出了几次以后，他渐渐连这层也明白了。他知道母亲的就是自己的，不应该动手。

到了十二三岁，他在易家村已有了一点名声。和他的父亲相比，人人说已青出于蓝了。他晓得把拿来的钱用破布裹起来，再加上一点字纸，塞在破蛋壳中，把蛋壳丢在偏僻的墙脚跟，或用泥土捻成一个小棺材，把钱裹在里面，放到阴沟上层的乱石中，空着手到处的走，显出坦然的容貌。随后他还帮着人家寻找，直找遍最偏僻的地方。

然而阿长虽然有了这样特出的天才，命运却喜欢不时同他开玩笑，给了他一个或幸或不幸的一生，使他在童年的时候就蒙上了怎样也消灭不了的美名。

那事发生在他十四岁的时候。

一家和他们很要好，比他们稍微富一点的堂房嫂嫂，有一次因为婆婆出门

鲁 彦

找儿子要钱去了，一个人睡在家里有点胆怯，便请了阿长的母亲去做伴。正所谓合该有事，三天后阿长的父亲竟有两夜不曾回家，阿长的母亲便不得不守在自己的屋内，派他的儿子去陪伴。第二天的半夜里，隔壁的人家突然听见他的嫂子大声叫了起来，接着啪的一声，似乎打在一个人的面颊上。

"瘟东西！……敢想天鹅肉吃！……"她骂着说。

随后一阵轻微的脚步声，便寂然了。

这句话的意思很清楚，隔壁的人不觉笑了起来。显然这个十四岁小孩想干那勾当了。

第三天的清晨，他嫂嫂的脸上还露着盛怒，和他的母亲低声的说着话。他的母亲很不安的，摇着头叹着气。当天晚上，便不叫他去陪他的嫂子，关着门，把他打了一顿。

有好几天，人家和他的嫂子提起阿长，她便非常痛恨的叫他"小鬼"。

但阿长毕竟有特出的天才，他一见嫂嫂仍和从前一样的态度。他的嫂嫂尽管不理他，遇见他时咬着牙，背转脸去，他却仍对着她嘻嘻的笑，仿佛没有事似的。而且还不时的到她房里去。

造物主曾在他嫂嫂的灵魂里撒了宽容，几天过去，她渐渐气平了。她觉得他母亲给他的惩罚已有余，用不着再给他难堪。他到底还没有成人，一个不懂事的孩子，便渐渐和善起来，给了他自新的路。

阿长似乎也懂得他嫂嫂的善意，于是转了一个方向，接着做了一件无损于他嫂嫂的事。

离开想吃天鹅肉的日子还只有十一二天，他赤着脚踏着雨后的湿地，从外面走回家来。一到他嫂嫂的门边，便无意的推开半截门，跨进了门限。他的嫂嫂和婶婶没有在家，房内冷清清的仿佛正为他预备好了动手的机会。他一时心血来潮，便抬头四面望了一望，瞥见久已羡慕的锡瓶在衣橱顶上亮晶晶地发光，便爬上衣橱面前的凳子，捧了下来。同时智慧发出一个紧急的号令，叫他脱下背身，裹着锡瓶，挟着往二里外的当铺走去。

他的婶婶几分钟后就回了家，立刻发现房里失了东西。她细找痕迹，看见了一路的足印，在衣橱前的凳子上显得更其清楚，左足后跟削了进去。这便有了十足的证据了。她开始去寻阿长，但他不在家，也不在邻人的家里。据隔壁的一个妇人说，确曾看见他用衣服裹着一个和锡瓶一样大的东西，匆匆地走了出去。他的婶婶立刻就明白他往当铺里去了。于是她便站在大门口等待他。

约莫过了一点钟，阿长回来了。他昂着头一路和人家打招呼，这里站了一会，和人家说了几句话，那里站了一会，和人家笑几声，态度很安静。他的婶婶一看见他，就满脸发烧，奔到他的面前，右手拉住他的前胸，左手就是啪的一个耳光。

"畜生!"她一面还骂着说。

"怎么啦?"他握住婶婶的手,仰起头来问,声音颇有点强硬。

"还我锡瓶,饶你狗命!"

"阿,到底什么事呀?先讲给我听!锡瓶怎么样?"

但他的婶婶却不讲给他听,一把拖到屋柱旁,叫媳妇拿了一条粗绳,连人和屋柱捆了起来。

"把钱和当票拿出来,饶你狗命!"

"我哪里来的钱?哪里来的当票?一会儿说是锡瓶,一会儿又说是钱和当票!不晓得你说的什么!你搜就是了。"

他的婶婶动手搜了,自外面的衣上直搜到里面的衬衣。但没有一点影踪。然而足印清清楚楚,左足脚跟削了进去的,没有第二个人。不是他是哪个呢?

"藏到哪里去了,老实说出来,免得吃苦!"他的婶婶警告他,预备动手打了。

阿长仿佛没有听见,一点也不害怕,却反而大声叫起苦来!

"你冤屈我!天晓得!……我拿了你的锡瓶做什么!……"

他的嫂嫂脸上全没有了血色,气恨得比他的婶婶还厉害,显然是又联想到那夜的事了。

"贼骨头!不打不招!"她从柴堆里抽出来一束竹梢,往阿长的身上幌了过去。一半的气恨便迸发在"贼骨头"三个字上,另一半的气恨在竹梢上。

阿长有点倔强,竹梢打在身上,一点也不变色。

"打死我也拿不出东西!"

"便打死你这贼骨头!"他的嫂嫂叫着说,举起竹梢,又要往他身上打去。

但阿长的母亲来了。

这一天她正在街上的一家人家做短工,得到了阿长绑在屋柱旁的消息,便急忙跑了回来。她先解了竹梢的围,随后就问底细。

"当票和钱放在哪里,老实说出来,她们可以看娘的面孔,饶恕你!"她听完了婶婶的诉说,便转过身去问阿长。

"我没有拿过!她们冤枉我!"阿长诉苦似的答说。

"贼骨头?还说没有拿过!看竹梢!"他的嫂嫂举起竹梢又要打了。

但阿长的母亲毕竟爱阿长,她把竹梢接住了。

"在我身上!我想法子叫他拿出来。"她说:"现在且先让我搜一遍。"

她动手搜了。比他婶婶仔细,连肋肢窝里都摸过,贴着肉一直摸到裤腰。——东西就在这里了,她摸着阿长的肚子上围着一根草绳,另外有一根绳直垂到阳物上,拉起来便是一件纸包的东西。她打开来看,果然有六角钱一张当票。

"滚出去!畜生!这样不要脸!"她骂着就是一个耳光随后便把绳子解开了。

阿长得了机会,就一溜烟的跑走了,当晚没有回来,不晓得在哪一个垃圾堆里过了一夜。第二天晚上走回来,躲在柴堆里,给他母亲看见了,关起门来痛打了一顿。

于是,这个美事传开去,大家谈着他的时候,从此就不再单叫他阿长,叫他"阿长贼骨头"了。

"贼骨头"这三个字在易家村附近人的心中是有特别的意义的。它不仅含着"贼","坏贼","一根草也要偷的贼"等等的意义,它还含着"卑贱人","卑贱的骨头","什么卑贱的事都做得出的下流人"等等的意义。一句话,天下没有什么绰号比这个含义更广,更多,更有用处的了。

阿长的嫂嫂,极端贞节,极端善良之外,还是一个极端聪明的人!她想出来的这个芳名,对于阿长再合适没有了。只有阿长这个美的,香的,可爱的人,才不辜负这个美的,香的,可爱的名字!

第二章

痛改前非沿门呼卖——旧性复发见物起意——半途被执情急智生——旧恩难忘报以琼浆

阿长自从被他的婶婶绑过屋柱之后,渐渐有点悔悟了。屡次听着母亲的教训,便哭了起来。泪珠像潮似的涌着,许久许久透不过气。走出门外,不自主的头就低了下去,怕看人家一眼。

"我不再做这勾当了!"

一次,他对他的母亲这样说。他说他愿意学好,愿意去做买卖,只求他母亲放一点本,卖饼也可以,卖豆腐也可以,卖洋油也可以。意思确是非常的坚决。

他的母亲答应了。她把自己做短工积得的钱拿出来给他做本钱,买了一只篾编的圆盘,又去和一家饼店说好了,每日批了许多大饼,小饼,油条,油绳之类,叫他顶在头上,到各处去卖。

阿长是一个聪明人,他顶了满盘的饼子出去,常常空着盘子回来,每天总赚到一点钱。他认得附近的大路小路知道早晨应该由哪一条屋巷出发,绕来绕去，到某姓某家的门口，由哪一条屋巷绕回来。他知道在某一个地方，某一家门前，高声喊了起来，屋内的人会出来买他的饼。他知道在某一个地方应该多站一点时候，必定还有人继续出来买他的饼。他又知道某一地方用不着叫喊，某一个地方用不着停顿，即使喊破了喉咙，站酸了两腿，也是不会有人来买的。真所谓熟能生巧，过了几个月，他的头顶就非常适合于盘子，盘子顶在头上，垂着两手不去扶持也可以走路了。盘子的底仿佛有了一个深的洞，套在他的头顶，怎样也不会丢下来，有时阿长的头动起来，它还会滴溜溜的在上转动。

这样的安分而且勤孜，过了一年多，直至十六岁，他的春心又动了。他的心头起了不堪形容的欲望，希求一切的东西，眼珠发起烧来，盯住了眼前别人的所有物，两手痒呵呵的只想伸出去。

于是有一天，情愿捐弃了一年多辛苦所换来的声誉，不自主的走到从前所走过的路上去了。

离开易家村三里路的史家桥的一家人家，叫做万富嫂的，有两个小孩，大的孩子的项圈，在阿长的眼前闪烁了许久了。那银项圈又粗又大，永久亮晶晶地发着光！

"不但可爱而且值钱。"阿长想。

一天他卖饼卖到万富嫂的门口，万富嫂出去了，只剩着两个孩子在门口戏耍。

"卖火热的大饼喽！"阿长故意提高了声音！

"妈妈！卖大饼的来了！"那个大的孩子，约四岁光景，一面叫着，一面便向阿长跑来。

"妈妈呢？"阿长问。

"妈妈！"那孩子叫了起来。

阿长注意着，依然不听见他妈妈的回答。

"我送你一个吃罢！来！"阿长把盘子放在地上，拿了一个，送给了那孩子，随后又拿了一个，给那呆呆地望着的小的孩子。

"唔，你的衣服真好看！又红又绿！"他说着就去摸大的孩子的前胸。

"妈妈给我做的，弟弟也有一件！"孩子一面咀嚼着，一面高兴地说。他和阿长早已相熟了。

"但你的弟弟没有项圈，"阿长说着就去摸他的项圈。

项圈又光又滑，在他的手中不息地转动着，不由得他的手，起了颤动。这是他有生以来第一次触着这个可爱的东西。

智慧立时发现在他的脑里。他有了主意了。

鲁　彦

"啊，你的鞋子多么好看！比你弟弟的还好！那个——谁做给你的呢？穿了——几天了？好的，好的！比什么人都好看！鞋上是什么花？菊花——月季花吗？……"他一面说着，一面就把项圈拉大，从孩子的头上拿了出来，塞进自己的怀里。孩子正低着头快活看着自己的鞋，一面咕噜着，阿长没有注意他的话，连忙收起盘子走了。

他不想再卖饼子，只是匆匆地走着，不时伸手到衣里去摸那项圈。手触着项圈，在他就是幸福了。他想着想着，但不知想的什么，而脚带着他在史家桥绕了一个极大的圈子，他自己并不知道。这在他是琐事，他完全不愿意去注意。

一种紧急的步声，忽然在他的耳内响了，他回转头去看，一个男子气喘喘地追了上来。那确像孩子的叔叔，面上有一个伤疤，名字叫做万福。

阿长有点惊慌了。他定睛细看，面前还是史家桥，自己还没有走过那条桥。

"这是怎么一回事呀？走了这许久还在这里！"他想。但正当他这样想的时候，他的头上的盘子扑的被打下了。万福已扯住了他的前胸。

"贼骨头！"愤怒的声音从万福的喉间迸了出来，同时就是啪的一个耳光，打在阿长的脸上。

"怎么啦？"

"问你自己！"万福大声说着又是啪的一个耳光。

阿长觉得自己的脸上有点发热了。他细看万福，看见他粗红的脸，倒竖的眉毛，凶暴的眼光，阔的手掌，高大的身材。

"还我项圈！"万福大声的喊着。

"还给你！……还给你！"阿长发着抖，满口答应着，就从怀里揣了出来。

"但你赔我大饼！"阿长看看地上的饼已踏碎了一大半，不禁起了惋惜。

"我赔你！我赔你！瘟贼！"万福说着，把项圈往怀一塞，左手按倒阿长，右手捻着拳，连珠炮似的往阿长的背上，屁股上打了下去。

"捉着了吗？打！打死他！"这时孩子的母亲带着几个女人也来了。她们都动手打起来。万福便跨在他的头上，两腿紧紧的夹住了他的头。

"饶了罢！饶了罢！下次不敢了！"

打的人完全不理他，只是打。阿长只好服服贴贴的伏在地上，任他们摆布了。

但智慧是不会离开阿长的脑子的。他看看求饶无用，便想出了一个解围的计策。

"阿呀！痛杀！背脊打断了！腰啦！脚骨啦！"他提高喉咙叫喊起来，哭

49

丧着声音。

"哇……哇！哇…哇哇！"从他的口里吐出来一大堆的口水。

同时，从他的裤里又流出来一些尿，屁股上的裤子顶了起来，臭气冲人的鼻子，——屎也出来了！

"阿呀！打不得了！"妇人们立刻停了打，喊了起来，"屎屎都打出了，会死呢！"

连万福也吃惊了。他连忙放了阿长，跳了开去。

但阿长依然伏在地上，发着抖，不说一句话，只是哇哇的作着呕。

"这事情糟了！"万富嫂说，牵着一个妇人的手倒退了几步。

"打死是该的！管他娘！走罢！"万福说。

但大家这时却走也不好，不走也不好，只得退了几步，又远远的望着了。

阿长从地上侧转头来，似乎瞧了一瞧，立刻爬起身来，拾了空盘，飞也似的跑着走了。一路上还落下一些臭的东西。"嘿！你看这个贼骨头坏不坏！"万福叫着说，"上了他一个大当！"

于是大家都哈哈大笑了。

在笑声中，阿长远远地站住了脚，抖一抖裤子，回转头来望一望背后的人群，一眼瞥见了阿芝的老婆露着两粒突出的虎牙在那里大笑。

"我将来报你的恩，阿芝的老婆！"他想着，又急促的走了。

约有半年光景，阿长没有到史家桥去。

他不再卖大饼，改了行，挑着担子卖洋油了。

一样的迅速，不到两个月，他的两肩非常适合于扁担了。沉重的油担在他渐渐轻松起来。他可以不用手扶持，把担子从右肩换到左肩，或从左肩换到右肩。他知道每一桶洋油可以和多少水，油提子的底应该多少高，提子提得快，油少了反显得多，提得慢，多了反显得少。他知道某家门口应该多喊几声，他知道某家的洋油是到铺子里去买的。他挑着担子到各处去卖。但不到史家桥去。有时，偶然经过史家桥，便一声不响的匆匆地穿过去了。

他记得，在史家桥闯过祸。一到史家桥，心里就七上八下的有点慌张。但那时到底是怎么一回事，为什么会闯了这样的大祸，是谁的不是呢？——他不大明白。就连那时是哪些人打他，哪个打得最凶，他也有点模糊了。他只记得一个人：露着两粒突出的虎牙，在背后大笑的阿芝的老婆！这个印象永久不能消灭！走近史家桥，他的两眼就发出火来，看见阿芝的老婆露着牙齿在大笑！

"我将来报你的恩！"他永久记得这一句话。

"怎样报答她呢？这个难看的女人！"他时常这样的想。

但智慧不在他的脑子里长在，他怎样也想不出计策。

"卖洋油的！"

一天他过史家桥，忽然听见背后有女人的声音在叫喊。他不想在史家桥做生意，但一想已经离开村庄有几十步远，不能算是史家桥，做一次意外的买卖也可以，便停住了。

谁知那来的却正是他的冤家——阿芝的老婆！

阿长心里有点恐慌了，走也不好，不走也不好，只是呆呆地望着阿芝的老婆。

阿芝的老婆似也有点不自然，两眼微微红了起来，显然先前没有注意到，这是阿长。

"买半斤洋油！"她提着油壶，喃喃的说。

"一百念！"阿长说着，便接过油壶，开开盖子，放上漏斗，灌油进去。

"怎样报复呢？"他一面想着，一面慢慢的提了给他。但智慧还不曾上来。

"唅唅！还有钱！"阿芝的老婆完全是一个好人，她看见阿长挑上了担子要走，忘记拿钱便叫了起来，一只手拖着他的担子，一只手往他的担子上去放钱。

在这俄顷间，阿长的智慧上来了。

他故意把肩上的担子往后一掀，后面的担子便恰恰碰在阿芝老婆的身上。碰得她几乎跌倒地上，手中的油壶打翻了。担子上的油泼了她一身。

"阿呀！"她叫着，扯住了阿长的担子。"不要走！赔我衣裳！"

"好！赔我洋油！谁叫你拉住了我的担子！"

"到村上去评去！"阿芝的老婆大声的说，发了气。

阿长有点害怕了。史家桥的人，在他是个个凶狠的。他只得用力挑自己的担子。但阿芝的老婆是有一点肉的，担子重得非常，前后重轻悬殊，怎样也走不得。

"给史家桥人看见，就不好了！"他心里一急，第二个智慧又上来了。

他放下担子，右手紧紧的握住了阿芝老婆攀在油担上的手，左手就往她的奶上一摸。阿芝老婆立刻松了手，他就趁势一推，把她摔在地上了。

十分迅速的，阿长挑上担子就往前面跑。他没有注意到阿芝老婆大声的叫些什么，他只听见三个字：

"贼骨头！"

阿长心里舒畅得非常。虽然泼了洋油，亏了不少的钱，而且连那一百念也没有到手，但终于给他报复了。这报复，是这样的光荣，可以说，所有史家桥人都被他报复完了。

而且，他还握了阿芝老婆的肥嫩的手，摸了突出的奶！这在他是有生以来

51

的第一次。女人的肉是这样的可爱！一躅着就浑身酥软了！

光荣而且幸福。

第三章

有趣呀面孔上的那两块肉——可恼恶狠狠的眼睛——乘机进言——旁观着天翻地覆——冤枉得厉害难以做人

阿长喝醉了酒似的，挑着担子回到家里。他心里又好过又难过，有好几天只是懒洋洋的想那女人的事。但他的思想是很复杂的，一会想到这里，一会又想到那里去了。

"女人……洋油……大饼……奶……一百念……贼骨头……碰反了！……"他这样的想来想去，终于得不到一个综合的概念。

然而这也尽够他受苦的了，女人，女人，而又女人！

厌倦来到他的脑里，他不再想挑着担子东跑西跑了。他觉得女人是可怕的，而做这种生意所碰着最多的又偏偏是女人。于是他想来想去，只有改行，去给撑划子的当副手。他有的是气力。坐在船头，两手扳着桨，上身一仰一俯，他觉得也是一件有趣的事。

新的行业不久就开始了。

和他接触的女人的确少了一大半。有时即使有女人坐在他的船里，赖蓬舱的掩遮，他可以看不见里面的人了。

但虽然这样，他还着了魔似的，还不大忘情于女人。他的心头常常热烘烘的，像有滚水要顶开盖子，往外冲了出来一般，——尤其是远远地看见了女人。

其中最使他心动的，莫过于堂房妹妹，阿梅这个丫头了！

她每天坐在阿长所必须经过的大门内，不是缝衣就是绣花。一到大门旁，阿长的眼光就不知不觉的射到阿梅的身上去。

她的两颊胖而且红，发着光。

他的心就突突跳了起来，想去抱她。想张开嘴咬下她两边面颊上的肉。

在她的手腕上，有两个亮晶晶地发光的银的手镯。

"值五六元！"阿长想，"能把这丫头弄到手就有福享了——又好看又有钱！"

但懊恼立时上来了。他想到了她是自己的族内人，要成夫妻是断断做不到的。

懊恼着，懊恼着，一天，他有了办法了。

他从外面回来，走到阿梅的门边，听见了一阵笑声。从玻璃窗望进去，他看见阿梅正和她的姊夫并坐在床上，一面吃着东西，满面喜色，嘻嘻哈哈的在那里开玩笑。

"我也暗地里玩玩罢！"阿长想。

他开始进行了。

头几天，他只和她寒暄，随后几天和她闲谈起来，最后就笑嘻嘻的丢过眼色去。

但阿梅是一个大傻子，她完全不愿意，竟露着恶狠狠的眼光，沉着脸，转过去了。

这使他难堪，使他痛苦，使他着恼。他觉得阿梅简直是一个不识抬举的丫头，从此便不再抬起头来。给她恩宠的眼光了。

阿梅有幸，她的父母很快的就给她找到了别的恩宠的眼光，而且过了两个月，完全把阿梅交给幸福了。

他是一个好休息的铜匠，十天有九天不在店里，但同时又很忙，每夜回家总在二十点钟以后。阿才赌棍是他的大名。他的家离易家村只有半里路。关于他的光荣的历史，阿长是知道得很清楚。他最不喜欢他左颊上一条小刀似的伤疤。他觉得他的面孔不能再难看了。

"不喜欢人，却喜欢鬼！"阿长生气了。他亲眼看着阿梅打扮得花枝招展的，头上插着金黄的钗，两耳垂着长串的珠子，手腕上的银镯换了金镯，吹吹打打的抬了出去。

"拆散你们！"阿长怒气冲冲的想。

但虽然这样想着，计策却还没有。他的思想还只是集中在红而且胖的面颊，满身发光的首饰上。

"只这首饰，便就够我一生受用了！"他想。

一天上午，他载客到柳河头后，系着船，正在等候生意的时候，忽然看见阿才赌棍穿得斯斯文文，摇摇摆摆的走过岭来。阿长一想，这柱生意应该是他的了。于是他就迎了上去，和阿才打招呼。阿才果然就坐着他的船回家，因为他们原是相熟的，而现在，又加入一层亲戚的关系了。

"你们到此地有一会了罢？"阿才开始和阿长攀谈了。

"还不久。你到哪里去了来？"阿长问。

"城里做客，前天去的。"

"喔！"

"姑妈的女昨天出嫁了。"

"喔！"

"非常热闹！办了二十桌酒！"

"喔，喔！"

阿长一面说着，一面肚子里在想方法了。

"你有许久不到丈人家里去了罢！"阿长问。

"女人前几天回去过。"

"是的，是的，我看见过！——胖了！你的姨丈也在那里，他近来也很胖。有一次——他们两人并坐在床上开玩笑，要是给生人看见，一定以为是亲兄妹喽！"

"喔！"阿才会意了。"你亲眼看见的吗？"

"怎么不是？一样长短，一样胖……"阿长说到这里停止了。智慧暗中在告诉他，话说到这里已是足够。

阿才赌棍也沉默了。他的心中起了愤怒，脸色气得失了色，紧紧咬住了上下牙齿。在他的脑中只旋转着这一句话："他们并坐在床上开玩笑！"

懒洋洋地过了年，事情就爆发了。

那天正是正月十二日，马灯轮到易家村。阿梅的父母备了一桌酒席，把两个女婿和女儿都接了来看马灯。大家都很高兴，只有阿才看见姨丈也在，心里有说不出的痛苦。他想竭力避开他，但坐席时大家偏偏又叫他和姨丈并坐在一条凳上。阿才是一个粗货，他喝着酒，气就渐渐按捺不住，冲上来了。他喝着喝着，喝了七八分酒，满脸红涨，言语杂乱起来。

"喝醉了，不要喝了罢！"阿梅劝他说，想动手去拿他的酒杯。

"滚开！毽东西！"阿才瞪着凶恶的两眼，骂了起来，提起酒杯就往阿梅的身上摔了过去，泼得阿梅的缎袄上都是酒。

一桌的人都惊愕了。

"阿才醉了！快拿酱油来！"

但阿才心里却清醒着，只是怒气按捺不住，索性一不做二不休，便佯装着酒醉，用力把桌子往对面阿梅身上推了过去。

"婊子！"

一桌的碗盆连菜带汤的被他推翻在地上，连邻居们都听见这声音，跑出来了。

"你母亲是什么东西呀！"阿才大声的叫着说，"你父亲是什么东西呀！哼！我不晓得吗？不要脸！……"

"阿才，阿才！"阿梅的父亲走了过去，抱着他，低声下气的说，"你去睡一会罢！我们不好，慢慢儿消你的气！咳咳，阿才，你醉了呢！自己的身体要紧！先吃一点醒酒的东西罢！"

"什么东西！你是什么东西！我醉了吗？一点没有醉！滚开！让我打死这婊子！"他说着提起椅子，想对阿梅身上摔去。但别人把他夺下了，而且把他拥进了后房，按倒在床上。

这一天阿长正在家里，他早已挤在人群中观看。大家低声的谈论着，心里都有点觉得事出有因，阿才不像完全酒醉；但这个原因，除了阿长没有第二个人明白。

"生了效力了！"阿长想。

许久许久，他还听见阿才的叫骂，和阿梅的哭泣。他不禁舒畅起来，走了。

但是这句话效力之大，阿长似乎还不曾梦想到：一个月，两个月，三个月……这祸事愈演愈大了。阿才骂老婆已不仅在酒醉时，没有喝酒也要骂了；不仅在夜里关了门轻轻的骂，白天里当着大众也要骂了；不仅骂她而且打她了，不仅打她，而且好几次把她关禁起来，饿她了；好几次，他把菜刀磨得雪亮的在阿梅的眼前幌。阿梅突然憔悴了下来，两眼陷了进去，脸上露着许多可怕青肿的伤痕，两腿不时拐着，随后亲家母也相打起来，亲家翁和亲家翁也相打起来，阿梅的兄弟和阿才的兄弟也相打起来——闹得附近的人都不能安静了。

阿才是一个粗货，他的嘴巴留不住秘密，别的人渐渐知道了这祸事的根苗，都相信是阿长有意捣鬼，但阿才却始终相信他的话是确实的。

"是阿长说的！"有一天，阿才在丈人家骂了以后，对着大家说了出来。

"拖这贼骨头出来！"阿才的丈人叫着，便去寻找阿长。

但阿长有点聪明，赖得精光。阿才和阿梅的一家人都赶着要打他，他却飞也似的逃了。

那时满街都站满了人，有几个和阿梅的父亲要好的便兜住了阿长。

易家村最有权威的判事深波先生这时正站在人群中。阿梅的父亲给了阿长三个左手巴掌，便把他拖到深波先生的面前，诉说起来。

"我一句话也没有说过！天在头上！冤枉得好厉害！我不能做人了！"阿长叫着说。

深波先生毫不动气的，冷然而带讥刺的说：

"河盖并没有盖着！"

这是一句可怕的话，阿长生长在易家村，完全明白这句话的意思：不能做人——跳河！

"天呀！我去死去！"阿长当不住这句话，只好大叫起来，往河边走去。

没有一个人去扯他。

但阿长的脑子里并不缺乏智慧。他慢慢的走下埠头，做出血心跳河的姿势，大叫着，扑了下去。

"死一只狗！"河边的人都只转过身去望着，并不去救他，有几个还这样叫了出来。

"呵哺～～～呵哺！天呀！冤枉呀！呵哺～～～呵～～～哺！"

岸上的人看见阿长这样的叫着，两手用力的打着水，身子一上一下的沉浮着，走了开去。——但并非往河的中间走，却是沿着河塘走。那些地方，人人知道是很浅的，可以立住脚。

"卖王了！卖王了！"岸上的人都动了气，拾起碎石，向阿长摔了过去。

于是阿长躲闪着，不复喊叫，很快的拨着水往河塘的那一头走了过去，在离开人群较远的地方，爬上了岸，飞也似的逃走。

他有三天不曾回来。随后又在家里躺了四五天，传出来的消息，是阿长病了。

第四章

其乐融融——海誓山盟——待时而动——果报分明

阿长真的生了病吗？———不，显然是不会的。他是贼骨头，每根骨头都是贱的。冷天跳在河里，不过洗一澡罢了。冻饿在他是家常便饭。最冷的时候，人家穿着皮袄，捧着手炉，他穿的是一条单裤，一件夹袄，别人吃火锅，他吃的是冷饭冷菜。这样的冬天，他已过了许多年。他并非赚不到钱，他有的是气力，命运也并不坏，生意总是很好的。但一则因为他的母亲要给他讨一个老婆，不时把他得来的钱抽了一部分去储蓄了；二则他自己有一种嗜好，喜欢摸摸牌，所以手头总是常空的。其实穿得暖一点，吃得好一点，他也像别的人似的，有这种欲望。——这可以用某一年冬天里的事情来证明：

那一年的冬天确乎比别的冬天特别要寒冷。雪先后落了三次。易家村周围的河水，都结了坚厚的冰，可以在上面走路了。阿长做不得划船的买卖，只好暂时帮着人家做点心。这是易家村附近的规矩，每年以十一月至十二月，家家户户必须做几斗或几石点心。这是有气力的人的勾当，女人和斯文的人是做不来的。阿长是一个粗人，他入了伙，跟着别人穿门入户的去刷粉，舂粉，捏厚饼，印年糕。

有一天点心做得邻居阿瑞婶家里，他忽然起了羡慕了。

阿瑞婶家里陈设得很阔气，满房的家具都闪闪地发着光，木器不是朱红色，就是金黄色，锡瓶和饭盂放满了橱顶，阿瑞婶睡的床装着玻璃，又嵌着象牙，价值总在一百五六十元。她原是易家村二等的人家。阿瑞叔在附近已开有三爿店铺了。

阿长进门时，首先注意到衣橱凳上，正放着一堆折叠着的绒衣。

"绒衣一定要比布衣热得多了！"阿长一面做点心，一面心里羡慕着。绒衣时时显露在他的眼前。他很想去拿一件穿。

但那是放在房里，和做点心的地方隔着一间房子。

他时时想着计策。

于是过了一会，智慧上来了。

他看见阿瑞婶的一家人都站在做点心的地方，那间房里没有了人了。他看好了一个机会，佯装着到茅厕去，便溜了开去。走到那间房子，轻轻的跨进门，就在衣橱凳上扯了一件衣服，退出来往茅厕里走。

茅厕里正没有一个人。

他很快的脱下自己的衣服，展开绒衣穿了上去。

忽然，他发现那衣服有点异样了。

扣子不在前胸的当中，而是在靠右的一边。袖子大而且短。没有领子。衣边上还镶着红色的花条。

"咳咳，倒霉倒霉！"阿长知道这是女人的衣服了。

他踌躇起来。

女人的衣服是腥臊的，男子穿了，就会行三年磨苦运！

"不要为是！"

他这样想着，正想把他脱下时，忽然嗅到了一种气息，异样的女人的气息：似乎是香的！

他又踌躇了。

他觉得有一个女人在他的身边：赤裸裸的抱着他，满身都是香粉香水！

他的魂魄飘漾起来了。

"阿长！快来！"

他听见这样的喊声，清醒了。他不愿把这衣服脱下。他爱这衣服。很快的，罩上了自己的夹衣，他又回去安详的做起点心来。

工作舒畅而且轻易，其乐融融。

中午点心做完，阿长回了家。但到了三点钟，阿瑞婶来找阿长了。

"你是有案犯人！"阿瑞婶恶狠的说。

"我看也没有看见过！"

于是阿瑞婶在他的房里搜索了。她有这权，虽然没有证据，因为阿长是有案犯人。

"偷了你的衣服，不是人！"阿长大胆的说。他是男人，阿瑞婶是女人，他想，显然是不会往他的身上找的。

"没有第二个贼骨头！"

"冤枉！天知道！"阿长叫着说，"我可以发誓，我没有拿过！"

"你发誓等放狗屁！敢到庙里对着菩萨发誓，我饶你这狗命！"

阿长一想，这事情不妙。到庙里去发誓不是顽的，他向来没有干过。

"在这里也是一样！"

"贼骨头！明明是你偷的！不拿出来，我叫人打死你！"

这愈加可怕了。阿长知道，阿瑞婶店里的伙计有十来个，真的打起来，是不会有命的。

"庙里去也可以。"他犹延的说。

"看你有胆子跪下去没有！"

阿长只好走了。许多人看着，他说了走，不能不走。

"走快！走快！"阿瑞婶虽是小脚，却走得比阿长还快；只是一路催逼阿长。

远远看见庙门，阿长的心突突的跳了。

很慢的，他走进了庙里。

菩萨睁着很大的眼睛，恶狠狠的望着阿长。

"跪下去，贼骨头！"阿瑞婶叫着说。

阿长低下头，不做声了。他的心里充满着恐怖，脑里不息的在想挽救的方法。

"不跪下去，——打死你！"阿瑞婶又催逼着说。

阿长的智慧来了，他应声跪了下去。

他似乎在祷祝，但一点没有声音，只微微翕着两唇，阿瑞婶和旁看的人并没有听见。

"说呀！发誓呀！"阿瑞婶又催了。

"好！我发誓！"阿长大声的叫着说，"偷了你的衣服——天雷打！冤枉我——天火独间烧！"

这誓言是这样的可怕，阿瑞婶和其余的人都失了色，倒退了。

"瘟贼！"

阿长忽然听见这声音，同时左颊上着了一个巴掌。他慢慢的站了起来，细看打他的人，却是阿瑞婶店里的一个账房。论辈分，他是阿长的叔叔。阿长一想，他虽然是一个文人，平常也有几分气力，须得看机会对付。

"发了誓，可以饶了罢！"阿长诉求似的说。

"不饶你，早就结果你这狗命了！"那个叔叔气汹汹的说，"你犯了多少案子！谁不知道！"

"我改过做人了！饶了——我——罢！"

阿长这样的说着，复仇的计策有了，他蹲下身去，假装着去拔鞋跟，趁他冷不防，提起鞋子，就在他左颊上啪的一个巴掌，赤着一只脚，跑着走。

"我发了誓还不够吗？你还要打我！"阿长一面跑一面叫着。

他的叔叔到底是一个斯文人，被阿长看破了，怎么也追他不上。

阿长从别一条小路跑到家里，出了一身大汗，身上热得不堪。他立刻明白，非脱掉这件绒衣不可了！他已不复爱这件衣服。他有点怪它，觉得不是它，今日的祸事是不会有的。而这祸事直至这时仿佛还没有完结：一则阿瑞婶丢了衣服决不甘心，二则那个账房先生受了打，难免找他算帐。这都不是好惹的。

智慧涌到他的脑里，他立刻脱下绒衣，穿上自己的夹衣，挟在衣服下，走了出去。

阿瑞婶的房子和他的房子在一条巷堂里。果然如他所料，他们都是由大路回来，这时正在半路上。果然阿瑞婶家里没有一个人。果然阿瑞婶家里的门开着。

于是阿长很快的走进了房里，把绒衣塞在阿瑞婶床上被窝里，从自己的后墙，爬到菜地里，取别一条路走了。

他有五六天没有回家。

阿瑞婶当夜就宽恕了他，因为绒衣原好好的在自己被窝里。

但神明却并不宽恕阿瑞婶。果报分明，第三天夜里几乎酿成大祸了。

她的后院空地里借给人家堆着的稻草，不知怎的忽然烧了起来。幸亏救得快……

第五章

美丽的妻室——体贴入微——二次的屈服——最后的胜利

阿长真使人羡慕！他苦到二十八岁苦出头了！这就是他也有了一个老婆！非常的美丽！她的面孔上雕刻着花纹，涂了四两花粉还不厌多，真是一个粉匣子！头发是外国式的，松毛一样的黄，打了千百个结，卷屈着。从耳朵背后起一直到头颈，永久涂着乌黑的粉。眼皮上涂着胭脂，血一般红。鼻子洞里常粘着浆糊。包脚布从袜洞里拖了出来。走起路来，鞋边着地，缓而且慢。"拖鸡豹"是她的芳名！

感谢他的母亲，自阿长的父亲死后，忍冻受饥，辛苦了半生，积了一百几十元钱，又东挪西扯，才给了他这个可爱的妻子！

阿长待她不能再好了。在阿长看起来，她简直是一块宝玉。为了她，阿长时常丢开了工作，在家里陪伴她。同她在一起，生活是这样的快乐：说不出的快乐！

阿长不时从别的地方带来许多雪花膏、香粉、胭脂、香皂、花露水给她。他母亲叫她磨锡箔，但阿长不叫她磨，他怕她辛苦。煮起饭来，阿长亲自烧火，怕她烧了头发。切起菜来，阿长自己动手，怕她砍了指头。夜里，自己睡在外边，叫她睡在里边，怕她胆小。

"老婆真好！"阿长时常对人家这样的称赞说。

的确，他的老婆是非常的好的。满村的人知道：她好，好，好，好的不止一个！

例如阿二烂眼是一个，阿七拐脚是二个，化生驼背是三个，……

阿长是聪明人，他的耳朵灵，一年后也渐渐知道了。于是智慧来到他的脑里，他想好了一种方法。

一天，他对他的妻子说，要送一个客到远处去，夜里不回来了。这原是常有的事，他的妻子毫不怀疑。

但到了夜里十点钟，他悄悄的回家了。

他先躲在门外倾听。

屋内已熄了灯，门关着。

他听见里面喃喃的低微的语声。他的耳朵不会背叛他，他分别出其中有阿二烂眼。

"有趣！……真胖呀！……"他隐隐约约听见阿二的话。

他不禁愤怒起来，两手握着拳，用力的敲门了：蓬蓬蓬！

"谁——呀？"他的妻子带着惊慌的音调，低声的问。

阿长气得回答不出话来，只是用力的敲门：

蓬蓬蓬！蓬蓬蓬！……

"到底是谁呀？"阿长的妻子含着怒气似的问，"半夜三更，人家睡了还要闹！"

"开不开呀？敲破这门！"

里面暂时静默了。阿长的妻子显然已听出了声音。

"是鬼是人呀？说了才开！"她接着便这样的问，故意延宕着。

鲁　彦

　　"丑婊子！我的声音还听不出吗？"阿长愤怒的骂了。
　　"喔喔！听出了！等一等，我来开！"他的妻子一半生气，一半恐慌的说，"说不回来，又回来了！这样迟！半夜起来好不冷！"
　　阿长听见他的妻子起来了。他的胸中起了火，预备一进门就捉住阿二烂眼，给他一个耳光。
　　"瘟虫！又偷懒回来了！不做生意，吃什么呀？"他的妻子大声的咕噜着，蹬着脚，走到了门边。
　　"做得好事！"阿长听见她拔了栓，用力把门推开了半边，站在当中抵住了出路，骂着就是一个耳光，给他的妻子。
　　"怎么啦！你不做生意还打人吗？"
　　阿长的妻子比阿长还聪明，她说着把阿长用力一拖，拖到里面了。
　　房中没有点灯，阿长看不见一个人，只看见门口有光的地方，隐约晃过一个影子。
　　阿长知道失败了。他赶了出去，已看不见一点踪迹。
　　"丑婊子！做得好事！"他骂着，啪的在他妻子的面孔上又是一个耳光。"偷人了！"
　　于是阿长的妻子号啕大哭了。
　　"天呀！好不冤枉！……不能做了人！……"
　　她哭着，蹬着脚，敲着床。闹得阿长的母亲和邻居们都起来调解了。
　　"捉贼捉赃，捉奸捉双！你得了什么凭据呀！"她哭着说。
　　阿长失败了。他只有向她赔罪，直赔罪到天亮。
　　但阿长不甘心，他想好了第二个方法。
　　费了两天断断续续的工夫，他在房顶上挖了一个洞。那上面是别家堆柴的地方，不大有人上去。他的妻子不时到外面去，给了他很好的机会。他只把楼板挖起二块，又假盖着。在那里预备好了两根粗绳：一根缒自己下房里，一根预备带下去捆阿二烂眼。
　　他先给了她信用：好几次说夜里不回来，就真的不回来了。
　　一天夜里，他就躲到楼上等候着。
　　阿二烂眼果然又来了。
　　他听着他进门，听着他们切切的私语，听着他们熄了灯，上床睡觉。直至他们呼呼响起来，阿长动手了。
　　他很小心的掀起楼板，拴好了绳子，慢慢缒了下去……
　　"捉贼！捉贼！"
　　阿长快要缒下地，忽然听见他妻子在自己的身边喊了起来，同时，他觉得

61

自己的颈项上被绳捆着了。他伸手去摸，自己已套在一只大袋里。

"捉住贼了！捉住贼了！"他的妻子喊着，把他头颈上的绳子越抽越紧，抽得他几乎透不过气来，紧紧的打了两个结。

灯点起时，阿长快昏过去了。

他的脚没有着地，悬空的吊在房里。

许多人进来了。

呵，原来是阿长！赶快放了他！

阿长的妻子号啕大哭了！她不愿再活着。她要跳河去！

于是阿长第二次失败了。他又只好陪罪，直陪罪到天亮。

但最后的胜利，毕竟是属于阿长的，因为他有特别的天才。过了不久，果然被他捉着一双了！

那是他暗地里请了许多帮手，自己先躲在床底下，用里应外合的方法。

这一次，捉住了两个赤裸裸的人！

然而有幸的是阿二烂眼，不幸的是阿七拐脚！他替代了阿二出丑！

在他们身上，阿长几乎打烂了一双手！

全村的人都知道这件事情，大家不禁对阿长起了相当的佩服。

但阿长是念善经的人的儿子，他的心中不乏慈悲，终于饶恕了自己的妻子。

他的妻子从此也怕了他，走了正路，不做歹事了。

第六章

慈母早弃哀痛成疾——鬼差误捉遭了一场奇祸——中途脱逃又受意外之灾

阿长的母亲真是一个不能再好的人了。她为了阿长，受尽了甜酸苦辣。在他父亲脾气最坏的时期中，她生了阿长。那时她连自己的饭也吃不饱，却还要喂阿长。当阿长稍稍可以丢开的时候，她就出去给人家做短工，洗衣，磨粉。夜里回来磨锡箔，补衣服，直至半夜，五更起来给他预备好了一天的饭菜。阿长可以独睡在家的时候，她就出去给人家长做，半月一月回家一次。她的工钱是很少的，每月不过一元或一元二角。但她不肯浪化一文，统统积储起来了。因此，当阿长的父亲死时，她有钱买棺材，也有钱给他超度。阿长这一个妻子可以说是她的汗血换来的！她直做到五十八岁，断气前一个月。家里只有两间房子，连厨房在内。阿长有了老婆，她就让了出来，睡在厨房里，那里黑暗而且狭小，满是灰尘，直睡到死。

她不大打骂阿长，因为她希望阿长总有一天会变好的。

"咳，畜生呀畜生！脾气不改，怎样活下去呀！"阿长做错了事情，她常常这样咳声叹气的说，这"畜生"两字，从她口里出来很柔和，含着自己的骨肉的意思。"坏是不要紧的，只要能改！我从前年轻时走的路也并不好！……"

听着他母亲的劝告，阿长只会低下头去，说不出一句话来。

他母亲不常生病，偶然病了，阿长便着了急，想了种种方法去弄可口的菜来给她吃。

她最后一次的病，躺了很久，阿长显然失了常态了。

他自己的面色也渐渐青白起来，言语失了均衡，不时没有目的的来往走着，一种恍惚的神情笼罩了他。

随后他也病倒了。他的病跟着他母亲的病重起来，热度一天比一天高，呓语说个不休。

"妈，我跟着你去！"

一天下午，他突然起了床，这样的说着，解下裤带，往自己的颈上套了。

那时旁边站着好几个人，都突然惊骇起来，不知怎样才好。

他的妈已失了知觉，僵然躺在床上，只睁着眼，没有言语。

阿长的舅舅也站在旁边，他是预备送他姊姊的终来的。他一看见阿长要上吊，便跳了起来，伸出左手，就是啪啪的三个巴掌："畜生！"他骂着说，"要你娘送你的终吗？"

阿长哄然倒下了，从他的口中，吐出来许多白的沫。

他喃喃的说着：

"啊，是吗？……妈西匹！……割下你的头……啊，这么大！……这么大！……我姓陈……阿四……啊呀！我不去……我不去！……吓杀我了，吓杀我了！……"

"阿长！阿长！"旁边的人都叫了起来，他的妻子便去推扯。

"啊，不要扯我！……我怕……我不去……饶了我罢！……"阿长非常害怕的伸着两手，推开什么东西的样子。他的两眼陷了进去，皱着面孔，全身发着抖。

这样的继续了很久，随后又不做一声的躺着了。

但不久，他大笑了。

"哈哈哈！……不要客气……四角……对不住，对不住……哈哈哈！……来吗？……"

大家都非常担忧，怕他活不下去，又恐怕他母亲醒过来，知道阿长的病

63

势。于是大家商议，决定暂时把阿长放到楼上的柴间里去，让他的母亲先在房间里断气。他们相信，阿长的母亲就要走的，阿长怎样的快，也不会在她之先。

"妈！妈！……带我去！……"阿长不时在楼上叫着说，好几次想爬了起来，但终于被别人按住了。

到了晚上八点钟光景，楼下的哭声动了。

阿长的母亲已起了程。

在楼上照顾阿长的人也都跑了下去，暂时丢开了阿长，因为阿长那时正熟睡着。照规矩，阿长是应该去送终的，但他的病势既然这样的危险，也只有变通着办了。他母亲不能得他送终，总是前生注定的。

过了许久，底下的人在忙碌中忽然记到阿长了。

但等人跑上楼去，阿长已不在那里！

他到哪里去了呢阿长？

没有谁知道！

大家惊慌了！因为他曾经寻过短见！他说他是要跟着他母亲一块去的！

到处寻找，没有阿长的踪迹。

一个十几岁的孩子说，他看见一个人，好像是阿长，曾在屋上爬过，经过几家的楼窗，一一张望，往大门上走了去……

这显然是阿长去寻短见了！

大家便往大门外，河边，街上去寻找。

但那些地方都没有踪迹。

只有一个住在河边的人说，他曾经听见河边扑通的响了一声，像一块很大的石头丢下水中……

呵，阿长投河了！显然是投河了！

纷乱和扰攘立刻迷漫了易家村，仿佛落下了一颗陨星一般。他们都非常的惊异，想不到阿长这样坏的一个人，竟是一个孝子！以身殉母的孝子！这样的事情，在易家村还不曾发生过！不，不，连听也不曾听见过，在这些村庄上！

第二天，许多人顺着河去寻阿长的尸首，不看见浮上来。几个人撑着船去打捞，也没有捞到什么。附近树林和义冢地也找不见踪迹。

阿长已经不见了，他没有亲叔伯，没有亲兄弟，亲姊妹，阿长母亲已躺在祖堂里，这收殓出葬的大事便落在他舅舅的身上了。阿长没有积储什么钱，就有，也没有交给谁。这个可怜的母亲到死时只剩了十元自己的汗血钱。她又没有田或屋子可以抵卖，而阿长的舅舅的情形也半斤等于八两。没有办法，只有草草收殓，当日就出葬了。她已绝了后代，没有儿子，也没有孙子，过继是不

鲁　彦

会有人愿意的，可怜的女人！好好的超度，眼看做不到，只有请两个念巫代替和尚罢！至于落殓酒，送丧酒自然也只好请族人原谅，完全免去，因为两次照例的酒席费实在没有人拿得出。谁肯给没有后代的人填出三四十元钱来？以后向谁讨呢？阿长的老婆决不会守一生孤孀！

于是他母亲的事情就在当天草草的结束了。

冷落而且凄凉。

第三天清晨，天刚发亮，种田的木生的老婆提着淘米篮到河边去淘米了。

大门还关着，静悄悄的没有一点声音。

一到门边，她突然叫了起来，回头就跑！

她看见大门边躲着一个可怕的影子！极像阿长！一身泥泞！

"鬼啦！鬼啦！……"她吓得抖颤起来。这显然是阿长的灵魂回来了！

邻居们都惊骇起来，一听见她的叫声。

木生赶出来了。他是一个胆子极大的粗人。他一手拿着扁担，大声的问："在哪里？在哪里？"

"不要过去！……阿长的灵魂转来了！……躲在大门边！……"她的老婆叫着说。

木生一点也不害怕，走了拢去。

"张天师在此！"他高声的喊着。

阿长发着抖，蹲了下去。他口里颤声的说："是我，木生叔！……人！"

木生听见他的话，确像活人的声音，样子也一点没有改变，他有点犹疑了。他想，阿长生病的时候原是有点像发疯，或许真的没有死。于是他拿住了扁担，问了：

"是人，叫三声应三声！……阿长！"

"噢！"

"阿长！"

"噢！"

"阿长！"

"噢！……真的是人，木生叔！"

木生叔相信了。但他立刻又想到了一个方法。鬼是最怕左手巴掌的，他想，如果是鬼，三个左手巴掌，就会消散。于是他决计再作一次证明。

他走近阿长，啪的就是一个左手巴掌，口里喊一声：

"小鬼！"

阿长只缩了一缩身子，阿呀响了一声。

啪的又是一个巴掌，阿长又只哼了一声，缩一缩身子。

第三个巴掌又打下去了，阿长仍整个在那里。

"我受不住了，木生叔！可怜我已受了一场大苦！……"

这时大门内的人都已聚在那里。他们确信阿长真的没有死。

阿长的舅舅因为阿长的老婆日后的事还没有排布好，夜里没有回去，宿在邻居的家里。他听见这消息，也赶到了。

他走上去也是啪啪啪三个左手巴掌，随后扯住阿长的耳朵，审问起来：

"那么你到底到那里去了，说出来！"

阿长发着抖说了：

"昨夜，——前天夜里，舅舅，一个可怕的人把我拖去的……把我拖到河里，按在河底里，灌我烂泥，又把我捆起来，栓在乱石里……我摸了一天河蚌……真大，舅舅，河蚌像甑大，蛳螺像碗大……好些人都在那里摸……我叫着叫着，没有一个人救我，后来我想出了法子，打碎一个蚌壳，割断绳，……逃上岸……走了一夜，才到家……"

许多女人都相信这话是真的。因为阿长的身上的确都是烂泥，面孔，头发上都是。

"这一定是鬼差捉错了！"

"也许是他命里注定要受这场殃！"

但阿长的舅舅却一点也不相信。他摇着头，怒气冲冲的睁着眼睛，说："狗屁！全是说谎！解开衣裳看过！"

阿长的舅舅的确了解阿长最深，这也许是他的姊姊生前常常在讲阿长的行为给他听的缘故吧。

在阿长的衣袋里，他找到了铁证：那是一包纸包，一点也没有湿，打开来，里面有十二元钞票！

"瘟东西！真死了还好一点！你骗谁！河里浸了一天一夜，钞票会不湿！连纸包都是干的！你想把这钱藏起来，躲了开去，免得你娘死了，把你的袋口扯大！贼骨头！瘟东西！……"

他提起拳头连珠炮似的打了起来，两脚乱跌起来。许多人围拢来帮着打了。打得阿长走路不得。

但这十二元钞票，最后毕竟属于阿长了。因为虽然人家把它交给了他的老婆，而他的老婆毕竟是他的老婆！

第七章

戏语成真黑夜开棺———红绫被翻娇妻遭殃——空手出发别寻新

鲁 彦

地——阿长阿长

事实证明，阿长这双手有特别的天才。他依靠着它们，做了许多人家不敢做的事。光荣的纹已深刻地显露在他的两手上。他现在已没有父母，荫庇一点也没有了。家里没有田也没有钱，只有两间破陋的小屋，一道半倒塌的矮场，一扇破洞点点的烂门。饭锅是土做的，缺了口，筷已焦了一头，碗破了一边，凳子断了脚，桌子起了疤。可以说，穷到极巅了。

但他能够活着，能够活下去。

这是谁的功劳呢？

他的手的功劳！

他的手会掘地，会种菜，会砻谷，会舂米，会磨粉，会划船，会砍柴……易家村极少这样的人物。虽然人人知道他的手不干净，却也缺少他不得。

又例如，易家村死了人，冰冷冷的，谁去给他穿衣呢？——阿长！阴森森的，谁在夜里看守尸首呢？——阿长！臭气冲鼻的，谁去扛着他放下棺材呢？——阿长！

不仅这些，他还学会了别的事情。

"黄金十二两！"

"有！"他答应者，硼的敲一下铜锣。

"乌金八两！"

"有！"硼的又敲一下铜锣。

"白米三斗！"

"有！"

"白米四斗！"

"有！"

"白米五斗！"

"有！"

"白米六斗！白米七斗！白米八斗！"

"有！有！有！"他答应一声敲一下，一点也不错误，一点也不迟缓，当入殓的时候。

对着死人，他不吐一口涎不发一点抖。他说着，笑着，做着，仿佛在他的面前躺着的不是死人，是活人。

"啊，爬起来了！"

半夜守尸的时候，常常有人故意这样的吓他，手指着躺在门板上的死人。

"正是三缺一，勿来伤阴骘！"他安然笑着说。

"穿得真好啊！湖绉和花缎！"

一次，在守尸的夜里，阿毕鸦片鬼忽然这样的说了起来。

"金戒指不晓得带了去做什么！难道这在阴间也有用么！"阿长说。

"怎么没有用！"

"压在天门，倒有点可怕！"

"你去拿一只来罢！我做庄家！我不怕！"

"拿一只就拿一只！"阿长随口的说。

"只怕阎吴大王要你做朋友！"

"笑话！剥尸也有方法！"

阿毕鸦片鬼笑了。

"你去剥来！"

"一道去！"

于是认真的商量了。

这一夜守夜的只有三个人，其中的一个，这时正熟睡着。他们两个人切切的密议起来，没有谁听见。

阿毕鸦片鬼是一个光棍，他穷得和阿长差不多。据易家村人所知道，他走的也是岔路。

于是过了三四天，这事情举行了。

夜色非常的朦胧，对面辨不出人。循着田塍，阿长和阿毕鸦片鬼悄悄的向一家出丧才两天的棺材走去，后面远远的跟着阿长的妻子，因为这勾当需要女人的左手。

阿长的肩上背着一根扁担，扁担上挂着一根稻绳，像砍柴去的模样。阿毕鸦片鬼代他拿了镰刀，一只麻袋，像一个伴。

不久，到了那棺材旁了。

两个人开始轻轻的割断草绳，揭开上面的草。随后阿长便在田里捻了一团泥土，插上三根带来的香捧！跪着拜了三拜，轻轻祷告着说："开门！有事看朋友！"

说完这话，也就站起来，和阿毕鸦片鬼肩着棺盖，用力往上抬。

棺盖豁然顶开了。

那里面躺着一个安静的女人，身上重重叠叠的盖着红绫的棉被。头上扎着黑色的包头，只露出了一张青白的面孔。眼睛，鼻子和嘴巴已陷了进去。

掀开棉被，阿长就叫他的老婆动手。

于是拖鸡豹便走上前，在死人的脸上，啪啪的三个左手巴掌，低声而凶恶的叫着说："欠我铜钱还不还？"

尸首突然自己坐起了。因为女人的左手巴掌比什么都厉害。

"还不还？"阿长也叫着说，"还不还？连问三声，不还——就剥！"

三双手同时动手了。

这一夜满载而归……

不久，阿长和阿毕鸦片鬼上了瘾了。那里最多金戒指，银手镯，玉簪，缎衣，红绫被。地点又多半在野外，半夜里没有人看见，安静地做完了事，重又把稻草盖在上面，一点不露痕迹。

没有什么买卖比这更好了！

安稳而且厚利。

但一次，事情暴露了。

一处处人家，看见棺材旁脱落了许多稻草，疑惑起来，仔细观察，棺材上的稻草有点紊乱，再看时，棺材盖没有合口。

一传十，十传百，传了开去，许多人都惊疑起来，细细地去观察自己家里人的棺材。

有好几家，发现棺材口边压着一角棉袍或衣裳……

有一家，看见半只赤裸裸的手臂拖在外面，棺盖压着……

一天下午，阿长正在对河的火烧场里寻找东西，忽然看见五六个背着枪的警察往自己的大门内走了进去，后面跟着一大群男女。

阿长知道事情有点不妙了。他连忙在倒墙和未曾烧光的破屋中躲了起来，他只用一只眼睛从破洞里张望着。

对河的人越聚越多，都大声的谈论，一片喧嚷。

不久，人群两边分开，让出一条路，警察簇拥着他的妻子走了出来。一个警察挟着一条红绫的被，那正是阿长最近剥来的东西。

呵，阿长的老婆捉去了！阿长所心爱的老婆！

没有什么事比这更伤心了，阿长看着自己的老婆被警察绳捆索绑的捉了去。

他失了心似的，在附近什么地方躲了两天，饭也没有吃。

过了三天，易家村又骚动起来，街路上挤满了人。

阿长偷偷的看见人群中走着自己的妻子。手反绑着，头颈上一个木架，背上一块白布，写着许多字。七八个背枪的警察簇拥着。一个人提着铜锣，不时敲着。

完了！一切都完了！

阿长的老婆显然已定了罪名！不是杀就是枪毙！

可怜呵，阿长的老婆！这样青轻的年纪！

阿长昏晕了……

待他醒来，太阳已经下了山，黑暗渐渐罩住了易家村。这时正有两个人提着灯笼，谈着话急促地走过。阿长只听见一句话："解到县里去了！"

阿长不想再回到家里去，虽然那里还藏着许多秘密的东西，这显然是不可能的事了。而且，即使可能，他也不愿再见那伤心的房子。他决计当夜离开易家村了。

他的心虽然震荡着，但他的脑子还依旧。他相信大地上还有他可以过活的地方。

"说不定，"他想，"别的地方更好！"

他的心是很容易安定的。新的希望又生长在他的脑内。

在朦胧的夜色中，他赤手空拳的出发了……

阿长，阿长！

阿长！阿长！！！

……

第八章

尾声

阿长离开易家村是在民国……年，三十……岁，至今将近十年了。

关于他，没有什么消息，在这冗长的年月中。

新的更好的地方应该有的罢，找到他，在阿长总是可能的罢——给阿长祝福！

（选自短篇小说集《黄金》，1928年5月，上海人间书店）

鲁 彦

童年的悲哀

这是如何的可怕,时光过得这样的迅速!

它像清晨的流星,它像夏夜的闪电,刹那间便溜了过去,而且,不知不觉地带着我那一生中最可爱的一叶走了。

像太阳已经下了山,夜渐渐展开了它的黑色的幕似的,我感觉到无穷的恐怖。像狂风卷着乱云,暴雨掀起波涛似的,我感觉到无边的惊骇。像周围哀啼着凄凉的鬼魑,影闪着死僵的人骸似的,我心中充满了不堪形容的悲哀和绝望。

谁说青年是一生中最宝贵的时代,是黄金的时代呢?我没有看见,我没有感觉到。我只看见黑暗与沉寂,我只感觉到苦恼与悲哀。是谁在这样说着,是谁在这样羡慕着,我愿意把这时代交给了他。

呵,我愿意回到我的可爱的童年时代,回到那梦幻的浮云的时代!

神呵,给我伟大的力,不能让我回到那时代去,至少也让我的回忆拍着翅膀飞到那最凄凉的一隅去,暂时让悲哀的梦来充实我吧!我愿意这样,因为即使是童年的悲哀也比青年的欢乐来得梦幻,来得甜蜜呵!

……

那是在哪一年,我不大记得了。好像是在我十一二岁的时候。

时间是在正月的初上。正是故乡锣声遍地、龙灯和马灯来往不绝的几天。

这是一年中最欢乐的几天。过于长久的生活的劳碌,乡下人都一致的暂时搁下了重担,用娱乐来洗涤他们的疲乏了。街上的店铺全都关了门。祠庙和桥上这里那里一堆堆地簇拥着打牌九的人群。平日最节俭的人在这几天里都握着满把的瓜子,不息地剥啄着。最正经最严肃的人现在都背着旗子或是敲着铜锣随着龙灯马灯出发了。他们谈笑着,歌唱着,没有一个人的脸上会发现忧愁的

71

影子。孩子们像从笼里放出来的一般，到处跳跃着，放着鞭炮，或是在地上围做一团，用尖石划了格子打着钱，占据了街上的角隅。

母亲对我拘束得很严。她认为打钱一类的游戏是不长进的孩子们玩的，她平日总是不许我和其他的孩子们一同玩耍，她把她的钱柜子锁得很紧密。倘若我偶然在抽屉的角落里找到了几个铜钱，偷偷地出去和别的孩子们打钱，她便会很快的找到我，赶回家去大骂一顿，有时挨了一场打，还得挨一餐饿。

但一到正月初上，母亲就给我自由了。我不必再在抽屉角落里寻找剩余的铜钱，我自己的枕头下已有了母亲给我的丰富的压岁钱。除了当着大路以外，就在母亲的面前也可以和别的孩子们打钱了。

打钱的游戏是最方便最有趣不过的。只要两个孩子碰在一起，问一声"来不来？"回答说"怕你吗？"同找一块不太光滑也不太凹凸的石板，就地找一块小的尖石，划出一个四方的格子，再在方格里对着角划上两根斜线，就开始了。随后自有别的孩子们来陆续加入，摆下钱来，许多人簇拥成一堆。我虽然不常有机会打钱，没有练习得十分凶狠的铲法，但我却能很稳当的使用刨法，那就是不象铲似的把自己手中的钱往前面跌下去，却是往后落下去。用这种方法，无论能不能把别人的钱刨到格子或线外去，而自己的钱却能常常落在方格里，不会象铲似的，自己的钱总是一直冲到方格外面去，易于发生危险。

常和我打钱的多是一些年纪不相上下的孩子，而且都知道把自己的钱拿得最平稳。年纪小的不凑到我们这一伙来，年纪过大或拿钱拿得不平稳的也常被我们所拒绝。

在正月初上的几天里，我们总是到处打钱：祠堂里、街上、桥上、屋檐下，划满了方格。我的心像野马似的，欢喜得忘记了家，忘记了吃饭。

但有一天，正当我们闹得兴高采烈的时候，来了一个捣乱的孩子。

他比我们这一伙人都长得大些，他大约已经有了十四五岁，他的名字叫做生福。他没有母亲也没有父亲。他平时帮着人家划船，赚了钱一个人化费，不是挤到牌九摊里去，就和他的一伙打铜板。他不大喜欢和人家打铜钱，他觉得输赢太小，没有多大的趣味。他的打法是很凶的，老是把自己的铜板紧紧地斜扣在手指中，狂风暴雨似的錾了下去。因此在方格中很平稳地躺着的钱，别人打不出去的，常被他錾了出去。同时，他的手又来得很快，每当将錾之前，先伸出食指去摸一摸被打的钱，在人家不知不觉中把平稳地躺着的钱移动得有了蹊跷。这种打法，无论谁见了都要害怕。

好像因为前一天和我们一伙里的一个孩子吵了架的缘故，生福忽然走来在我们的格子里放下了一个铜板。在打铜钱的地方拿着铜板打原是未尝不可以的，但因为他向来打得很凶而且有点无赖，同时又看出他故意来捣乱的声势，我们一致拒绝了。

于是生福生了气，伸一只脚在我们的格子里，叫着说："石板是你们的吗？"

我们的眉毛都竖起了。——但因为是在正月里，大家觉得吵架不应该，同时也有点怕他生得蛮横，都收了钱让开了。

"到我家的檐口去！"一个孩子叫着说。

我们便都拥到那里，划起格子来。

那是靠河的一个檐口下，和我家的大门是连接着的。那个孩子的家里本在那间屋子的楼下开着米店，因为去年的生意亏了本，年底就决计结束不再开了。这时店堂的门半开着，外面一部分已经变做了客堂，里面还堆着一些米店的杂物。屋子是孩子家里的，檐口下的石板自然也是孩子家里的了。

但正当我们将要开始继续打钱的时候，生福又来了。他又在格子里放下了一个铜板。

"一道来！"他气忿地说。

"这是我家的石板！"那孩子叫了起来。

"石板会答应吗？你家的石板会说话吗？"

我们都站了起来，捏紧了拳头。每个人的心里都发了火了。辱骂的话成堆的从我们口里涌了出来。

于是生福象暴怒的老虎一般，竖着浓黑的眉毛，睁着红的眼睛，握着拳头，向我们一群扑了过来。

但是，他的拳头正将落在那个小主人的脸上时，他的耳朵忽然被人扯住了。

"你的拳头大些吗？"一个大人的声音在生福脑后响着。

我们都惊喜地叫起来了。

那是阿成哥，是我们最喜欢的阿成哥！

"打他几个耳光，阿成哥。他欺侮我们呢！"

生福已经怔住了。他显然怕阿成哥。阿成哥比他高了许多，气力也来得大。他是一个大人，已经上了二十岁。他能够挑很重的担子，走很远的路。他去年就是在现在已经关闭的米店里舂壳舂米。他一定要把生福痛打一顿的了，我们想。

但阿成哥却并不如此，反放了生福的耳朵。

"为的什么呢？"他问我们。

我们把生福欺侮我们的情形完全告诉了他。

于是阿成哥笑了。他转过脸去，对着生福说：

"来吧,你有几个铜板呢?"他一面说,一面掏着自己衣袋里的铜板。

生福又发气了,看见阿成哥这种态度。他立刻在地上格子里放下了一个铜板。

"打铜板不会打不过你!"

阿成哥微笑着,把自己的铜板也放了下去。

我们也就围拢去望着,都给阿成哥担起心来。我们向来没有看见过阿成哥和人家打过铜板,猜想他会输给生福。

果然生福气上加气,来得愈加凶狠了。他一连赢了阿成哥五六个铜板。阿成哥的铜板一放下去,就被他打出格子外。阿成哥连还手的机会也没有。

但阿成哥只是微笑着,任他去打。

过了一会,生福的铜板落在格子里了。

于是我们看见阿成哥的铜板很平稳地放在手指中,毫不用力的落了下来。

阿成哥的铜板和生福的铜板一同滚出了格子外。

"打铜板应该这样打法,拿得非常稳!"他笑着说,接连又打出了几个铜板。

"把它打到这边来,好不好?"他说着,果然把生福的铜板打到他所指的地方去了。

"打到那边去吧!"

生福的铜板往那边滚了。

"随便你摆吧——我把它打过这条线!"

生福的铜板果然滚过了他所指的线。

生福有点呆住了。阿成哥的铜板打出了他的铜板,总是随着滚出了格子外,接连着接连着,弄得生福没有还手的机会。

我们都看得出了神。

"鋆是不公平的,要这样平稳地跌了下去才能叫人心服!"阿成哥说着,又打出了几个铜板。

"且让你打吧!我已赢了你五个。"

阿成哥息了下来,把铜板放在格子里。

但生福已经起了恐慌,没有把阿成哥的铜板打出去,自己的铜板却滚出了格子外。

我们注意着生福的衣袋,它过了几分钟渐渐轻松了。

"还有几个好输呢?"阿成哥笑着问他说,"留几个去买酱油醋吧!"

生福完全害怕了。他收了铜板,站了起来。

"你年纪大些!"他给自己解嘲似的说。

鲁 彦

"像你年纪大些就想欺侮年纪小的，才是坏东西！——因为是在正月里，我饶恕了你的耳光！铜板拿去吧，我不要你这可怜虫的钱！"阿成哥笑着，把赢得的铜板丢在地上，走进店堂里去了。

我们都大笑了起来，心里痛快得难以言说。

生福红着脸，逡巡了一会，终于拾起地上的铜板踱开了。

我们伸着舌头，直望到生福转了弯，才拥到店堂里去看阿成哥。

阿成哥已从屋内拿了一支胡琴走出来，坐在长凳上调着弦。

他是一个粗人，但他却多才而又多艺，拉得一手很好的胡琴。每当工作完毕时，他总是独自坐在河边，拉着他的胡琴，口中唱着小调。于是便有很多的人围绕着他，静静的听着。我很喜欢胡琴的声音。这一群人中常有我在内。

在故乡，音乐是不常有的。每一个大人都庄重得了不得，偶然有人嘴里呼啸着调子，就会被人看做轻佻。至于拉胡琴之类是愈加没有出息的人的玩意了。一年中，只有算命的瞎子弹着不成调的三弦来到屋檐下算命，夏夜有敲着小锣和竹鼓的瞎子唱新闻，秋收后祠堂里偶然敲着洋琴唱一台书，此外乐器声便不常听见。只有正月里玩龙灯和马灯的时候，胡琴最多，二三月间赛会时的鼓阁，乐器来得完备些。但因为玩乐器的人多半是一些不务正业或是职业卑微的人，稍微把自己看得高一点的人便对他们含了一种蔑视的思想。然而，音乐的力量到底是很大的，乡里人一听见乐器的声音，男女老小便都围了拢去，虽然他们自己并不喜欢玩什么乐器。

阿成哥在我们村上拉胡琴是有名的。因此大人们多喜欢他。我们孩子们常缠着他要他拉胡琴。到了正月，他常拿了他的胡琴，跟着龙灯或马灯四处的跑。这几天不晓得为了什么事，他没有出去。

似乎是因为赶走了生福的缘故，他心里高兴起来，这时又拿出胡琴来拉了。

这支胡琴的构造很简单而且粗糙。蒙着筒口的不是蛇皮，是一块将要破裂的薄板。琴杆、弦栓和筒子涂着浅淡的红色。价钱大约是很便宜的。它现在已经很旧，淡红色上已经加上了一道龌龊的油腻，有些地方的油漆完全褪了色。白色的松香灰粘满了筒子的上部和薄板，又扬上了琴杆的下部并在那里粘着。弓已弯曲得非常厉害，马尾稀疏得象要统统脱下来的样子。这在我孩子的眼里并不美丽。我曾经有几次要求阿成哥让我试拉一下，它只能发出非常难听的嘎声。

但不知怎的，这支胡琴到了阿成哥手里便发出很甜美的声音，有时像有什么在那声音里笑着跳着似的，有时又像有什么在那声音里哭泣着似的。听见了他的胡琴的声音，我常常呆睁着眼睛望着，惊异得出了神。

75

"你们哪一个来唱一曲呢？"这一天他拉完了一个调子，忽然笑着问我们说。"拣一个最熟的——《西湖栏杆》好不好？"

于是我们都红了脸叫着说：

"我不会！"

"谁相信！哪个不会唱《西湖栏杆》！先让我来唱一遍吧——没有什么可以怕羞！"

"好呀！你唱你唱！"我们一齐叫着说。

"我唱完了，你们要唱的呢！"

"随便指定一个吧！"

于是阿成哥调了一调弦，一面拉着一面唱起来了：

西湖栏杆冷又冷，妹叹第一声：
在郎哥出门去，一路要小心！
路上鲜花——郎呀少去采……

阿成哥假装着女人的声音唱着，清脆得像一个真的女人，又完全合了胡琴的高低。我们都静默的听着。

他唱完了又拉了一个过门，停了下来，笑着说："现在轮到你们了——哪一个？"

大家红着脸，一个一个都想溜开了。有几个孩子已站到门限上。

"不会！不会！"

"还是浙琴吧！"他忽然站起来，拖住了我的手。

我的心突然跳了起来，浑身像火烧一般，说不出话来，只是挣扎着，摇着头："不……不……"

"好呀！浙琴会唱！浙琴会唱！"孩子们又都跳了拢来，叫着说。

"不要怕羞！关了门吧！只有我们几个人听见！"阿成哥说着，松了手，走去关上了店门。

我已经完全在包围中了。孩子们都拥挤着我，叫嚷着。我不能不唱了。但我又怎能唱呢？《西湖栏杆》头一节是会唱的，但只在心里唱过，在没有人的时候唱过，至多也只在阿姊的面前唱过，向来却没有对着别的人唱过。

"唱吧唱吧！已经关了门了！"阿成哥催迫着。

"不会……不会唱……"

"唱吧唱吧！浙琴！不要客气了！"孩子们又叫嚷着。

我不能不唱了。我只好红着脸，说："可不要笑的呢！"

"他答应了！——要静静的听着的！"阿成哥对大众说。

"让我再来拉一回，随后你唱，高低要合胡琴的声音！"

于是他又拉起来了。

听着他的胡琴的声音，我的心的跳动突然改变了情调，全身都像在颤动着一般。

他的胡琴先是很轻舒活泼的，这时忽然变得沉重而且呜咽了。

它呜咽着呜咽着，抽噎似的唱出了"妹叹第一声……"

"……"

"西湖栏杆冷又冷……"

他拉完了过门，我便这样的唱了起来，于是他的胡琴也毫不停顿的拉了下去，和我的歌声混合了。

"……"

"好呀！唱得好呀！……"孩子们喊了起来。

我已唱完了我所懂得的一节。胡琴也停住了。

我不知道我唱的什么，也不知道是怎样唱的。我只感觉到我的整个的心在强烈的击撞着。我像失了魂一般。

"比什么人都唱得好！最会唱的大人也没有唱得这样好！我头一次听见，浙琴！"阿成哥非常喜欢的叫着说。

我的心的跳动又突然改变了情调，像有一种大得不能负载的欢悦充塞了我的心。我默默坐下了。我感觉到我的头在燃烧着。我的灵魂像向着某处猛烈地冲了去似的……

就是从这一天起，我的灵魂向音乐飞去了。我需要音乐。我想象阿成哥握住我的手似的握住音乐。

因此我爱着了阿成哥，比爱任何人还爱他。

每当母亲对我说，"你去问问阿四叔、连品公公、阿成哥，看哪个明朝后日有工夫可以给我们来奢谷！"我总是先跑到阿成哥那里去。别个来奢谷，我懒洋洋地睁着眼睛睡在床上，很迟很迟的才起床，不高兴出去帮忙，尽管母亲一次又一次的骂着催着。阿成哥来了，我一清早就爬了起来，开开了栈房，把轻便的奢谷器具搬了出来，又帮着母亲备好了早饭，等待着阿成哥的来到。有时候还早，我埂跑到桥头去等他。

他本来一向和气，见了人总是满面笑容。但我感觉到他对我的微笑来得格外亲热，像是一个母亲生的似的。因此我喜欢常在他身边。他奢谷时，我拿了一根竹杆，坐在他的对面赶鸡。他筛米时，我走近去拣着未曾破裂的谷子。

《西湖栏杆》这只小调一共有十节歌，就在奢谷的时候，他把其余的九节完全教会了我。

没有事的时候，他时常带了他的胡琴到我家里来，他拉着，我唱着。

他告诉我，用蛇皮蒙着筒口的胡琴叫做皮胡，他的这支用薄板蒙的叫做板胡。他喜欢板胡，因为板胡的声音比皮胡来得清脆。他说胡琴比箫和笛子好，因为胡琴可以随便变调，又可以自拉自唱；他会吹箫和笛子，但因为这个缘故，他只买了一支胡琴。

他又告诉我，外面的一根弦叫做子弦，里面的叫做二弦。他说有些人不用子弦，单用二弦和老弦是不大好听的，因为弦粗了便不大清脆。

他又告诉我，胡琴应该怎样拿法，指头应该怎样按法，哪一枚指头按着弦是"五"字，哪一枚指头按着弦是"六"字……

关于胡琴的一切，他都告诉我了！

于是我的心愈加燃烧了起来：我饥渴地希望得到一支胡琴。

但这是太困难了。母亲绝对不能允许我有一支胡琴。

最大的原因是，她认为唱歌，拉胡琴，都是下流人的游戏。

我父亲是一个正经人，他在洋行里做经理，赚得很多的钱，今年买田，明年买屋，乡里人都特别的尊敬他和母亲。他们只有我这一个儿子，他们对我的希望特别大。他们希望我将来做一个买办，造洋房，买田地，为一切的人所尊敬，做一个人上的人。

倘若外面传了开去，说某老板的儿子会拉胡琴，或者说某买办会拉胡琴，这成什么话呢?!

"你靠拉胡琴吃饭吗？"母亲问我说，每次当我稍微露出买一支胡琴的意思的时候。

是的，靠拉胡琴吃饭是不可能的，即使可能，我也不愿意。这是多么羞耻的事情，倘若我拉着胡琴去散人家的心，而从这里像乞丐似的得到了饭吃。

但我喜欢胡琴，我的耳朵喜欢听见胡琴的声音，我的手指想按着胡琴的弦，我希望胡琴的声音能从我的手指下发出来。这欲望在强烈地鼓动着我，叫我无论如何须去获得一支胡琴。

于是，我终于想出一个方法了。

那是在同年的夏天里，当我家改造屋子的时候。那时木匠和瓦匠天天在我们家里做着工。到处堆满了木料和砖瓦。

在木匠师傅吃饭去的时候，我找出了一根细小的长的木头。我决定把它当做胡琴的杆子，用木匠师傅的斧头劈着。但他们所用的斧头太重了，我拿得很吃力，许久许久还劈不好。我怕人家会阻挡我拿那样重的斧头，因此我只在没有人的时候劈；看看他们快要吃完饭，我便息了下来，把木头藏在一个地方。

鲁　彦

这样的继续了几天,终于被一个木匠师傅看见了。他问我做什么用,我不肯告诉他。我怕他会笑我,或者还会告诉我的母亲。

"我自有用处!"我回答他说。

他问我要劈成什么样子,我告诉他要扁的方的。他笑着想了半天,总是想不出来。

但看我劈得太吃力,又恐怕我劈伤了手,这个好木匠代我劈了。

"这样够大了吗?"

"还要小一点。"

"这样如何呢?"

"再扁一点吧。"

"好了吧?我给你刨一刨光罢!"他说着,便用刨给我刨了起来。

待木头变成了一根长的光滑的扁平的杆子时,我收回了。那杆子的下部分是应该圆的,但因为恐怕他看出来,我把这件工作留给了自己,秘密地进行着。刨比斧头轻了好几倍,我一点也不感觉到困难。

随后我又用刨和锉刀做了两个大的,一头小一头大的,圆的弦栓。

在旧罐头中,我找到了一个洋铁的牛乳罐头,我剪去了厚的底,留了薄的一面,又在罐背上用剪刀凿了两个适合杆子下部分的洞。

只是还有一个困难的问题不容易解决。

那就是杆子上插弦栓的两个洞。

我用凿子试了一试,觉得太大,而且杆子有破裂的危险。

我想了。我想到阿成哥的胡琴杆上的洞口是露着火烧过的痕迹的。怎样烧的呢?这是最容易烧毁杆子的。

我决定了它是用火烫出来的。

于是我把家中缝衣用的烙铁在火坑里煨了一会,用烙铁尖去试了一下。

它只稍微焦了一点。

我又思索了。

我记起了做铜匠的定法叔家里有一个风扇炉,他常常把一块铁煨得血红的烫东西。烫下去时,会吱吱的响着,冒出烟来。我的杆子也应该这样烫才是,我想。

我到他家里去逡巡了几次,看他有没有生炉子。过了几天,炉子果然生起来了。

于是我拿了琴杆和一枚粗大的洋铁去,请求他自己用完炉子后让我一用。

定法叔立刻答应了我。在叔伯辈中,他是待我最好的一个。我有所要求,他总答应我。我要把针做成鱼钩时,他常借给我小铁钳和锉刀。母亲要我到三

79

里路远近的大碶头买东西去时,他常叫我不要去,代我去买了来。他很忙,一面开着铜店,一面又在同一间房子里开着小店,贩卖老酒、洋油和纸烟。同时他还要代这家挑担,代那家买东西,出了力不够,还常常赔了一些点心钱和小费。母亲因为他太好了,常常不去烦劳他,但他却不时的走来问母亲,要不要做这个做那个,他实在是不能再忠厚诚实了。

这一天也和平日一般的,他在忙碌中看见我用洋钉烫琴杆不易见功,他就找出了一枚大一点的铁锥,在火里煨得血红,又在琴杆上撒了一些松香,很快的代我烫好了两个圆洞。

弦是很便宜的,在大碶头一家小店里,我买来了两根弦。

从柴堆里,我又选了一根细竹,削去了竹叶;从母亲的线篮中,我剪了一束纯麻;这两样合起来,便成了我的胡琴的弓。

松香是定法叔送给我的。

我的胡琴制成了。

我非常的高兴,开始试验我的新的胡琴,背着母亲拉了起来。

但它怎样也发不出声音,弓只是在弦上没有声息的滑了过去。

这使我起了极大的失望,我不知道它的毛病在哪里。我四处寻找我的胡琴和别的胡琴不同的地方,我发现了别的弓用的是马尾,我的是麻。我起初不很相信这两样有什么分别,因为它和马尾的样子差不多,它还没有制成线。随后我便假定了是弓的毛病,决计往大碶头去买了。

这时我感觉到这有三个困难的问题。第一是,铺子里的弓都套在胡琴上,似乎没有单卖弓的;第二是,如果响不响全在弓的关系,它的价钱一定很贵;第三是,这样长的一支弓从大碶头拿到家里来,路上会被人家看见,引起取笑。

但头二样是过虑的。店铺里的主人答应我可以单买一支弓,它的价值也很便宜,不到一角钱。

第三种困难也有了解决的办法。

我穿了一件竹布长衫到大碶头去。买了弓,我把它放在长衫里面,右手插进衣缝,装出插在口袋里的模样,握住了弓。我急忙地走回家来。偶一遇见熟人,我就红了脸,闪了过去,弓虽然是这样的藏着,它显然是容易被人看出的。

就在这一天,我有了一支真的胡琴了。

它发出异常洪亮的声音。

母亲和阿姊都惊异地跑了出来。

"这是哪里来的呢?……"母亲的声音里没有一点责备我的神气,她微笑着，显然是惊异得快乐了。

我把一切的经过，统统告诉了她，我又告诉她，我想请阿成哥教我拉胡琴。她答应我，随便玩玩，不要拿到外面去，她说在外面拉胡琴是丢脸的。我也同意了她的意思。

当天晚上，我就请了阿成哥来。他也非常的惊异，他说我比什么人都聪明。他试了一试我的胡琴说，声音很洪亮，和他的一支绝对不同，只是洪亮中带着一种哭丧的声音，那大约是我的一支用洋铁罐做的原因。

我特别喜欢这种哭丧的声音。我觉得它能格外感动人。它像一个嗄了喉咙的男子在哭诉一般。阿成哥也说，这种声音是很特别的，许多胡琴只能发出清脆的女人的声音，就是皮胡的里弦最低的声音也不大像男子的声音，而哭丧的声音则更其来得特别，这在别的胡琴上，只能用左手指头颤动着发出来，但还没有这样的自然。

"可是，"阿成哥对我说，"这支胡琴也有一种缺点，那就是，怎样也拉不出快乐的调子。因为它生成是这样的。"

我完全满意了。我觉得这样更好：让别个去拉快乐的调子，我来拉不快乐的调子。

阿成哥很快的教会了我几个调子。他不会写字，只晓得念谱子。他常常到我家里来，一面拉着胡琴，一面念着谱子，叫我写在纸头上。谱子写出了以后，我就不必要他常在我身边，自己可以渐渐拉熟了。

第二年春间，我由私塾转到了小学校。那里每礼拜上一次唱歌，我抄了不少的歌谱，回家时带了来，用胡琴拉着。我已住在学校里，很想把我的胡琴带到学校里去，但因为怕先生说话，我只好每礼拜回家时拉几次，在学校里便学着弹风琴。

阿成哥已在大碶头一家米店里做活，他不常回家，我也不常回家，不大容易碰着。偶然碰着了，他就拿了他自己的胡琴到我家里来，两个人一起拉着。有时，他的胡琴放在米店里，没有带来时，我们便一个人拉着，一个人唱着。

阿成哥家里有只划船。他很小时帮着他父亲划船度日。他除了父亲和母亲之外，还有一个哥哥和一个弟弟。因为他比他的兄弟能干，所以他做了米师傅。他很能游泳，虽然他现在已经不常和水接近了。

有一次，夏天的下午，他坐在桥上和人家谈天，不知怎的，忽然和一个人打起赌来了。他说，他能够背着一只稻桶游过河。这个没有谁会相信，因为稻桶又大又重，农人们背着在路上走都还觉得吃力。如果说，把这只稻桶浮在水面上，游着推了过去或是拖了过去，倒还可能，如果背在肩上，人就会动弹不得，而且因了它的重量，头就会沉到水里，不能露在水面了。但阿成哥固执地说他能够，和人家赌下了一个西瓜。

稻桶上大下小，四方形，像一个极大的升子。我平时曾经和同伴们躲在里面游戏过，那里可以蹲下四五个孩子，看不见形迹。阿成哥竟背了这样的东西，拣了一段最阔的河道游过去了。我站在岸上望着，捏了一把汗，怕他的头沉到水里去。这样，输了西瓜倒不要紧，他还须吃几口水。

阿成哥从这一边游到那一边了。我的忧虑是多余的。他的脚好像踏着水底一般，只微微看见他的一只手在水里拨动着，背着稻桶，头露在水面上，走了过去。岸上的看众都拍着手，大声的叫着。

阿成哥看见岸上的人这样喝彩，特别高兴了起来。他像立着似的空手游回来时，整个的胸部露出在水面上，有时连肚脐也露出来了。这使岸上的看众的拍掌声和喝彩声愈加大了起来。这样的会游泳，不但我们年纪小的没有看见过，就连年纪大的也是罕见的。

阿成哥就在人声嘈杂中上了岸，走进埠头边一只划船里，换了衣服，笑嘻嘻地走到桥上来。桥上一个大西瓜已经切开在那里。他看见我也在那里，立刻拣了一块送给我吃。

"吃了西瓜，到你家里去！"他非常高兴的对我说。

他的眼睛里充满了快乐，他的面上满是和蔼的笑容。我说不出的幸福。我觉得世上没有比他更可爱的人了。

这一天下午，他在我家里差不多坐了两个钟头。我的胡琴在他手里发出了一种和平常特别不同的声音，异常的快乐，那显然是他心里非常快乐的缘故。

但这样快乐的夏天，阿成哥从此不复有了。从第二年的春天起，他在屋子里受着苦，直到第二个夏天。

那是发生在三月里的一天下午，正当菜花满野盛放的时候。

他太快乐了。再过一天，他家里就将给他举行发送的盛会。这是订婚后第二次，也就是最后一次的礼节。同年十月间，他将和一个女子结婚了。他家里的人都在忙着给他办礼物，他自己也忙碌得异常。

这一天，他在前面，他的哥哥提着一篮礼物跟在他后面向家里走来。走了一半多路，过了一个凉亭，再转过一个屋弄，就将望见他们自己屋子的地方，他遇见了一只狗。

它拦着路躺着，看见阿成哥走来，没有让开。

阿成哥已经在狗的身边走了过去。不知怎的，他心里忽然不高兴起来。他回转身来，瞥了狗一眼，一脚踢了过去。

"畜生！躺在当路上！"

狗突然跳起身，睁着火一般的眼睛，非常迅速的，连叫也没有叫，就在阿成哥脚骨上咬了一口，随后像并没有什么事似的，它垂着尾巴走进了菜花丛里。

阿成哥叫了一声，倒在地下了。他的脚骨已连裤子被狗咬破了一大块，鲜血奔流了出来。这一天他走得特别快，他的哥哥已经被他遗落在后方，直待他赶到时，阿成哥已痛得发了昏。他再也站不起来了。

他的哥哥把他背回家里，他发了几天的烧。全家的人本是很快乐的，这时都起了异常的惊骇。据说，菜花一黄，蛇都从洞里钻了出来，狗吃了毒蛇，便花了眼，发了疯，被它咬着的人，过了一百二十天是要死亡的。神农尝百草，一直到现在还没有发现医治疯狗咬的药。

为什么要在这一天呢？大家都绝望的想着。这是一个非常不吉利的预兆。没有谁相信阿成哥能跳出这个灾难。

他的父亲像在哄骗自己似的，终于东奔西跑，给他找到了一个卖草头药的郎中，给他吃了一点药，又敷上了一些草药。郎中告诉他，须给阿成哥一间最清静的房子，把窗户统统关闭起来，第一是忌色，第二是忌烟酒肉食，第三是忌声音，这样的在屋子里躲过一百二十天，他才有救。

然而阿成哥不久就复原了。他的创口已经收了口，没有什么疼痛，他的精神也已和先前一样。他不相信郎中和别人的话，他怎样也不能这样的度过一百二十天。他总是闹着要出来。但因为他家里劝慰他的人多，他也终于闹了一下，又安静了。

我那时正在学校里，回家后，听见母亲这样说，我才知道了一切。我想去看他，但母亲说，这是不可能的，吵闹了他，他的病会发作起来。母亲告诉我的话是太可怕了。她说，被疯狗咬过的人是绝对没有希望的。她说，毒从创口里进了去，在肚子里会长出小狗来的，创口好像是好了，但在那里会生长狗毛，满了一百二十天，好了则已，不好了，人的眼睛会像疯狗似的变得又花又红，不认得什么人，乱叫乱咬，谁被他咬着，谁也便会变疯狗死去。她不许我去看他，我也不敢去看他，虽然我只是记挂着他。我只每礼拜六回家时打听他的消息。他的灾难使我太绝望了，我总是觉得他没有救星了似的。许久许久，我没有心思去动一动我的胡琴。母亲知道我记挂着阿成哥，因此她时常去打听阿成哥的消息，待我回家时，就首先报告给我听。

到了暑假，我回家后，母亲告诉我，大约阿成哥不要紧了。她说，疯狗咬也有一百天发作的，他现在已经过了一百天，他精神和身体一点没有什么变化。他已稍稍的走到街上来了。有一次母亲还遇见过他，他问我的学校哪一天放暑假。只是母亲仍不许我去看他，她说她听见人家讲，阿成哥有几个相好的女人，只怕他犯了色，还有危险，因为还没有过一百二十天。

但有一天的晚间，我终于遇见他了。

他和平时没有什么分别，只微微清瘦一点。他的体格还依然显露着强健的样子，脸色也还和以前一样的红棕色，只微微淡了一点，大概是在屋子里住得久了。他拿着一根钓鲤鱼的竿子，在河边逡巡着观望鲤鱼的水泡。我几乎忘记了他的病，奔过去叫了起来。

他的眼睛里露出了欣喜和安慰的光，他显然也是渴念着我的。他立刻收了鱼竿，同我一起到我的家里来。母亲听见他来了，立刻泡了一杯茶，关切地问他的病状。他说他一点也没有病，别人的忧虑是多余的。他不相信被疯狗咬有那样的危险。他把他的右脚骨伸出来，揭开了膏药给我们看，那里没有血也没有脓，创口已经完全收了口。他本想连这个膏药也不要，但因为别人固执地要他贴着，他也就随便贴了一个。他有点埋怨他家里的人，他说他们太大惊小怪了。他说一个这样强壮的人，咬破了一个小洞有什么要紧。他说话的时候态度很自然。他很快乐，又见到了我。他对于自己被疯狗咬的事几乎一点也不关心。

我把我的胡琴拿出来提给他，他接在手里，看了一会，说："灰很重，你也许久没有拉了罢？"

我点了点头。

于是母亲告诉他，我怎样的记挂着他，怎样的一回家就想去看他，因为恐怕扰乱他的清静，所以没有去。

阿成哥很感动的说，他也常在记挂着我，他几次想出来都被他家里人阻住了。他也已经许久没有拉胡琴了，他觉得一个人独唱独拉是很少兴趣的。

随后他便兴奋地拉起胡琴来，我感动得睁着眼睛望着他和胡琴。我觉得他的情调忽然改变了。原是和平常所拉的一个调子，今天竟在他手里充满了忧郁的情绪，哭丧声来得特别多也特别拖长了。不知怎的，我心中觉得异常的凄凉，我本是很快乐的，今天能够见着他，而且重又同他坐在一起玩弄胡琴，但在这快乐中我又有了异样的感觉，那是沉重而且凄凉的一种预感。我只默然倾听着，但我的精神似乎并没有集中在那里，我的眼前现出了可怕的幻影：一只红眼睛垂尾巴的疯狗在追逐阿成哥，在他的脚骨上咬了一口，于是阿成哥倒下地了，满地流着鲜红的血，阿成哥站起来时，眼睛也变得红了，圆睁着，张着大的嘴，露着獠牙，追逐着周围的人，剌剌地咬着石头和树木，咬得满口都是血，随后从他的肚子里吐出来几只小的疯狗，跳跃着，追逐着一切的人……于是阿成哥自己又倒在地上，在血泊中死去了……有许多人号哭着……

"渐琴！"母亲突然叫醒了我，"做什么这样的呆坐着呢？今天遇见了阿成哥了，应该快活了吧？跟着唱一曲不好吗？"

我觉得我的脸发烧了。我怎么唱得出呢？这已经是最后一次了，我从此不能再见到阿成哥，阿成哥也不能再见到我了。命运安排好了一切，叫他离开了我，离开了这世界，而且迅速的，非常迅速的，就在第三天的下午。

天气为什么要变得和我的心一般的凄凉呢？没有谁能够知道。它刮着大风，雪盖满了天空，和我的心一般的恐怖与悲伤。

街上有几个人聚在一起，恐怖地低声的谈着话。这显然是出了意外的事了。我走近去听，正是关于阿成哥的事。

"……绳子几乎被他挣断了……房里的东西都被他撞翻在地上……磨着牙齿要咬他的哥哥和父亲……他骂他的父亲，说前生和他有仇恨……门被他撞了个窟窿，他想冲出来，终于被他的哥哥和父亲绑住了……咬碎了一只茶杯，吐了许多血……正是一百二十天，一点没有救星……"

像冷水倾泼在我的头上一般，我恐怖得发起抖来。在街上乱奔了一阵，我在阿成哥屋门口的一块田里跟跄地走着。

屋内有女人的哭声，此外一切都沉寂着。没有看见谁在屋内外走动。风在屋前呼啸着，凄凉而且悲伤。

我瞥见在我的脚旁，稻田中，有一堆夹杂着柴灰的鲜血……

我惊骇地跳了起来，狂奔着回到了家里……

我不能知道我的心是在怎样的击撞着，我的头是在怎样的燃烧着，我一倒在床上便昏了过去。

当阿成哥活着的时候，世上没有比他更可爱的人，当阿成哥死去时，也没有比他更可怕的了。

我出世以来，附近死过许多人，但我没有一次感觉到这样的恐怖过。

当天晚间，风又送了一阵悲伤的哭声和凄凉的钉棺盖声进了我的耳里……

从此我失去了阿成哥，也失去了一切……

……

命运为什么要在我的稚弱的心上砍下一个这样深的创伤呢！我不能够知道。它给了我欢乐，又给了我悲哀。而这悲哀是无底的、无边的。

一切都跟着时光飞也似的溜过去了，只有这悲哀还存留在我的心的深处。每当音乐的声音一触着我的耳膜，悲哀便侵袭到我的心上来，使我记起了阿成哥。

阿成哥的命运是太苦了，他死后还遭了什么样的蹂躏，我不忍说出来……

我呢，我从此也被幸福所摈弃了。

就在他死后第二年，我离开了故乡，一直到现在，还是在外面飘流着。

前两年当我回家时，母亲拿出了我自制的胡琴，对我说："看哪！你小时做的胡琴还代你好好的保留着呢!"

　　但我已不能再和我的胡琴接触了。我曾经做过甜蜜的音乐的梦，而它现在已经消失了。甚至连这样也不可能：就靠着拉胡琴吃饭，如母亲所说的，卑劣地度过这一生罢!

　　最近，我和幸福愈加隔离得远了。我的胡琴，和胡琴同时建造起来的故乡的屋子，已一起被火烧成了灰烬。这仿佛在预告着，我将有一个更可怕的未来。

　　青年时代是黄金的时代，或许在别人是这样的罢？但至少在我这里是无从证明了。我过的烦恼的日子太多了，我看不见幸福的一线微光。

　　这样的生活下去是太苦了……

　　我愿意……

（选自短篇小说集《童年的悲哀》，1931年6月，上海亚东图书馆）

鲁　彦

小小的心

　　赖友人的帮助，我有了一间比较舒适而清洁的住室。淡薄的夕阳的光在屋顶上徘徊的时候，我和一个挑着沉重的行李的挑夫穿过了几条热闹的街道，到了一个清静的小巷。我数了几家门牌，不久便听见我的朋友的叫声。

　　"在这里！"他说，一手指着白色围墙中间的大门。

　　呈现在我的眼前的是一座半旧的三层洋楼：映在夕阳中的枯黄的屋顶露着衰疲的神情；白的墙壁现在已经变成了灰色，颇带几分忧郁；第三层的楼窗全关着，好几个百叶窗的格子斜支着；二层楼的走廊上，晒晾着几件白色的衣服。

　　我带着几分莫名的怅惘，跟着我的朋友走进了大门。这里有很清鲜的空气，小小的院子中栽着几株花木。楼下的房子比较新了一点，似乎曾经加过粉饰的工夫。厅堂中满挂着字画，一个穿西装的中年男子在那里和我的朋友招呼。经过他的身边，我们走上了一条楼梯。楼上有几个妇人和孩子在楼梯口观望着我们。楼上的厅堂中供着神主的牌位，正中的墙壁上挂着一副面貌和善的老人的坐像，从香炉中盘绕出几缕残烟，带着沉幽的气息。供桌外面摆着两张方桌，最外面的一张桌上放着几双碗筷，预备晚餐了。我的新的住室就在厅堂东边第一间，两个门：一个通厅堂，一个朝南通走廊的两扇玻璃门。从朝东的窗子望出去，可以看见邻家园子里的极大的榕树。床铺和桌椅已由我的朋友代我布置好，我打发挑夫走了，便开始整理我的行李。

　　妇人和孩子们走到我的房里来了，眼中露着好奇的光。

　　"请坐，请坐，"我招待她们说。

　　她们嘻嘻笑着，点了点头，似乎会了意。

　　"这是二房东孙先生的夫人，"我的朋友指着一位面色黝黑的三十余岁的妇人，对我介绍说。

"这位老太太是住在厅堂那边，李先生的母亲，"他又指着一个和善的白头发的老妇人，说。

"这两位女人是他们的亲戚……"

"啊！啊，请她们坐罢，"我说。

她们仍嘻嘻的笑着，好奇的眼光不息的在我的身上和我的行李上流动。

最后我的朋友操着流利的本地话和她们说了。他是在介绍我，说我姓王，在某一个学校当教员，现在放了假，到某一家报馆来做编辑了。

"上海郎？"那位老太太这样的问。

"上海郎，"我的朋友回答说。

我不觉笑了。这样的话我已经听见不少的次数，只要是说普通话，或者是说类似普通话的人，在这里是常被本地人看做上海人的。"上海"，这两个字在许多本地人的脑中好像是福建以外的一个版图很大的国名，它包含着：辽宁，吉林，黑龙江，河北，河南，山东，江苏，浙江，山西，陕西，甘肃，四川，湖北，湖南，江西，……一句话，这就等于中国的别名了。我的朋友并非不知道我不是上海人，只因这地方的习惯，他就顺口的承认了。

"上海郎！红阿！"忽然一个孩子在我的身边低声的试叫起来。

黄昏已在房内撒下了朦胧的网，我不十分能够辨别出这孩子的相貌。他约莫有四五岁年纪，很觉瘦小，一身肮脏的灰色衣服，左眼角下有一个很长的深的疤痕，好像被谁挖了一条沟。

"顽皮的孩子！"我想，心里颇有几分不高兴。虽然是孩子，我觉得他第一次这样叫我是有点轻视的意味的。

"阿品！"果然那老太太有点生气了，她很严厉的对这孩子说了一些本地话，"——红先生！"

"红先生……"孩子很小心的学着叫了一句，声音比前更低了。

"红先生！"另外在那里呆望着的三个小孩也跟着叫了起来。

我立刻走过去，牵住了他的小手，蹲在他的面前。我看见他的眼睛有点湿润了。我抚摩着他的脸，转过头来向着老太太说："好孩子哪！"

"好孩寄？——Peh！"她笑着说。

"里姓西米？"我操着不纯粹的本地话问这孩子说。

"姓……谭！"他沉着眼睛，好像想了一想，说。

"他姓陈，"我的朋友立刻插入说，"在这里，陈字是念做谭字的。"

我点了一点头。

"他是这位老太太的外孙——喔，时候不早了，我们出去吃饭吧！"我的朋友对我说。

我站起来,又望了望孩子,跟着我的朋友走了。

阿品,这瘦小的孩子,他有一对使人感动的眼睛。他的微黄的眼珠,好像蒙着一层薄的雾,透过这薄雾,闪闪的发着光。两个圆的孔仿佛生得太大了,显得眼皮不易合拢的模样,不常看见它的眨动,它好像永久是睁开着的。眼珠往上泛着,下面露出了一大块鲜洁的眼白,像在沉思什么,像被什么所感动。在他的眼睛里,我看见了忧郁,悲哀。

"住在外婆家里,应该是极得老人家的抚爱的——他的父母可在这里?"在路上,我这样的问我的朋友。

"没有,他的父亲是工程师,全家住在泉州。"

"那么,为什么愿意孩子离开他们呢?"我好像一个侦探似的,极想知道他的一切。"大概是因为外婆太寂寞了吧?"

"不,外婆这里有三个孙子,不会寂寞的。听说是因为那边孩子太多了,才把他送到这里来的哩!"

"喔——"

我沉默了,孩子的两个忧郁的眼睛立刻又显露在我的眼前,像在沉思,像在凝视着我。在他的眼光里,我听见了微弱的忧郁的失了母爱的诉苦;看见了一颗小小的悲哀的心……

第二天早晨,阿品独自到了我的房里。"红先生!"他显出高兴的样子叫着,同时睁着他的沉思的眼睛凝望着我。我叫着他的名字,走过去牵住了他的小手。这房子,在他好像是一个神异的所在,他凝视着桌子,床铺,又抬起头凝望着壁上的画片。他的眼光的流动是这样的迟缓,每见着一样东西,就好像触动了他的幻想,呆住了许久。

"红先生!"他忽然指着壁上的一张相片,笑着叫了起来。

我也笑了,他并不是叫那站在他的身边的王先生,他是在和那站在亭子边,挟着一包东西的王先生招呼,我把这相片取下来,放在椅子上。他凝视了许久,随后伸出一只小指头,指着那一包东西说了起来。我不懂得他说些什么,只猜想他是在问我,拿着什么东西。"几本书,"我说。他抬起头来望着我,口里咕噜着。"书!"我更简单的说,希望他能够听出来。但他依然凝视着我,显然他不懂得。我便从桌上拿起一本书,指着说,"这个,这个,"他明白了,指着那包东西,叫着"兹!兹!""读兹?"我问他说。"读兹,里读兹!"他笑着回答。"这个叫西米?"我指着茶壶。"队阁。""这叫西米?"我指着茶杯。"队杯,""队阁,队杯!队阁,队杯!"我重复的念着。想立刻记住了本地音。"队阁,队杯!队阁,队杯!"他笑着,缓慢的张着小嘴,眨着沉思的眼睛，故意反学我了。薄的红嫩的两唇，配着黄黑残缺的牙齿，张开来时很像一个破烂了的小拓榴。

从这一天起，我有了一个很好的教师了，他不懂得我的话，我也不懂得他的话，但大家叽哩咕噜的说着，经过了一番推测，做姿势以后，我们都能够了解几分。就在这种情形中，我从他那里学会了几句本地话。清晨，我还没有起床的时候，他已经轻轻地敲我的门。得到了我的允许，他进来了。爬上凳子，他常常抽开屉子找东西玩耍。一张纸，一枝铅笔，在他都是好玩的东西。他乱涂了一番，把纸搓成团，随后又展开来，又搓成了团。我曾经买了一些玩具给他，但他所最爱的却是晚上的蜡烛。一到我房里点起蜡烛，他就跑进来凝视着蜡烛的溶化，随后挖着凝结在烛旁的余滴，用一只洋铁盒子装了起来。我把它在火上烧溶了，等到将要凝结时，取出来捻成了鱼或鸭。他喜欢这蜡做的东西，但过了几分钟，他便故意把它们打碎，要我重做。于是我把蜡烛捻成了麻雀，猴子，随后又把破烂的麻雀捻成了碗，把猴子捻成了筷子和汤匙，最后这些东西又变成了人，兔子，牛，羊……他笑着叫着，外婆家里一个十二三岁的丫头几次叫他去吃晚饭，只是不理她。"吃了饭再来玩吧，"我推着他去，也不肯走。最后外婆亲自来了，她严厉地说了几句，好像在说：如果不回去，今晚就关上门，不准他回去睡觉，他才走了，走时还把蜡烛带了去。吃完饭，他又来继续玩耍，有几次疲倦了就躺在我身上，问他睡在这里吧，他并不固执的要回去，但随后外婆来时，也便去了。

阿品有一种很好的习惯，就是拿动了什么东西必定把它归还原处。有一天，他在我抽屉里发现了一只空的美丽的信封盒子。他显然很喜欢这东西，从家里搬来了一些旧的玩具，装进盒子里。摇着，反覆着，来回走了几次，到晚上又把玩具取出来搬回了家，把空的盒子放在我的抽屉里。盒子上面本来堆集着几本书，他照样地放好了。日子久了，我们愈加要好起来，像一家人一样，但他拿动了我的房子里的东西，还是要把它放在原处。此外，他要进来时，必定先在门外敲门或喊我，进了门或出了门就竖着脚尖，握着门键的把手，把门关上。

阿品的舅舅是一个画家，他有许多很好看的画片，但阿品绝不去拿动他什么，也不跟他玩耍。他的舅舅是一个严肃寡言的人，不大理睬他，阿品也只远远地凝望着他。他有三个孩子都穿得很漂亮，阿品也不常和他们在一块玩耍。他只跟着他的公正慈和的外婆。自从我搬到那里，他才有了一个老大的伴侣。虽然我们彼此的语言都听不懂，但我们总是叽哩咕噜的说着，也互相了解着，好像我完全懂得本地话，他也完全懂得普通话一样。有时，他高兴起来，也跟我学普通话，代替了游戏。

"茶壶！"我指着桌上的茶壶说。

"茶涡！"他学着说。

"茶杯！"

"茶杯！"

"茶瓶！"

"茶饼！"

"这个叫西米？"我指着茶壶，问他。

"茶饼！"他睁着眼睛，想了一会，说。

"不，茶壶！"

"茶涡！"

"这个？"我指着茶杯。

"茶杯！"

"这个？"我指着茶壶。

"茶涡！"他笑着回答。

待他完全学会了，我倒了两杯茶，说："请，请！喝茶，喝茶！"

于是他大笑起来，学着说："请，请，喝茶，喝茶！里夹，里夹！"

"你喝，你喝！"我改正了他的话。

他立刻知道自己说错了，又哈哈大笑起来。随后却又故意说："你喝，你喝！里夹，里夹。"

"夹里，夹里！"我紧紧地抱住了他，吻着他的面颊。

他把头贴着我的头，静默地睁着眼睛，像有所感动似的。我也静默了，一样地有所感动。他，这可爱的阿品，这样幼小的时候，就离开了他的父母，失掉了慈爱的亲热的抚慰，寂寞伶仃地寄居在外婆家里，该是有着莫名的怅惘吧？外婆虽然是够慈和了，但她还有三个孙子，一个儿子，又没有媳妇，须独自管理家务，显然是没有多大的闲空，可以尽量的抚养外孙，把整个的心安排在阿品身上的。阿品是不是懂得这个，有所感动呢？我不知道。但至少我是这样地感动了。一样的，我也离开了我的老年的父母，伶仃地寂寞地在这异乡。虽说是也有着不少的朋友，但世间有什么样的爱情能和生身父母的爱相比呢？……他愿意占有我吗？是的，我愿意占有他，永不离开他；……让他做我的孩子，让我们永久在一起，让胶一般的把我们粘在一起……

"但是，你是谁的孩子呢？你姓什么呢？"我含着眼泪这样地问他。

他用惊异的眼光望着我。

"里姓西米？"

"姓谭！"

"不，"我摇着头，"里姓王！"

"里姓红，瓦姓谭！"

"我姓王，里也姓王！"

"瓦也姓红，里也姓红！"他笑了，在他，这是很有趣味的。

于是我再重复的问了他几句，他都答应姓王了。

外婆从外面走了进来，听见我们的问答，对他说："姓谭！"但是他摇了一摇头，说："红。"外婆笑着走了。外婆的这种态度，在他好像一种准许，从此无论谁问他，他都说姓王了，有些人对他取笑说，你就叫王先生做爸爸吧，他就笑着叫我一声爸爸。

这原是徒然的事，不会使我们满足，不会把我们中间的缺陷消除，不会改变我们的命运的，但阿品喜欢我，爱我，却是足够使我暂时自慰了。

一次，我们附近做起马戏来了。我们可以在楼顶上望见那搭在空地上的极大的帐棚，帐棚上满缀着红绿的电灯，晚上照耀得异常的光明，军乐声日夜奏个不休。满街贴着极大的广告，列着一些惊人的节目：狮子，熊，西班牙女人，法国儿童，非洲男子……登场奏技，说是五国人合办的，叫做世界马戏团。承朋友相邀，我去看了一次，觉得儿童的走索，打秋千，女人的跳舞，矮子翻跟斗，阿品一定喜欢看，特选了和这节目相同，而没有狮子，熊奏技的一天，得到了他的外婆的同意，带他到马戏场去。场内三等的座位已经满了，只有头二等的票子，二等每人二元，儿童半价，我只带了两块钱。我要回家取钱，阿品却不肯，拉着我的手定要走进去，他听不懂我的话，以为我不看了，急得眼泪都快流出来。直到我在那里遇见了一位朋友，阿品才高兴的跳跃着跑了进去。

几分钟后，幕开了。一个美国人出来说了几句恭敬的英语，接着就是矮子的滑稽的跟斗。阿品很高兴的叫着，摇着手，像表示他也会翻跟斗似的。随后一个十二三岁的女孩子出来了。她攀着一根索子一直揉到帐棚顶下，在那里，她纵身一跳，攀住了一个秋千，即刻踏住木板，摇荡几下翻了几个转身，又突然一翻身，落下来，两脚勾住了木板。这个秋千架搭得非常高。底下又无遮拦，倘使技术不娴熟，落到地上，粉身碎骨是无疑的。在幽扬的军乐中，四面的观众都齐声鼓掌起来，惊美这小小女孩子的绝技。我转过脸去看阿品，他只是睁着眼睛，惊讶的望着，不做一声。他的额角上流着许多汗。这时正是暑天的午后，阳光照在篷布上，场内坐满了人，外婆又给阿品罩上了一件干净的蓝衣，他一定太热了，我便给他脱了外面的罩衣，又给他抹去头上的汗。但是他一手牵着我的手，一手指着地，站了起来。我不懂得他的意思，猜他想买东西吃，便从衣袋里摸出一包糖来，递给了他，扯他再坐下来。他接了糖没有吃，

鲁　彦

望了一望秋千架上的女孩，重又站起来要走。这样的扯住他几次，我看见他的眼中包满了眼泪。我想，他该是要小便了，所以这样的急，便领他出了马戏场。牵着他的手，我把他带到一个僻静的角落里，但他只是东张西望，却不肯小便。我知道他平常是什么事情都不肯随便的，又把他带到一处更僻静，看不见一个人的所在。但他仍不肯小便。许是要大便了，我想，从袋里拿出一张纸来，扯扯他的裤子，叫他蹲下。他依然不肯。他只叽哩咕噜的说着，扯着我的手要走。难道是要吃什么吗？我想。带他在许多摊旁走过去，指着各种食品问他，但他摇着头，一样也不要，扯他再进马戏场又不肯。这样，他着急，我也着急了。十几分钟之后，我只好把他送回了家，我想，大概是什么地方不舒服吧？倒给他担心起来。一见着外婆，他就跑了过去，流着眼泪，指手划脚的说了许多话。

"有什么事吗？"我问他的舅舅说，"为什么就要离开马戏场呢？"

"真是蠢东西，说是翻秋千的女孩子这样高的地方掉下来怎么办呢？所以不要看了哩！"他的舅舅埋怨着他，这样的告诉我。

咳，我才是蠢东西呢！我一点也没有想到这上面来，我完全忘记了阿品是一个孩子，是一个有着洁白的纸一样的心的孩子，是一个富于同情的孩子！我完全忘记了这个，我把他当做大人，当做了一个有着蛮心的大人看待，当做了和我一样残忍的人看待了……

从这一天起，我不敢再带阿品到外面去玩耍了。我只很小心的和他在屋子里玩耍。没有必要的事，我便不大出门。附近有海，对面有岛，在沙滩上够我闲步散闷，但我宁愿守在房里等待着阿品，和阿品作伴。阿品也并不喜欢怎样的到外面去，他的兴趣完全和大人的不同。房内的日常的用具，如桌子，椅子，床铺，火柴，手巾，面盆，报纸，书籍，甚至于一粒沙，一根草，在他都可以发生兴味出来。

一天，他在地上拾东西，忽然发现了我的床铺底下放着一双已经破烂了的旧皮鞋。他爬进去拿了出来，不管它罩满了多少的灰尘，便两脚踏了进去。他的脚是这样的小，旧皮鞋好像成了一只大的船。他摇摆着，拐着，走了起来，发着铁妥铁妥的沉重声音。走到桌边，把我的帽子放在头上，一直罩住了眼皮，向我走来，口里叫着："红先生来了！红先生来了！"

"王先生！"我对他叫着说："请坐！请坐！喝茶，喝茶！"

"喔！多谢，多谢！"他便大笑起来，倒在我的身边。

他欢喜音乐，我买了一支小小的口琴给他，时常来往吹着。他说他会跳舞，喊着一二三，突然坐倒在地下，翻转身，打起滚来，又爬着，站起来，冲撞了几步——跳舞就完了。

两个月后，阿品的父亲带着全家的人来了。两个约莫八九岁的女孩，一个才会跑路的男孩，阿品母亲的肚子里还怀着一个六七个月的孩子。他的父亲是一个颇有才干的人，普通话说得很流利，善于应酬。阿品的母亲正和她的兄弟一样，有着一副严肃的面孔，不大露出笑容来，也不大和别人讲话。女孩的面貌像她的父亲，有两颗很大的眼睛；男孩像母亲，显得很沉默，日夜要一个丫头背着。从外形看来，几乎使人疑心到阿品和他的姊弟是异母生的，因为他们都比阿品长得丰满，穿得美丽。

"阿品现在姓王了！"我笑着对他的父亲说。

"你姓西米，阿品？"

"姓红！"阿品回答说。

他的父亲哈哈笑了，他说，就送给王先生吧！阿品的母亲不做声，只是低着头。

全家的人都来了，我倒很高兴，我想，阿品一定会快乐起来。但阿品却对他们很冷淡，尤其是对他的母亲，生疏得几乎和他的舅舅一样。他只比较的欢喜他的父亲，但暗中带着几分畏惧。阿品对我并不因他们的来到稍为冷淡，我仍是他的唯一的伴侣，他宁愿静坐在我的房里。这情形使我非常的苦恼，我愿意阿品至少有一个亲爱的父亲或母亲，我愿意因为他们的来到，阿品对我比较的冷淡。为着什么，他的父母竟是这样的冷淡，这样的歧视阿品，而阿品为什么也是这样的疏远他们呢？呵，正需要阳光一般热烈的小小的心……

从我的故乡来了一位同学，他从小就和我在一起，后来也时常和我一同在外面。为了生活的压迫，他现在也来厦门了。我很快乐，日夜和他用宁波话谈说着，关于故乡的情形。我对于故乡，历来有深的厌恶，但同时却也十分关心，详细的询问着一切。阿品露着很惊讶的眼光倾听着，他好像在竭力地想听出我们说的什么，总是呆睁着眼睛像沉思着什么似的。

但三四天后，他的眼睛忽然活泼了。他对于我们所说的宁波话，好像有所领会，眼睛不时转动着，不复像先前那般的呆着，凝视着，同时他像在寻找什么，要唤回他的某一种幻影。我们很觉奇怪，我们的宁波话会引起他特别的兴趣和注意。

"报纸阿旁滑姆未送来，"我的朋友要看报纸，我回答他说，报纸大约还没有送来，送报的人近来特别忙碌，因为政局有点变动，订阅报纸的人突然增加了许多……

阿品这时正在翻抽屉，他忽然转过头来望着我，嘴唇噏动了几下，像要说话而一时说不出来的样子。随后他摇着头，用手指着楼板。我们不懂得他的意思，问他要什么，他又把嘴唇噏动了几下，仍没有发出声音来。他呆了一会，不久就跑下楼去了。回来时，他手中拿着一份报纸。

"好聪明的孩子，听了几天宁波话就懂得了吗？"我惊异地说。

"怕是无意的吧，"我的朋友这样说。

一样的，我也不相信，但好奇心驱使着我，我要试验阿品的听觉了。

"阿品，口琴起驼来吹吹好勿？"

他呆住了，仿佛没有听懂。

"口琴起驼来！"

"口琴起驼来！"我的朋友也重复地说。

他先睁着沉思的眼睛，随后眼珠又活泼起来。噏动了几下嘴唇，出去了。

拿进来的正是一个口琴！

"滑有一只 Angwa！"我恐怕本地话的报纸，口琴和宁波话有点大同小异，特别想出了宁波小孩叫牛的别名。

但这一次，他的眼睛立刻发光了，他高兴得叫着：Angwa！Angwa！立刻出去把一匹泥涂的小牛拿来了。

我和我的朋友都呆住了。为着什么缘故，他懂得宁波话呢？怎样懂得的呢？难道他曾经跟着他的父亲，到过宁波吗？不然，怎能学得这样快？怎能领会得出呢？决不是猜想出来，猜想是不可能的。他曾经懂得宁波话，是一定的。他的嘴唇噏动，要说而说不出的表情，很可以证明他曾经知道宁波话，现在是因为在别一个环境中，隔了若干时日生疏了，忘却了。

充满着好奇的兴趣，我和我的朋友走到阿品父亲那里。我们很想知道他们和宁波人有过什么样的关系。

"你先生，曾经到过宁波吗？"我很和气的问他，觉得我将得到一个与我故乡相熟的朋友了。

"莫！莫！我没有到过！"他很惊讶的望着我，用夹杂着本地话的普通话回答说。

"阿品不是懂得宁波话吗！"

他突然呆住了，惊愕地沉默了一会，便严重的否认说："不，他不会懂得！"

我们便把刚才的事情告诉了他，并且说，我们确信他懂得宁波话。

"两位先生是宁波人吗了"他惊愕地问。

"是的，"我们点了点头。

"那么一定是两位先生误会了，他不会懂得，他是在厦门生长的！"他仍严重的说。

我们不能再固执的追问了。不知道其中还有什么关系，阿品的父亲颇像失

95

了常态。

第二天早晨,我在房里等待着阿品,但八九点过去了,没有来敲门,也不听见外面厅堂里有他的声音。

"跟他母亲到姨妈家里去了,"我四处寻找不着阿品,便去询问他的父亲,他就是这样的淡淡地回答了一句。

天渐渐昏暗了,阿品没有回来。一天没有看见他,我像失去了什么似的,只是不安的等待着。我真寂寞,我的朋友又离开厦门了。

长的日子!两天三天过去了,阿品依然没有回来!自然,和他母亲在一起,阿品是不会有什么意外的,但我却不自主的忧虑着:生病了吗?跌伤了吗?……

在焦急和苦闷的包围中,我一连等待了一个星期。第八天下午,阿品终于回来了。他消瘦了许多,眼睛的周围起了青的色圈,好像哭过一般。

"阿品!"我叫着跑了过去。

他没有回答,畏缩地倒退了一步,呆睁着沉思的眼睛。我抱住他,吻着他的面颊,心里充满了喜悦。我所失去的,现在又回来了。他很感动,眼睛里满是喜悦与悲伤的眼泪。但几分钟后,他若有所惊惧似的,突然溜出我的手臂,跑到他母亲那里去了。

这一天下午,他只到过我房里一次。没有走近我,只远远的站着,睁着沉思的眼睛凝望着我,我走过去牵他时,他立刻走出去了。

几天不见,就忘记了吗?我苦恼起来。显然的,他对我生疏了。他像有意的在躲避着我。我们中间有了什么隔膜吗?

但一两天后,阿品到我房子里的次数又渐渐加多了。虽然比不上从前那般的亲热,虽然他现在来了不久就去,可是我相信他对我的感情并未冷淡下来。他现在不很做声了,他只是凝望着我,或者默然靠在我的身边。

有一种事实,不久被我看出了。每当阿品走进我的房里,我的门外就现出一个人影。几分钟后,就有人来叫他出去。外婆,舅舅,父亲,母亲,两个丫头,一共六个人,好像在轮流的监视他,不许他和我接近。从前,阿品有点强顽,常常不听他外婆和丫头的话,现在却不同了,无论哪一个丫头,只要一叫他的名字,他就立刻走了。他现在已不复姓王,他坚决地说他姓谭了。

为着什么,他一家人要把我们隔离,我猜想不出来。我曾经对他家里的人有过什么恶感吗?没有。曾经有什么事情有害于阿品吗?没有……这原因,只有阿品知道吧。但他的话,我不懂;即使懂得,阿品怕也不会说出来,他显然有所恐怖的。

几天以后,人家对于阿品的监视愈严了。每当阿品踱到我的门前,就有人

鲁 彦

来把他扯回去。他只哼着，不敢抵抗。但一遇到机会，他又来了，轻轻的竖着脚尖，一进门，就把门关上。一听见门外有人叫阿品，他就从另一个门走出去，做出并未到过我房里的模样。有一次，他竟这样的绕了三个圈子：丫头从朝南的门走进来时，他已从朝西的门走了出去；丫头从朝西的门出去时，他又从朝南的门走了进来。过了不久，我听见他在母亲房里号叫着，夹杂着好几种严厉的詈声，似有人在虐待他的皮肤。这对待显然是很可怕的，但是无论怎样，阿品还是要来。进了我的房子，他不敢和我接近，只是躲在屋隅里，默然望着我，好像心里就满足，就安慰了。偶然和我说起话来，也只是低低的，不敢大声。

可怜的孩子！我不能够知道他的被压迫的心有着什么样的痛楚！两颗凝滞的眼珠，像在望着，像没有望着，该是他的忧郁，痛苦与悲哀的表示吧……

到底为着什么呢？我反覆地问着自己。阿品爱我，我爱阿品，为什么做父母的不愿意，定要使我们离开呢？……

我不幸，阿品不幸！命运注定着，我们还须受到更严酷的处分：我必须离开厦门，与阿品分别了。我们的报纸停了版，为着生活，我得到泉州的一家学校去教书了。我不愿意阿品知道这消息。头一天下午，我紧紧地抱着他，流着眼泪，热烈地吻他的面颊，吻他的额角。他惊骇地凝视着我，也感动得眼眶里包满了眼泪。但他不知道我的痛苦的原因。随后我锁上了房门，不许任何人进来，开始收拾我的行李。第二天，东方微明，我就凄凉地离开了那所忧郁的屋子。

呵，枯黄的屋顶，灰色的墙壁……

到泉州不久，我终于打听出了阿品的不幸的消息。这里正是阿品的父亲先前工作的城市，不少知道他的人。阿品是我的同乡。他是在十个月以前，被人家骗来卖给这个工程师的……这是这里最流行的事：用一二百元钱买一个小女孩做丫头，或一个男孩做儿子，从小当奴隶使用着……这就是人家不许阿品和我接近的原因了。可怜的阿品！……

几个月后，直至我再回厦门，阿品已跟着他的父亲往南洋去。

我不能再见到阿品了……

（选自小说散文集《小小的心》，1933年6月，上海天马书店）

他们恋爱了

平南中学的空气突然紧张了。学生们三个一群,四个一群的聚集在不同的地点,低声地谈论着同一个问题,在各人的脸上,显现着好奇,惊愕,怀疑,忧郁,悲哀,怜悯,嫉恨,愤怒,……

因为,他们恋爱了——苏先生和康女士。

怎样发生的呢?是真爱情还是假爱情?苏先生可曾娶了妻子?有过爱人没有?康女士可有别的恋人?曾经和别人订了婚没有?……这种种,便是大家从早晨到夜间所研究的唯一的功课。

"先生和学生恋爱,是天下奇闻!"散学后,在柳树底下,方同学愤然对大家说,"先生比我们学生高一辈,好像父母叔伯。天下没有父母叔伯可以和子女子侄恋爱的道理!哼!颠倒人伦!……"

"我们请他来教书,是教我们大家!"张同学这样的说,"他应该把他的全副精神放在我们大家身上!现在,他居然和康女士恋爱起来,把他的精神集中在一个人身上,那他显然是把我们丢开了!"

"我倒不是这样意见,"密司彭皱着忧愁的长的眉毛,说,"只要是真正的恋爱,我以为先生和学生不成问题……"

"哼!"方同学瞥了密司彭一眼,愤然接续了下去,"倘若他家里已经有了妻子呢?……"

"那也得看他们有没有爱情……"一个娇小玲珑的密司潘红着脸,说。

"那么……呵!那么,照两位密司的意见,我们不该反对,应该赞成吗?"张同学有点生气了。他的第一句话本想说出别的意思来,但活到喉咙里,又突然留住了。于是他只问了这一句话。

"赞成……反对……我还没有想到……不过这是一个很该注意的问题

……"密司彭忧郁的说。她是一个善于忧愁,一切慎重的女孩。

"一个问题的发生,我们应该有我们自己的判断,"方同学严厉的说,"不是反对便是赞成,不是赞成便是反对,决没有模棱两可的!现在,这问题已闹得全校鼎沸了。我们和康女士同班,又很接近,我们得早一点决定我们的态度。这里的同学既然有几位没有决定,又有几位没有表示,我们还是去问问夏老师的意见吧!"

"不错呵!夏老师一定会有更切实的意见的!"密司潘高兴的叫了起来。

"去吧!去吧!"大家都同意了。

夏老师是平南中学最得学生信仰的一位教师。他有一个瘦长的身材,细长的脖颈,一副清秀的面貌,两颗流动而闪烁的眼珠,尖削的下巴上长满了胡须,很像是因为他剃得太勤快,和天天放在桌上的钳子用得太多了,所以即使连根拔了去,却愈加蔓延得多了。但因此,他也就愈加令人起敬:活泼的眼珠和清秀的面貌代表着他的青春,短黑的胡须,象征着他的学问。从他的细小的嘴里,吐出来的话常带几分滑稽的意味,在滑稽中又含着尖刻,他虽然只在平南中学校担任地理课,但关于文学方面,上自孔子删《诗经》,屈原作《离骚》,下至胡适博士倡文学革命,办《新青年》,都像亲身经历过一样,知道得清清楚楚。而且,莎士比亚是英国人,哥德是德国人,托尔斯泰、杜斯退益夫斯基、屠格涅夫是俄国人,大仲马,小仲马,巴尔扎克,是……他不仅知道他们的原名的写法,他还记得每个人的生卒年月,或竟至时日。关于这些人的作品,他是读了很多的。而且,不但读了很多,他自己也还会提起笔来,写几首诗,一点点随感……"黑线",便是他的笔名,如同大家所知道的。这种种,便是他为学生们所信仰的第一个原因,第二个原因是,他好客。他喜欢学生到他家里来。瓜子,花生,糖,饼干,有时一点咖啡,酒,面,饭,甚至鱼和肉,是永不会缺乏的。他的两颗活泼的眼珠一见了人,就知道这个人有着什么样的情绪,到他这里来需要什么。例如,倘若张同学篮球丢得疲乏了,回家时懒洋洋地走过夏老师的门口,不知不觉的走了进去,往他的桌子边一坐,喘着气叫老师,他就会说:"疲乏了吧,——这里有舒适的帆布椅!"又如,倘若方同学心里苦恼了,悲哀了,一走进夏老师的门,夏老师就一眼看出了:"苦恼吗?人生几何!呵,喝几杯葡萄酒吧!"又如密司潘和密司彭倘若用功过度了,眼边起了黑圈,夏老师就会诚恳的劝告说:"哈,好孩子,求学固然要紧,但你们也该爱惜你们的身体呵!这样年轻的……"于是这各种的话就给了各个人不同的安慰。有时听了他的话,密司潘和密司彭的眼眶里竟至充满了眼泪。因这缘故,学生们对夏老师的信仰愈加深了,每一个人的脑子里,好像在信仰之外,还筑成了一道坚固的墙。这已经不是第一次了,凡遇到什么疑难的问题，去问夏老师。

"有了什么事吧？这许多人一起来……"夏老师一瞥见他们，劈头就是这样说。

"自然，我们有很重要的问题，来请教老师。"

"是学校里的事吧？呵呵，请坐！请坐！想必也于苏先生有点联系吗？"

"老师怎的就猜到了呀？"密司潘露着惊异的目光，高兴的说了。

"青年人除了恋爱问题，还有什么比这更重要，更紧张呢！哈哈，坐下来吧！"

大家都围着夏老师的长方桌坐下了。这里一共是八个人，连夏老师在内，四边一排：左边第一个是夏老师，张同学，方同学，密司彭，夏老师对面是密司潘、李同学，万同学，陈同学。夏师母，一个干枯的，瘦削的女人，立刻和往日一样的，殷勤地端了茶，瓜子，花生米出来，随即又进去了。

"老师，"方同学首先说了，他是一个性急的青年。"现在学校里已经议论纷纷了，关于苏先生和康女士的问题。我们应该反对还是赞成呢！在没有决定态度之前，不得不来请教老师……老师的意见怎样，可以告诉我们吗？"

"关于恋爱的意见吗？……哈哈！羡慕罢了！苏先生可真有福气，找到了密司康！像我们这些没有爱人的青年男女可真该跳河呢！哈哈……"夏老师一面说着，一面用眼光盯着坐在对面的密司潘。

"你总是喜欢开玩笑……"密司潘红着脸，对夏老师瞪着眼，埋怨似的说。

"哈哈！天下有什么认真的事吗？譬如恋爱……喔恋爱！……"

"还是给我们一点意见吧，老师！"张同学恳切的请求说，"我和方同学的主张是觉得应该反对的呢。"

"喔，理由呢？"

"先生不应该和学生恋爱！"方同学大声的说，"先生和父母同辈，哪里可以颠倒人伦！……"

"这就是方同学的意见，"张同学插入说，"我个人以为，先生应该把全副精神放在我们大家的身上。和女同学恋爱起来，他就是丢弃了他的责任，不配做我们的先生！"

"喔喔！"

"我不能同意方同学和张同学的意见！"密司彭竖决的勇敢的说，"方同学的礼教观念太重……张同学的理由不充足……照张同学的说法，做先生的人岂非连饭也不该吃了？……"

"哈哈……"

"哼！礼教观念太重！……苏先生已经结了婚又怎样说呢？"方同学气得眼珠红起来了。

"方同学能够证明他的确结了婚吗？而且，你可能知道他们有没有爱情？……"密司潘说起话来总是红着脸，现在感觉到对面夏老师的闪烁的眼光正盯在她的面孔上，脸愈加红了。

"不错，不错，大家都有道理！"夏老师一面望着密司潘，一面微笑着，说，"现在且不必争辩，症结的问题恐怕还不在这里呢！""是呀，我不赞同方张二位的意见，并不是替苏先生辩护……更不是赞成他们的恋爱，我觉得这个问题还应该研究。而且，"密司彭痛苦地抬起润湿的眼睛，又突然低下头去，说，"我感觉到极大的痛苦，自从听见了他们恋爱的消息以后……我从此……没有希望了……我失去了……我失去了……最亲爱的……密司康了……我实在应该反对……苏先生……他，抢了我的密司康去了！……"说到这里，密司彭伏着桌子呜咽起来，不能再接续下去。

在座的人都沉默了。有一种尖利的痛苦的感觉穿过了各个人的心坎，使每人的脸上都浮出酸苦的表情来。夏老师闭着嘴，带着苦笑，眼光盯着对面的密司潘。密司潘的脸色不再绯红，渐渐惨白了。张同学和其他的人都皱着眉头。这感觉，使方同学忘记了刚才密司彭对他所说的侮辱似的言语，他的心中油然生了一种同情，对于密司彭的痛苦。不知不觉间，他伸出他的粗大的手去，紧紧地握住了密司彭的小手。他的粗大的躯干紧贴着密司彭的瘦小的身材，他的嘴唇噏动着，但没有说出话来。他的心里充塞了这样的句子："我给你安慰，我给你安慰！"

过了许久，方同学有了适当的话了。他紧紧地握了一握密司彭的细小柔软而暖热的手，说："我们给你抢回来，密司彭！……"这声音勇敢而且诚恳，有如从武士的口中出来一样，他的每一个细胞好像都膨胀起来，充满了生命的力。

"自然，我们必须把你的好朋友抢回来！"夏老师接着说。

于是大家的态度都跟着一致了。一致反对苏先生和康女士的恋爱。

"反对的理由不在于先生和学生上面以及年龄的差别，省分的不同，——这种种都是无关紧要的，紧要的是：是不是真正的恋爱！"夏老师说，"不久以前，我听说苏先生和一个姓李的女士有过恋爱的故事。不料他老先生现在却又和康女士恋爱了。这样的爱了一个，丢了一个，恐怕是在故意和女士们开玩笑吧！……"

"就是这个理由！"方同学叫着说。"为保障女权起见！我们必须激烈的反对！"

"又来什么保障女权了!"密司彭抬起头来,说,"这只是为康女士的幸福起见……"

"是呵,因为康女士是我们要好的朋友,我们须得注意她一生的幸福……"密司潘说。

"你们两位永久有清晰的头脑,热烈的心肠,伟大的同情!我做老师的真欢喜呵!哈哈!"夏老师说着,盯视着密司潘的眼光起了一层欢乐的云雾,像在幻想着什么似的,密司潘的脸上又泛起了两朵红云,她连忙低下头去,用左手支持了面腮。夏老师立刻清醒了,他的眼光移到了密司潘的手腕上。又白又嫩的丰满的手腕!一种强烈的饥渴显露到夏老师的眼光上,他的手微微颤动了。

"我原是一个傻小子呀!"方同学红着脸,羞愧地说,"在老师面前,在各位哥哥,姊姊面前,说起话来,是难免糊涂的。为康同学的幸福起见——一点也不错!她是我们的好朋友,我最敬重她,她又有学问,又会做事,又长得……"

"是呵,她又长得很美丽!白嫩嫩的皮肤,红润润的面颊!而且,和你一样年轻!……"密司彭带着一种苦笑,望着方同学说。

方同学呆住了,不知不觉的满脸绯红起来。在座的人几乎都笑了。但方同学到底是一个老实人,他立刻承认自己又说错了。

"好姊姊,我不是说过我是一个傻小子吗?傻小子是不会说话的,别这样的嘲笑我吧!"他第二次握住了密司彭的细小的暖热的手。随后又接着说:"好姊姊!我是你的弟弟呢!"

夏老师笑了:"哈哈!就叫他一声弟弟吧!……喔,做姊姊的,你可知道康女士近来快乐不快乐?"

"谁做他的姊姊!"密司彭红了脸了,立刻推开了方同学的手,用嗔怒的声音说,"康女士吗?……咳,有什么快乐!还不是天天流着泪!"

"这就够了!"

夏老师的话有道理,恋爱是幸福的,快乐的,哪里会有痛苦,哪里还会流泪!康女士的眼睛近来确实肿了。这便是她受骗的证据,极大的证据,大家必须一致反对,是无疑了。怎么反对?给苏先生一个哀的美敦书!请他走路!请他离开康女士!张同学起草,夏老师修改,万同学誊清。时候已经七点多了,房里早点起了灯。肚子饱了再进行,夏老师得请大家晚餐。

张同学从饭前一直想到饭后,又经过夏老师的修改,哀的美敦书草成了:

径启者,先生与康女士发生恋爱,校内外议论纷纭,或谓先生已

鲁　彦

在故乡娶有妻子，且生有子女，或谓先生方与另一女士相周旋。此等事实固舍先生而外，非局外人所能洞悉，亦非局外人所敢轻信。唯鉴于近日康女士之悲哀啼泣，深信先生与康女士恋爱，实非康女士之福。同人等与康女士谊属同窗，关注其终身幸福至深，因恐其误入不幸之陷阱，不得不对先生有所提议：即请先生于三日内离校，并与康女士从速脱离，免动公愤，致起意外为荷。此致苏先生台鉴。

这稿由万同学誊清，方同学领衔，以下是张同学，万同学，李同学，陈同学，密司彭，密司潘。方同学声明，他和张同学明天还要去请其他的同学签名，至少三四十个人是有把握的。

这个问题暂告完结了，大家显得很快活。拉杂地谈了一回，始终沉默着的什么都像不懂得不敢表示的，年轻的万同学，李同学，陈同学首先告辞了出去。随后张同学也走了。留在夏老师这里的，现在还有方同学，密司彭，密司潘。他们三个人的心里都包含着两种相反的情绪：悲苦与欢乐。过去的幻影和未来的憧憬在他们眼前交叉地结成了繁密的网，闪烁着，旋转着。夏老师在房中踱来踱去，一句话也没有。他的瘦长的身材，在灯光下投出了庞大的山一般的黑影。他皱着眉，咬着牙齿，他也有了一样的情绪。他感觉到世界在他的眼前旋转了。苏先生和康女士的面孔时时在他们几个人的眼前显现着，他们又看见了这一对男女握着手，紧贴着坐着，拥抱着，吻着……这是多么叫人愤怒呵！他们都几乎暴躁地骂出口来了。但想到了在这房间里的人物，大家却又心平气和了。一种强烈的欢乐的欲望渐渐占据了各个人的心坎，终于驱散了他们的苦恼。

方同学不能抑制这欲望了，他愈加贴近着密司彭，低低的，温和的说："好姊姊，叫我一声弟弟吧！"他伸出手去。

"谁高兴叫你弟弟！"密司彭发出一点点生气的声音，推开了他的手，跑到一个阴暗的角隅里。

方同学呆了一会，也就轻轻的走到了那个角隅里，"那么，叫我坏弟弟吧！"他又握住了密司彭的细小的暖热的手。

"坏人！"密司彭摇了一摇头，微笑着，轻轻的说。

"不，不！坏弟弟！蠢弟弟！丑弟弟！都可以！……"

"丑男子！……"

"一定要叫弟弟！你看吧！"他把她的小手愈捏愈紧了。"怕痛不怕痛呢！"

"不！"密司彭强顽的说。

"现在？"他捏得更紧了。

"不！"

"这样？"他又加了一点力。

"啊唷！放手！放手！"

"叫不叫呢？"

"叫叫！……好弟弟！我的好弟弟！……"她又伸出了另外一只手。

两个人像被神的力所推动的一般，互相抱住了，这样的紧，粘着的一般。

"但是，我的过去是怎样的苦恼呵！……"从密司彭的眼里，泪水流出来了。

方同学也被这悲哀和欢乐所感动，不觉涌出眼泪来。

"我给你安慰！好姊姊！我给你安慰！……"他把嘴唇凑了过去……

"看呵！他们恋爱了！……"密司潘低低的说，扯了一扯夏老师的衣服。她已经颤动地，心突突的跳着，呆呆地注视着那一个阴黑的角隅许久了。

夏老师突然停住了脚步，抬起头来，吃惊地望着。他战栗了。

"我也……爱你呢！……"他牵住了密司潘的柔软的手，低声的说。

密司潘突然倒在他的怀里，呜咽的哭泣了……

夏老师的眼眶润湿了……

……

夜已深，街上很寂静。门开开来，方同学，密司彭，密司潘和夏老师走了出来。

在门口，方同学牵住了密司彭的手，微笑地对夏老师说："我们恋爱了！……"

"愿你们幸福！"夏老师说着，牵住了密司潘的手，"我送你回去……"

走了不远，方同学在黑暗中回过头来望了一望，低声的对密司彭说："他们也恋爱了……"

（选自小说散文集《小小的心》，1935年5月，上海天马书店）

鲁 彦

岔　路

　　希望滋长了，在袁家村和吴家村里。没有谁知道，它怎样开始，但它伸展着，流动着，现在已经充塞在每一个人的心的深处。
　　有谁能把这两个陷落在深坑里的村庄拖出来吗？有的，大家都这样的回答说，而且很快了。
　　关爷的脸对着红的火光在闪动，额上起了油汗，眉梢高举着，睡着似的眼睛一天比一天睁大开来。他将站起来了。不用说，他的心已被这些无穷数的善男信女所打动，每天每夜的诉苦与悲号，已经激起了他的愤怒。
　　没有谁有这样的权威，能够驱散可恶的魔鬼，把袁家村和吴家村救出来，除了他。人们的方法早已用遍了：熟食，忌荤，清洁，注射……但一切都徒然。魔鬼仍在街头，巷角，屋隅，甚至空气里，不息地播扬着瘟疫的种子。白发的老人，强壮的青年，吮乳的小孩，在先后的死亡。一秒钟前，他在工作或游息，一秒钟后，他被强烈的燃烧迫到了床上，两三天后，灵魂离开了他的躯壳。
　　这是鼠疫，可怕的鼠疫！它每年都来，一到春将尽夏将始的时候，它毁灭了无数的生命，直至夏末。它不分善和恶，不姑恤老和幼，也不选择穷或富。谁在冥冥中给它撞到，谁就完了。决没有例外。袁家村里常常发现，一个家庭里不止死亡一个人。在吴家村，有一个大家庭，一共十六个人，全都断了气。乡间的木匠一天比一天缺乏，城里的棺材也已供不应求。倘若没有那些不怕死的温州小工从城里来，每天七八十个死尸怕没有人埋葬了。尸车在大路上走过，轧轧的声音刺着每个人的心，白的幡晃摇着，像是死神的惨白的面孔。
　　恐怖充满在袁家村和吴家村。人口虽多，这样的持续到夏末，人烟将绝迹了。山谷，树木，墙屋，土地，都在战栗着，齐声发出绝望的呻吟。

然而，希望终于滋长了。

关爷已在那里发气，他要站起来了。

出巡！出巡！抬他出来！大家都一致的说着。

两个村长已经商议了许多次，这事情必须赶紧办起来。谁到县府去说话？除了袁家村的村长袁筱头，没有第二个。他和第一科科长有过来往。谁来筹备一切杂务？除了吴家村的村长吴大毕，也没有第二个。他的村里有许多商人和工人。费用预定两万元，两村平摊。

一天黎明，袁筱头坐着轿子进城了。

名片送到传达室，科长没有到。下午等到四点钟，来了电话，科长出城拜客去了，明天才回。袁筱头没法，下了客栈。然而第二天，科长仍没有来办公。他焦急地等待着，询问着。传达的眼睛从他的头上打量到脚跟，随后又瞪着眼睛望了他一眼。

第三天终于见到了。但是科长微笑地摇一摇头，说，"做不到！"袁筱头早已明白，这在现在是犯法的。如果在五年前，自己就不必进城，要怎样就怎样；倘使不办，县知事就会贴出告示来，要老百姓办的，在鼠疫厉行的时候。可是现在做官的人全反了。他们不相信菩萨和关爷，说这是迷信，绝对禁止。告示早已贴过好几次。年年出巡的关爷一直有三年不曾抬出来了，谁都相信，今年的鼠疫格外利害，就是为的这个。三年前，曾经秘密地举行过一次，虽然捕了人，罚了款，前两年的鼠疫到底轻了许多。袁筱头不是不知道这些。正因为知道，才进城。老百姓非把关爷抬出来不可。捕人罚款，这时成了很小的事。

"人死的太多……"

"关爷没有灵。"

"没有灵，老百姓也要抬出来……"

"违法的。"

"人心不安……"

"徒然多化钱。"

袁筱头宁可多化钱。他早已和吴大毕看到这一点，商决好了，才进城的。现在话锋转到了这里，他就请科长吃饭了。一次两次密谈后，他便欣然坐着轿子回到村里。

袁家村和吴家村复活了。忙碌支配着所有的人。扎花的扎花，折纸箔的折纸箔，买香烛的买香烛，办菜蔬的办菜蔬。从前行人绝迹的路上，现在来往如梭地走着背的抬的挏的乡人，骡马接踵地跟了来。锣和鼓的声音这里那里欢乐地响了起来，有人在开始练习。年轻的姑娘们忙着添制新衣，时时对着镜子修

鲁　彦

饰面孔，她们将出色地打扮着，成群结队的坐在骡马上，跟着关爷出巡。男子们在洗刷那些积了三年尘埃的旗子，香亭，彩担。老年人对着金箔，喃喃地诵着经。小孩子们在劈啪地偷放鞭炮。牛和羊，鸡和猪，高兴地啼叫着，表示它们牺牲的心愿。虽然村中的人仍在不息地倒下，不息地死亡，但整个的空气已弥漫了生的希望，盖过了创痛和悲伤。每一个人的心已经镇定下来。他们相信，在他们忙碌地预备着关爷出巡的时候，便已得到了关爷的保护了。

　　没有什么能够比这更迅速，当大家的心一致，所有的手一齐工作的时候。只忙碌了三天，一切都已预备齐全。谁背旗子，谁敲锣，谁放鞭炮，谁抬轿，按着各人的能力和愿意，早已自由认定，无须谁来分配。现在只须依照向例，推定总管和副总管了。这也很简单，照例是村长担任的。袁家村的村长是袁筱头，吴家村的是吴大毕。只有这两个人。总管和副总管应做的职务，实际上他们已经同心合力的办得十分停当了。名义是空的，两个人都说，"还是你正我副，"两个人都推让着。

　　在往年，没有这情形，总是年老的做正。但现在可不同了。袁筱头虽然比吴大毕小了十岁，县府里的关节却是他去打通的。没有他，抬不出关爷。吴大毕非把第一把交椅让给他不可。然而袁筱头到底少活了十年，不能破坏老规矩。他得让给吴大毕。

　　"但是，县府里说这次是我主办的，岂不又要多化钱？"

　　吴大毕说出最有理由的话来，袁筱头不能再推辞了。

　　名义原是空的，吴大毕说。然而是老规矩，吴家村的人都这样说，当他们听见了这决定以后。年轻的把年老的挤到下位，这是大大的不敬，吴大毕怎样见人？若论功绩，拿着大家的钱，坐着轿子去送给别人，你我都会做，何况还有酒喝？吴大毕可为了这样那样小问题，忙得一刻没有休息，绞尽了脑汁！他们纷纷议论着。吴家村的空气立刻改变了。它变得这样快，电一般，胜过鼠疫的传播千万倍。大家的脸上都现着不快乐的颜色。吴大毕丢了脸，就是全村的人丢脸。这事情一破例，从此别的事情也不堪设想了。吴家村和袁家村相隔只有半里路，可以互相望到炊烟，山谷，森林和墙屋，可以听到鸡犬的叫声。往城里去的是一条路，往关帝庙去的也是一条路。人和人会碰着脚跟，牲畜和畜生会混淆，尤其每天不可避免的，总有小孩子和小孩子吵架。在吴家村的人看起来，袁家村的人本来已经够凶了，而现在又给他们添了骄傲。以后很难抬头了，大家忧虑地想着。

　　吴大毕也在忧虑地想着，在他自己的庭中徘徊，当天晚上。外面的空气，他全知道。而且他是早已料到的。在他个人，本来并不打紧。他的胡须都白了，一个人活到六十七岁，还有什么看不透，何况总管一类的头衔也享受过不晓得多少次数。袁筱头虽然小了十岁,可是也已白了头发,同是一个老人。有什么高下可争。在做事方面,袁筱头的本领比他大,是事实。他自己到底太老了,不大能活动。打通县府的关节,就是最眼前的一个实例。他觉得把这个空头衔让给袁筱头是应该的。然而这在全村的人,确实很严重,他早已看到,本村人会不服,会对袁家村生恶感。平日两村的青年,是常常凭着血气,免不了冲突的。谦让是老规矩,他当时可并不坚决地要把总管让给了袁筱头。但袁家村有几个青年却已经骄傲地睁着蔑视的眼光,在推袁筱头的背,促他答应了。他想避免两村的恶感,才再三谦让,决心把总管让给了袁筱头。可是现在,自己一村的人不安了。

"你这样的老实,我们以后怎样做人呢?"吴大毕的大儿子气愤地对着自己的父亲说。

"你哪里晓得我的苦衷!"

"事实就在眼前,我们吴家村的人从此抬不起头了!"他说着冲了出去。

他确实比他的父亲强。他生得一脸麻子,浓眉,粗鼻,阔口,年轻,有力,聪明,事前有计划,遇事不怕死,会打拳,会开枪。村里村外的人都有点怕他,所以他的绰号叫做吴阿霸。

吴阿霸从自己的屋内出去后,全村的空气立刻紧张了。忧虑已经变成了愤怒。有一种切切的密语飞进了每个年轻人的耳内。

同时在袁家村里,快乐充满了到处。有人在吃酒,在歌唱,在谈笑。尤其是袁载生,袁筱头的儿子,满脸光彩的在东奔西跑。"现在吴家村的人可凶不起来了,尤其是那个吴阿霸!"他说。他有一个瘦长的身材,高鼻,尖嘴,凹眼,脾气急躁,喜欢骂人。他最看不上吴阿霸,曾经同他龃龉过几次。"单是那一脸麻子,也就够讨厌了!"他常常这样说。在袁家村的人看起来,吴家村的人本来是凶狠的,自从吴阿霸出世后,觉得愈加蛮横无理了。这次的事情,可以说是给吴阿霸一个大打击,也就是给吴家村的人一个大打击。到底哪一村的力量大,现在可分晓了,他们说。

但是吴家村的人同时在咬着牙齿说,到底哪一村的力量大,明日便分晓!这一着我让你,那一着你可该让我!明天,看明天!

明天来到了。

吴家村的人很像没有睡觉,清早三点钟便已挑着抬着背着扛着一切东西,络绎不绝的从大道上走向虎头谷。关帝庙巍立在丛林中,阴森而且严肃。在火炬的照耀下,关爷的脸显得格外的红了。他在愤怒。

天明时,袁家村的人也到了。袁筱头和吴大毕穿着长袍马褂,捧着香,跪倒在蒲团上,叩着头。炮声和锣鼓声同时响了起来。外面已经自由地在排行列。

"还是请老兄过去，"袁筱头又向吴大毕谦让着说。

"偏劳老弟。"

在浓密的烟雾围绕中，袁筱头严肃地走进神龛，站住在神像前，慢慢抬起低着的头。锣鼓和炮声暂时静默下来。吴大毕领着所有的人跪倒在四周的阶上。一会儿，袁筱头睁着朦胧似的眼睛，虔诚地说了：

"求神救我们袁家村和吴家村！"他说着，战颤地伸出右手，拍着神像的膝盖。

关爷突然站起来了。

锣鼓和炮声又响了起来，森林和山谷呼号着。伏在阶上的人都起了战栗。

有两个童男震惊地献上一袭新袍，帮着袁筱头加在神像上。

袁筱头战栗地又拍着神像的另一膝盖，神像复了原位。

有几个人扶着神像，连坐椅扛出神龛，安置在神轿里。

袁筱头挥一挥手，表示已经妥贴，四周的人便站了起来，呐喊着。

队伍开始动了。

为头的是大旗，号角，鞭炮，香亭，彩担，锣鼓，旗帜，花篮，乐队，随后又是各色的旗帜，彩担，松柏扎成的龙虎和各种动物，锣鼓，鞭炮，香亭，各种各样草扎的人，木牌，灯龙……随后捧着香的吴大毕，袁筱头，关爷的神轿……二三十个打扮着各色人物骑马的童男，百余个新旧古装的骑骡马的童女……队伍在山谷和大道上蜿蜒着，呼号着，炮声鼓声震撼着两旁的树木，烟雾像龙蛇似的跟着队伍一路行进。路的两旁站立着许多由邻村而来的男女和过客，惊异地观望着。他们知道这是为什么，但是他们毫不恐惧，他们仿佛已经忘记了不幸的悲剧了。

是哪，就是袁家村和吴家村的人也全忘记了。行进着，行进着，他们忽然走错了路了。在袁家村和吴家村分路的大道上，队伍忽然紊乱起来。有一部分人一直向吴家村走去，一部分人在叫喊，警告他们走错了路。但他们像被各种嘈杂声蒙住了耳朵似的，仍叫喊着前进。有些人在岔路上停住了。他们警告着，阻挡着后来的队伍。可是后面仍有人冲上来。人撞着人，脚踏着脚，东西碰着了东西。辱骂的声音起来了。有人在大叫着："往吴家村去！往吴家村去！"

谁叫着往吴家村去呀？袁家村的人明白了：全是吴家村的人！这简直发了疯！老规矩也不记得吗？每年每年，都是先到袁家村的！每年每年都是先把神像在袁家村供奉一天，然后顺路转到吴家村去，而今天，却有人要先到吴家村了！袁家村的人不是早已杀好了猪羊，预备好了鸡鸭？要是给耽搁一天，这些东西还能吃？而且关爷迟一天巡到袁家村，不要多死一些人？该打，该打！袁家村人叫起来了。

"前面什么事情呀，这样的闹，这样的乱？"袁筱头和吴大毕惊异地查问着。

"吴家村的人要先到吴家村去，不肯依照老规矩！"袁载良愤怒地回答说，对着站在吴大毕身边的吴阿霸圆睁着眼睛。

"他们说，老规矩已经被袁家村的人破坏，所以也要翻新花样哩！"吴阿霸回答说，讥笑的眼光直射到袁载良的面上。

"这话怎样讲？"吴大毕吃惊地问。他已经有了不好的预感了。

"问你自己！"袁载良的愤怒的眼光移到了吴大毕面上。"你是村长，你该晓得！"

"不许闹！"袁筱头厉声地喊住了自己的儿子。

"问你父亲去吧！"吴阿霸说，"他是总管老爷哩！"

袁筱头已经明白了。他的脸突然苍白起来。显然这事情是极其严重的。前面的队伍早已紊乱，喊打声代替了炮声和鼓声，恐怖遍彻了各处。

"就传令过去，先到吴家村！"他大声地喊着。

"不行！父亲！"袁载良坚决地回答说。"全村的人不能答应！"

"为了两村的平安！"

"袁家村人宁可死光！"

"抽签！由关帝爷决定！好吗，老兄？"袁筱头转过头去问吴大毕。

"也好，老弟，由你决定吧！吴家村人太不讲理了！"

"不行！父亲！谁也不能答应的！吴老伯晓得自己的人错了，当然依照老规矩！"

"老规矩早就给你们破坏了！现在须照我们的新规矩。"吴阿霸说着，握紧了拳头，"不必抽签！我们比一比拳头，看谁的硬吧！"

"打死你这恶霸！"袁载良握着拳，跳起来，冲了过去。

"不准闹！为了两村的平安！"袁筱头把自己的儿子拦住了。

"滚开去！你这畜生！"吴大毕愤怒地紧锁了一脸的皱纹，骂起自己的儿子来。"你忘记吴家村死了多少人了！你忘记今天为什么要求关帝爷出巡了！……"

"没有办法，父亲！你可以退步，全村的人不能退步！你看我滚开了以后怎样吧！"吴阿霸说，咬着牙齿，立刻隐入在人丛中。

尖锐的哨子声接二连三的响了。打骂声，呼号声，到处回答着。队伍完全紊乱了。扁担，木杠，旗子，石头，全成了武器。年轻的从后面往前冲，年老的和妇女们往后退，连路旁的看客们也慌张地跑了开去，有的人打破了头，有的踏伤了脚，有的撕破了衣，有的挤倒在地上……山谷，森林，空气，道路，全呼号着，战栗着……鲜红的血在到处喷洒……

袁筱头和吴大毕已经被疯狂的人群挤倒在路旁的烂田中，呻吟着，低微的声音从他们受伤的口角边颤动了出来：

"关帝爷救我们两村的人！……"

关帝爷愤怒地在路旁蹲着，他的一只眼睛已经受了石子的伤，他的一只手臂和两只腿子被木杠打脱了。他本威严地坐在神轿的椅子里，可是现在神轿和椅子全被拆得粉碎，变成了武器。强烈的太阳从上面晒到他的脸上，他的脸同火一样的红，愤怒地睁着左眼，流着发光的汗……

真正的械斗开始了。两村的人都擦亮了储藏着的刀和枪，堆起了矮墙和土垒，子弹在空中呼啸着……

瘟疫在两个村庄里巡行，敲着每一家的门，但人们开大了门，听它自由出入，只封锁了各个村庄的周围，同时又希冀着突破别人的土垒。

每个村庄里的人在加倍的死亡，没有谁注意到。仇恨毁灭了生的希望。

"宁可死得一个也不留！"吴阿霸这样说，袁载良这样说，两村的人也这样说。

（选自短篇小说集《屋顶下》，1934年3月，上海现代书店）

屋顶下

本德婆婆的脸上突然掠过一阵阴影。她的心像被石头压着似的，沉了下去。

"你没问过我！"

这话又冲上了她的喉头，但又照例的无声地翕动一下嘴唇，缩回去了。

她转过身，走出了厨房。

"好贵的黄鱼！"被按捺下去的话在她的肚子里咕噜着。"八月才上头，桂花黄鱼，老虎屙！两角大洋一斤，不会买东洋鱼！一条吃上半个月！不做忌日，不请客！前天猪肉，昨天鸭蛋，今天黄鱼！豆油不用，用生油，生油不用，用猪油，怎么吃不穷！哼！你丈夫赚得多少钱？二十五元一个月，了不起！比起老头以前的工钱来，自然天差地！可是以前，一个铜板买得十块豆腐。现在呢？一个铜板买一块！哪一样不贵死人……我当媳妇，一碗咸菜，一碟盐，养大儿子，赎回屋子，哼，不从牙齿缝里漏下来，怎有今天！今天，你却要败家了！……一年两年，孩子多了起来，看你怎样过日！"

本德婆婆想着，走进房里，叹了一口气。在她的瘦削的额上，皱纹簇成了结。她的下唇紧紧地盖过了干瘪的上唇，窒息地忍着从心中冲出来的怒气。深陷的两眼上，罩上了一层模糊的云。她的头顶上竖着几根稀疏的白发，后脑缀着一个假发髻。她的背已经往前弯了。她的两只小脚走动起来，有点踉跄。她的年纪，好像有了六七十岁，但实际上她还只活了五十四年。别的女人生产太多，所以老得快，她却是因为工作的功苦。四十五岁以前的二十九年中，她很少休息，她虽然小脚，她可做着和男子一样的事情。她给人家挑担，舂谷，舂米，磨粉，种菜。倘若三年前不害一场大病，也许她现在还是一个很强健的女工。但现在是全都完了。一切都出于意外的突然衰弱下来，眼睛、手脚、体力，都十分不行了。而且因为缺乏好的调养，还在继续地衰弱着。照阿芝叔的意思，他母亲的身体是容易健康起来的，只要多看几次医生，多吃一些药。但本德婆婆却舍不得用钱。"自己会好的，"她固执地这样说，当她开始害病的时候。直至病得愈加利害，她知道医得迟了，愈加不肯请医生。她说已经医不好了，不必白费钱。"年纪本来也到了把啦，瓜熟自落。"她要把她历年积聚下来的钱，留作别的更大的用处，于是这病一直拖延下来，有时仿佛完全好了，有时又像变了痨病，受不得冷，当不得热，咳嗽，头晕，背痛，腰酸，发汗，无力。"补药吃得好，"许多人都这样说。但是她摇着头说："那还了得，像我们这样人家吃补药！"她以前并不是没有害过病，可都是自己好的，没有吃过药，更不曾吃过补药。她一面发热，一面还要舂谷，舂米。"像现在，既不必做苦工，又不必风吹晒太阳，病不好，是天数，一千剂一万剂补药都是徒然的，"她说。

"不会长久了，"她很明白，而且确信。她于是急切地需要一个继承她的事业的人。阿芝叔已经二十五岁了，近几年来在轮船上做茶房，也颇刻苦俭约，晓得争气，但没有结婚，可不能算已成家立业，她的责任还未全尽，而她辛苦一生的目的也还没有达到。虽然她明白瓜熟自落，人老终死，没有什么舍不得，要是真的一场大病死了，她死不瞑目，永久要在地下抱憾的。儿子没有成家，她的一切过去的努力便落了空。因此，她虽然病着，她急忙给阿芝叔讨了一个媳妇来了。

"我的担子放下了，"她很满意的说。身体能够健康起来，是她的福，倘若能够抱到孙子，更是她无边的福了。至于后来挑担子的人怎样，也只好随他们去。她现在已经缴了印，一切里外的事情交给儿子和媳妇去主张。她的身体坏到这个样子，在家一天，做一天客人。

"有什么错处，不妨骂她，"阿芝叔临行时这么对她说。

这话够有道理了。自己的儿子总是好的。年轻的人自然应该听长辈的教训。但她可决不愿意骂媳妇。虽然媳妇不是自己生的，她可是自己的儿子的亲人。

"晓得我还活得多少日子，有现成饭吃，就够心满意足了。"

"自然你不必再操心了，不过她到底才当家，又初进门，年纪轻。"

"安心去好啦，她生得很忠厚，又不笨，不会三长两短的！"本德婆婆望着媳妇在旁边低下发红的脸，惆怅的别情忽然找着了安慰，不觉微笑起来。

然而阿芝叔的话的确是有道理的，阿芝婶年纪轻，初进门，才当家，本德婆婆虽然老了而且有病，可不能不时时指点她。当家有如把舵，要精明，要懂得人情世故，要刻苦，要做得体面。一个不小心，触到暗礁，便会闯下大祸，弄得家破人亡的。现在本德婆婆已经将舵交给了阿芝婶了，但她还得给她了望，给她探测水的深浅，风雨的来去，给她最好的最有经验的意见，有时甚至还得帮她握着舵。本德婆婆明白这些。她希望由她辛苦地创造了几十年的家庭一天比一天好起来。于是她的撒手的念头又渐渐消灭了。她有病，她需要多多休养，但她仍勉强地行动着，注意着，指点着。凡她胜任的事情，她都和阿芝婶分着做。

天还没有亮，本德婆婆已像往日似的坐起在床上，默然思忖着各种事情。待第一线黯淡的晨光透过窗隙，她咳嗽着，打开了窗和门。"可以起来了，"她喊着阿芝婶，一面便去拿扫帚。

"我会扫的，婆婆，你多困一会吧，大清早哩。"

"起早惯了，睡不熟，没有事做也过不得。你去煮饭吧，我会扫的。……一天的事情，全在早上。"

扫完地，本德婆婆便走到厨房，整理着碗筷，该洗的洗，该覆着的覆着，该拿出来的拿出来，帮着阿芝婶。吃过饭，她又去整理箱里的衣服鞋袜，指点着阿芝婶，把旧的剪开，拼起来，补缀着。

一天到晚，都有事做。做完这样，本德婆婆又想到了那样。她的瘦小的腿子总是跟跄地拖动着小腿来往的走着。她说现在阿芝婶当家了，但实际上却和她自己当家没有分别。

这使阿芝婶非常的为难。婆婆虽然比不得自己的母亲，她可是自己丈夫的母亲，她现在身体这样坏，怎能再辛苦。倘若有了三长两短，又如何对得住自己的丈夫。既然是自己当家了，就应该给婆婆吃现成饭。"啊呀，身体这样坏，还在这里做事体！媳妇不在家吗？"邻居已经说了好几次了，这话几乎比当面骂她还难受。可不是，摆着一个年轻力壮的媳妇，让可怜的婆婆辛苦着，别人一定会猜测她偷懒，或者和婆婆讲不来话的。她也曾竭力依照婆婆的话日夜忙碌着，她想，一切都一次做完了，应该再没有什么事了，哪晓得本德婆婆像一个发明家似的，尽有许多事情找出来。补完冬衣，她又拿出夏衣来；上完一双鞋底，她又在那里调浆糊剪鞋面。揩过窗子，她提着水桶要抹地板了。她家里只有这两个人，但她好像在那里预备十几个人的家庭一样。阿芝婶还没有怀孕，本德婆婆已经拿出了许多零布和旧衣，拿着剪刀在剪小孩的衣服，教她怎样拼，怎样缝，这一岁穿，这三岁穿，这可以留到十二岁，随后又可以留给第二个孩子，第三个孩子。她常常叹着气说，她不会长久，但她的计划却至少还要活几十年的样子。阿芝婶没有办法，最后想在精神方面给她一点安逸了。

"婆婆，今天吃点什么菜呢？"这几乎是天天要问的。

"你自己拿主意好了，我好坏都吃得下。"每次是一样的回答。

鲁 彦

阿芝婶想,这麻烦应该免掉了。婆婆的口味,她已经懂得。应该吃什么菜,阿芝叔也关照过:"身体不好,要多买一点新鲜菜。她舍不得吃,要逼她吃。"于是她便慢慢自己做起主意来,不再问婆婆了。

然而本德婆婆却有点感到冷淡了,这冷淡,在她觉得仿佛还含有轻视的意思。而且每次要带一点好的贵的菜回来,更使她心痛。她自己是熬惯了嘴的。倘不是从牙齿缝里省下来,哪有今日。媳妇是一个年轻的人,自然不能和她并论。她也认为多少要吃得好一点。不过也须有个限制。例如,一个月中吃一两次好菜,就尽够了。若说天天这样,不但穷人,就连财百万也没有几年好吃的。因为媳妇才起头管家,本德婆婆心里虽然不快活,可是一向缄默着,甚至连面色也不肯露出来。起初她还陪着吃一点,后来只拨动一下筷子就完了。她不这样,阿芝婶是不吃的。倘若阿芝婶也不吃,她可更难过,让煮得好好的菜坏了去。

然而今天,本德婆婆实在不能忍耐了。

"你没有问过我!"这话虽然又给她按捺住,样子却做不出来了。她的脸上满露着不能掩饰的不快活的神色,紧紧地闭着嘴,很像无法遏抑心里的怒气似的,她从厨房走出来,心像箭刺似的,躺在床上叹着气,想了半天。

吃饭的时候,金色的,鲜洁的,美味的黄鱼摆在本德婆婆的面前,本德婆婆的筷子只是在素菜碗里上下。

"婆婆,趁新鲜吧。煮得不好呢。"阿芝婶催过两次了。

"呣"这声音很沉重,满含着怒气。她的眼光只射到素菜碗里,怕看面前的黄鱼似的。

吃晚饭的时候,鱼又原样地摆在本德婆婆的面前。但是本德婆婆的怒气仍未息。

"婆婆,过夜会变味呢。"

"你吃吧,"声音又有点沉重。

第二天早晨,本德婆婆只对黄鱼瞟了一眼。

阿芝婶想,婆婆胃口不好了。这两天颜色很难看,说话也懒洋洋的,不要病又发了,清早还听见她咳嗽了好几声,药不肯吃,只有多吃几碗饭。荤菜似乎吃厌了,不如买一碗新鲜的素菜。

于是午饭的桌上,芋艿代替了黄鱼。

本德婆婆狠狠地瞟了一眼。

这又是才上市的!还只有荸荠那样大小。八月初三才给灶君菩萨尝过口味,今天又买了!

她气愤地把芋艿碗向媳妇面前推去,换来一碗咸菜。

阿芝婶吃了一惊,停住了筷。

"初三那天,婆婆不是说芋艿好吃吗?"

"自然!你自己吃吧!"本德婆婆咬着牙齿说。

阿芝婶的心突突地跳动起来,满脸发着烧,低下头来。婆婆发气了。为的什么呢?她想不到。也许芋艿不该这样煮?然而那正是婆婆喜欢吃的,照着初三那天婆婆的话:先在饭镬里蒸熟,再摆在菜镬里,加一点油盐和水,轻轻翻动几次,然后撒下葱蒜,略盖一会盖子,便铲进碗里——这叫做落镬芋艿,或者是咸淡没调得好?然而婆婆并没有动过筷子。

"一定是病又发作了,所以爱发气,"阿芝婶想,"好的菜都不想吃。"

怎么办呢?阿芝婶心里着急得很。药又不肯吃……不错,她想到了,这才是开胃健脾的。晚上煨在火缸里,明天早晨给她吃。

她决定下来,下午又出街了。

本德婆婆看着她走出去,愈加生了气。"抢白她一句,一定向别人诉苦去了!丢着家里的事情!"她叹了一口气,也走了出去,立住在大门口。她模糊地看见阿芝婶已经走到桥边。从桥的那边来了一个女人,那是最喜欢讲论人家长短,东西挑拨,绰号叫做"风扇"的阿七嫂。走到桥上,两个人对了面,停住脚,讲了许久话。阿七嫂一面说着什么,一面还举起右手做着手势,仿佛在骂什么人。随后阿芝婶东西望了一下,看见前面又来了一个人,便一直向街里走去。

"同这种人一起,还有什么好话!"本德婆婆的心像刀割似的痛,跟跄地走进房里,倒在一张靠背椅上,伤心起来。她想到养大儿子的一番苦心,却不料今日讨了一个这样不争气的媳妇,不由得润湿了干枯的老眼。她也曾经生过两个儿子,三个女儿,现在却只剩了一个男的,一个女的,而女的又出了嫁。倘若大儿子没有死,她现在可还有一个媳妇,几个孩子。倘若那两个女儿也活着,她还有说话的人,还有消气的方法。而现在,却剩了自己一个人,孤孤单单的过着日子。希望讨一个好媳妇,把家里弄得更好一点,总不辜负自己辛苦一生,哪晓得……

阿芝婶回来了。本德婆婆看见她从房门口走过,一直到厨房去,手里提着一包东西。

又买吃的东西!钱当水用了!水,也得节省,防天旱!穷人家哪能这样浪费!

本德婆婆气得动不得了。她像失了心似的,在椅子上一直呆坐了半天。

她不想吃晚饭,也吃不下,但想知道又添了一碗什么菜,她终于沉着脸,勉强地坐到桌子边去。

鲁彦

没有添什么菜。芋艿还原样地摆在桌上。黄鱼不见了。吃中饭的时候，它还没有动过。现在可被倒给狗吃了。

本德婆婆站起来，气愤地往厨房走去。

"婆婆要什么东西，我去拿来。"

"自己去拿的！"

她掀开食罩，没有看见黄鱼。开开羹橱，也没有。碗盏桶里一只带腥气的空碗，那正是盛黄鱼的！

她怒气冲天的正想走出厨房，突然嗅到一阵香气。她又走回去，揭开煨在火缸里的瓦罐。

红枣！

现在本德婆婆可绝对不能再忍耐了！再放任下去，会弄得连糠也没有吃！年纪轻轻，饭有三碗好吃，居然吃起补品来了！她拔起脚步，像吃了人参一般，毫不踉跄，走回房里。

"我牙齿缝里省下来！你要一天败光它！……"她咬着牙齿，声音尖锐得和剌刀一样。"你丈夫赚得多少钱？你有多少嫁妆？……这样好吃懒做！……"她说着，痉挛地倒在椅子上，眼睛火一般的红，一脸苍白。

阿芝婶的头上仿佛落下了一声霹雳，完全骇住了。脸色一阵红，一阵青。浑身战栗着。为了什么，婆婆这样生气，没有机会给她细想，也不能够问婆婆。

"我错了，婆婆，"她的声音颤动着，"你不要气坏了身体，我晓得听你的话……"她说着，眼泪流了下来。

"今天黄鱼明天肉！……你在娘家吃什么！……哼！还要补！……"

阿芝婶现在明白了：一场好意变成了恶意，原来婆婆以为是她贪嘴了。天晓得！她几时为的自己！婆婆爱吃什么，该吃什么，全是丈夫再三叮嘱过来的。不信，可以去问他！

"婆婆！……"阿芝婶打算说个明白，但一想到婆婆正在发气，解释不清反招疑心，话又缩回去了。

"公婆比不得爹娘，"她记起了母亲常常说的话，"没有错，也要认错的。"现在只有委屈一下，认错了，她想。

"婆婆，我错了，以后不敢了……"她抑住一肚子苦恼，含着伤心的眼泪，又说了一遍。

"你买东西可问过我！……"

"我错了！婆婆。"

本德婆婆的气似乎平了一些，挺直了背，望着阿芝婶，眼眶里也微湿起来。

"嗨,"她叹着气,说,"无非都是为的你们,你们的日子正长着。我还有多少日子,样子早已摆出了的。"

"为的你们?"阿芝婶听着眼泪涌了出来。她自己本也是为的婆婆,也正因为她样子早已摆出了的。……

"你可知道,我怎样把你丈夫养大?"本德婆婆的语气渐渐和婉了。"不讲不知道……"

她开始叙述她的故事。从她进门起,讲到一个一个生下孩子,丈夫的死亡,抚养儿女的困难,工作的劳苦,一直到儿子结婚。她又夹杂些人家的故事,谁怎样起家,谁怎样败家,谁是好人,谁是坏人。她有时含着眼泪,有时含着微笑。

阿芝婶低着头,坐在旁边倾听着。虽然进门不久,关于婆婆的事,丈夫早已详细地讲给她听过了。阿芝婶自己的娘家,也并不曾比较的好。她也是从小就吃过苦的。阿芝叔在家的时候,她曾要求过几次,让她出去给人家做娘姨,但是阿芝叔不肯答应。一则爱她,怕她受苦,二则母亲衰老,非她侍候不可。她很明白,后者的责任重大而且艰难,然而又不得不担当。今天这一番意外的风波,虽然平息了,日子可正长着。吃人家饭,随时可以卷起铺盖;进了婆家,却没有办法。媳妇难做,谁都这样说。可是每一个女人得做媳妇,受尽不少磨难。阿芝婶也只得忍受下去。

本德婆婆也在心里想着:好的媳妇原也不大有,不是好吃懒做,便是搬嘴吵架,或者走人家败门风。媳妇比不得自己亲生的女儿,打过骂过便无事,大不了,早点把她送出门;媳妇一进来,却不能退回去,气闷烦恼,从此鸡犬不宁。但是后代不能不要,每个儿子都须给他讨一个媳妇。做婆婆的,好在来日不多,譬如早闭上眼睛。本德婆婆也渐渐想明白了。

"人在家吗?"门口忽然有人问了起来,接着便是脚步声。

"乾生叔吗?"本德婆婆回答着,早就听出了是谁的声音。

阿芝婶慌忙拿了一面镜子,走到厨房去。

"夜饭用过吗?"

"吃过了。你们想必更早吧。"本德婆婆站了起来。

"坐下,坐下。……正在吃饭,挂号信到了。阿芝真争气,中秋还没有到,钱又寄来了。"

"怕不见得呢,信在哪里?就烦乾生叔拆开来,看一看吧。——阿芝老婆!倒茶来!点起灯!"

"不必,不必,天还亮。"乾生叔说着,从衣袋里取出信和眼镜,凑近

鲁　彦

窗边。

"公公吃茶！"阿芝婶托着茶盘，从里面走出来，端了一杯给乾生叔。

"手脚真快，还没坐定，茶就来了。"

"便茶。"随后她又端了一杯给本德婆婆："婆婆，吃茶。"

"啊，又是四十元！"乾生叔取出汇票，望了一下，微笑地说，一手摸着棕色的胡髭。"生意想必很得意。——年纪到底老了，要不点灯，戴着眼镜看信，还有点模糊。——真是一个孝子，不负你辛苦一生！要老婆好好侍候你，常常买好的菜给你吃，身体这样坏，要快点吃补药，要你切不可做事情，多困困，钱，不要愁，娘的身上不可省。不肯吃，逼你吃。从前三番四次叮嘱过她，有没有照办？倘有错处，要你骂骂她。近来船上客人多，外快不少，不久可再寄钱来。问你近来身体可好了一点？——唔，你现在总该心足了，阿嫂，一对这样的儿媳！"

"哪里的话，乾生叔，倘能再帮他们几年忙就好了。谁晓得现在病得这样不中用！"本德婆婆说着，叹了一口气。

但是本德婆婆的心里却非常轻松了。儿子实在是有着十足的孝心的。就是媳妇——她转过头去望了一望，媳妇正在用手巾抹着眼睛，仿佛在那里伤心。明明是刚才的事情，她受了委屈了。儿子的信一句句说得很清楚，无意中替她解释得明明白白，媳妇原是好的。可是，这样的化钱，绝对错了。

"两夫妻都是傻子哩，乾生叔，"本德婆婆继续的说了。"那个会这样说，这个真会这样做，鱼呀肉呀买了来给我吃！全不想到积谷防饥，浪用钱！"

"不是我阿叔批评你，阿嫂，"乾生叔摘下眼镜，说，"你只知其一，不知其二；积谷防饥，底下是一句养儿防老，你现在这样，正是养老的时候了。他们很对。否则，要他们做什么！"

"咳，还有什么老好养，病得这样！有福享，要让他们去享了！我只要他们争气，就心满意足了。"

真没办法，阿芝婶想，劝不转来，只好由她去，从此就照着她办吧，也免得疑心我自己贪嘴巴。说是没问过她，这也容易改，以后就样样去问她，不管大小里外的事——官样文章！自己又乐得少背一点干系。譬如没当家。婆婆本来比不得亲生的娘。

媳妇到底比不得亲生的女儿，本德婆婆想。自从那次事情以后，她看出阿芝婶变了态度了。话说得很少，使她感到冷淡。什么事情都来回她，又使她厌烦。明明第一次告诉过她，第二次又来问了。仿佛教不会一样。其实她并不蠢，是在那里作假，本德婆婆很知道。这情形，使本德婆婆敏锐地感到：她是在报复从前自己给她的责备：你怪我没问你，现在便样样问你——我不负责！

这样下去，又是不得了。倒如十五那天，就给她丢尽了脸了。

那天早晨，本德婆婆吃完饭，走到乾生叔店里去的时候，凑巧家里来了一个收账的人。那是贯器店老板阿爱。他和李阿宝是两亲家。李阿宝和阿芝叔在一只轮船上做茶房，多过嘴。这次阿芝叔结婚，本不想到阿爱那里去贯碗盏，不料总管阿芳叔没问他，就叫人去通知了阿爱，送了一张定单去。待阿芝叔知道，东西已经送到，只好用了他的。照老规矩，中秋节的账，有钱付六成，没钱付三四成。八月十五已经是节前最末一日，没有叫人家空手出门的。却不料阿芝婶竟回答他要等婆婆回来。大忙的日子，人家天还没亮便要跑出门，这家收账，那家收账，怎能在这里坐着等，晓得你婆婆几时回来。不近人情。给阿爱猜测起来，不是故意刁难他，便是家里没有钱。再把钱送去，还要被他猜是借来的。传到李阿宝耳朵里，又有背地里给他讲坏话的资料了："哪，有钱讨老婆，没钱付账！"

"钱箱钥匙是你管的！……"本德婆婆不能不埋怨了。

"没有问过婆婆……怎么付给他！"

本德婆婆生气了，这句话仿佛是在塞她的嘴。

"你说什么话！要你不必问，就全不问！要你问，就全来问！故意装聋作哑，拨一拨，动一动！"

阿芝婶红着脸，低下头，缄默着。她心里可也生了气，不问你，要挨骂！问你，又要挨骂！我也是爹娘养的！

看看阿芝婶不做声，本德婆婆也就把怒气忍耐住了。虽然郁积在心里更难受，但明天八月十六，正是中秋节，闹起来，六神不安，这半年要走坏运的。没有办法，只有走开了事。

然而这在阿芝婶虽然知道，可没有方法了。她藏着一肚皮冤枉气，实在吐不出来。夜里在床上，她暗暗偷流着眼泪，东思西想着，半夜睡不熟。

第二天，阿芝婶清早爬起床，略略修饰一下，就特别忙碌起来：日常家务之外，还要跑街买许多菜，买来了要洗，要煮，要做羹饭，要请亲房来吃。这些都须在上午弄好。本德婆婆尽管帮着忙，依然忙个不了。她年轻，本来爱困，昨夜没有睡得足，今天精神恍恍惚惚的好不容易支撑着。

客散后，一只久候着的黑狗连连摇着尾巴，缠着阿芝婶要东西吃。她正在收拾桌上的碗盏，便用手里的筷子把桌上一堆肉骨和虾头往地上划去。

"乓！"一只夹在里面的羹匙跟着跌碎了。

阿芝婶吃了一惊，通红着脸。这可闯下大祸了，今天是中秋节！

本德婆婆正站在门口，苍白了脸，瞪着眼。她呆了半晌，气得说不出话来。

"狗养的！偏偏要在今天打碎东西！你想败我一家吗？瞎了眼睛！贱骨头！它是你的娘，还是你的爹，待它这样好？啊！你得过它什么好处？天天喂它！今天鱼，明天肉！连那天没有动过筷的黄鱼也孝敬了它！……"本德婆婆一口气连着骂下去。

阿芝婶现在不能再忍耐了！骂得这样的恶毒，连爹娘也拖了出来！从来不曾被人家这样骂过！一只羹匙到底是一只羹匙！中秋节到底是中秋节！上梁不正，下梁错！怎能给她这样骂下去！

"啊唷妈哪！"阿芝婶蹬着脚，哭着叫了起来，"我犯了什么罪，今天这样吃苦！我也是坐着花轿，吹吹打打来的！不是童养媳，不是丫头使女！几时得过你好处！几时亏待过你！……"

"我几时得过你好处！我几时亏待过你！"本德婆婆拍着桌子。"你这畜生！你瞎了眼珠！你故意趁着过节寻祸！你有什么嫁妆？你有什么漂亮？啊！几只皮箱？几件衣裳？你这臭货！你这贱货！你娘家有几幢屋？几亩田？啊！不要脸！还说什么吹吹打打！你吃过什么苦来？打过你几次？骂过你几次？啊！你吃谁的饭？你赚得多少钱？我家里的钱是偷的还是盗的，你这样看不起，没动过筷的黄鱼也倒给狗吃！……"

"天晓得，我几时把黄鱼喂狗吃！给你吃，骂我！不给你吃，又骂我！我去拿来给你看！"阿芝婶哭号着走进厨房，把羹橱下的第三只甑捧出来，顺手提了一把菜刀。"我开给你看！我跪在这里，对天发誓，"她说着，扑倒在阶上，"要不是那一条黄鱼，我把自己的头砍掉给你看！……"

她举起菜刀，对着甑上的封泥。……

"灵魂哪里去了！灵魂？阿芝婶！"一个女人突然抱住了她的手臂。

"咳，真没话说了，中秋节！"又一个女人叹息着。

"本德婆婆，原谅她吧，她到底年纪轻，不懂事！"又一个女人说。

"是呀，大家要原谅呢，"别一个女人的话，"阿芝婶，她到底是你的婆婆，年纪又这样老了！"

邻居们全来了，大的小的，男的女的。有些人摇着头。有些人呆望着。有些人劝劝本德婆婆，又跑过去劝劝阿芝婶。

阿芝婶被拖倒在一把椅上，满脸流着泪，颜色苍白得可怕。长生伯母拿着手巾给她抹眼泪，一面劝慰着她。

本德婆婆被大家拥到别一间房子里。她的眼睛愈加深陷，颊骨愈加突出了。仿佛为了这事情，在瞬息间便老了许多。她滴着眼泪，不时艰难地嗳着抑阻在胸膈的气。口里还喃喃的骂着。几个女人不时用手巾扪着她的嘴。过了一会，待邻居们散了一些，只有三四个要好的女人在旁边的时候，她才开始诉说她和媳妇不睦的原因，一直从她进门说起。

"总是一家人，原谅她点吧。年纪轻，都这样，不晓得老年人全是为的他们。将来会懊悔的。"老年的女人们劝说着。

阿芝婶也在房间里诉着苦，一样地从头起。她告诉人家，她并没有把那一次的黄鱼倒给狗吃。她把它放了许多盐，装在瓿里，还预备等婆婆想吃的时候拿出来。

"总是一家人，原谅她点吧。年纪老了，自然有点悖，能有多少日子！将来会明白的。"

过了许久，大家劝阿芝婶端了一杯茶给本德婆婆吃，并且认一个错，让她消气了事。

"大事化小事，小事化无事，媳妇总要吃一些亏的！"

"倒茶可以，认错做不到！"阿芝婶固执地说。"我本来没有错！"

"管它错不错，一家人，日子长着，总得有一个人让步，难道她到你这里来认错？"

于是你一句，我一句，终于说得她不做声了。人家给她煮好开水，泡了茶，连茶盘交给了她。

阿芝婶只得去了，走得很慢。低着头。

"婆婆，总是我错的，"她说着把茶杯放在本德婆婆的面前，便急速地退出来。

本德婆婆咬着牙齿，瞪了她一眼。她的气本来已经消了一些，现在又给闷住了。"总是我错的！"什么样的语气！这就是说：在你面前，你错了也总是我错的！她说这话，哪里是来认错！人家的媳妇，骂骂会听话，她可越骂越不像样了。一番好意全是为的她将来，哪晓得这样下场。

"不管了，由她去！"本德婆婆坚决的想。"我空手撑起一个家，应该在她手里败掉，是天数。将来她没饭吃，该讨饭，也是命里注定好了的。"于是她决计不再过问了。摆在眼前看不惯，她只好让开她。她还有一个亲生的女儿，那里有两个外孙，乐得到那里去快活一向。

第二天清晨，本德婆婆检点了几件衣服，提着一个包袱，顺路在街上买了一串大饼。搭着航船走了。

"去了也好，"阿芝婶想，"乐得清静自在。这样的家，你看我弄不好吗？年纪虽轻，却也晓得当家，并且还要比你弄得好些。"

只是气还没有地方出，邻居们比不得自己家里的人，阿芝婶想回娘家了，那里有娘有弟妹，且去讲一个痛快。看起来，婆婆会在姑妈那里住上一两个月，横直丈夫的信才来过，没什么别的事，且把门锁上一两天。打算定，收拾好东西，过了一夜，阿芝婶也提着包袱走了。

娘家到底是快活的。才到门口，弟妹们就欢喜地叫了起来，一个叫着娘跑进去，一个奔上来抢包袱。

"阿唷！"露着笑容迎出来的娘一瞥见阿芝婶，突然叫着说，"怎么颜色这样难看呀！彩凤！又瘦又白！"

阿芝婶低着头，眼泪涌了出来，只叫一声"妈"，便扑在娘的身上，抽咽着。这才是自己的娘，自己从来没注意到自己的憔悴，她却一眼就看出来了。

"养得这样大了，还是离不开我，"阿芝婶的娘说，仿佛故意宽慰她的声音。"坐下来，吃一杯茶吧。"

但是阿芝婶只是哭着。

"受了什么委屈了吧？慢慢好讲的。早不是叮嘱过你，公婆不比自己的爹娘，要忍耐一点吗？"

"也看什么事情！"阿芝婶说了。

"有什么了不得，她能有多少日子？"

"我也是爹娘养的！"

"不要说了，媳妇都是难做的，不挨骂的能有几个！"

"难道自己的爹娘也该给她骂！"

阿芝婶的娘缄默了。她的心里在冒火。

"骂我畜生还不够，还骂我的爹娘是……狗！"

"放她娘的屁！"阿芝婶的娘咬着牙齿。

她现在不再埋怨女儿了。这是谁都难受的。昏头昏脑的婆婆是有的，昏得这样可少见，她咬着牙齿，说，倘若就在眼前，她一定伸出手去了。上梁不正，下梁错，就是做媳妇的动手，也不算无理。

这一夜，阿芝婶的娘几乎大半夜没有合眼。她一面听阿芝婶的三番四次的诉说，一面查问着，一面骂着。

第二天中午，她们家里突然来了一个女客。那是阿芝叔的姊姊。她艰难地拐着一对小脚，通红着脸，气呼呼地走进门来。阿芝婶的娘正在院子里。

"亲家母，弟媳妇在家吗？"

阿芝婶的娘瞪了她一眼。好没道理，她想，空着手不带一点礼物，也不问一句你好吗，眼睛就往里面望，好像人会逃走一样！女儿可没犯过什么罪！不客气，就大家不客气！

"什么事呢？"她慢吞吞的问。

"门锁着，我送妈回家，我不见弟媳妇，"姑妈说。

"晓得了，等一等，我叫她回去就是。"

"叫她同我一道回去吧。"

"没那样容易。要梳头换衣，还得叫人去买礼物，空手怎好意思进门！昨天走来，今天得给她雇一只划船。你先走吧。"

姑妈想：这话好尖，既不请我进去吃杯茶，也不请我坐一下，又不让我带她一道去，还暗暗骂我没送礼物。却全不管我妈在门外等着，吵架吵到我身上来了。

"亲家母，妈和弟媳妇吵了架，气着到我那里去，我平时总留她住上一月半月，这次情形不同，劝了她一番，今天特陪她回家，想叫弟媳妇再和她好好的过日子。……"

"那么你讲吧，谁错？"

"自然妈年纪老，免不了悖，弟媳妇也总该让她一些。……"

"我呢？哼！没理由骂我做狗做猪，我也该让她！"

"你一定误会了，亲家母，还是叫弟媳妇跟我回去，和妈和好吧。"

"等一等我送她去就是，你先去吧。"

"那么，钥匙总该给我带去，难道叫我和妈在门外站下去！"姑妈发气了，语气有点硬。

"好，就在这里等着吧，我进去拿来！"阿芝婶的娘指着院子中她所站着的地方，命令似的，轻蔑的说。

倘不为妈在那里等着，姑妈早就拔步跑了。有什么了不得，她们的房子里？她会拿她们一根草还是一根毛？

接到钥匙，她立刻转过背，气怒地走了。没有一句话，也不屑望一望。

"自己不识相，怪哪个！"阿芝婶的娘自语着，脸上露出一阵胜利的狡笑。她的心里宽舒了不少，仿佛一肚子的冤气已经排出了一大半似的。

吃过中饭，她陪着阿芝婶去了。那是阿芝婶的夫家，也就是阿芝婶自己的永久的家，阿芝婶可不能从此就不回去。吵架是免不了的。趁婆婆不在，回娘家来，又不跟那个姑妈回去，不用说，一进门又得大吵一次的，何况姑妈又受了一顿奚落。可是这也不必担心，有娘在这里。

"做什么来！去了还做什么来！"本德婆婆果然看见阿芝婶就骂了。"有这样好的娘家，满屋是金，满屋是银！还愁没吃没用吗，你这臭货！"

"臭什么？臭什么？"阿芝婶的娘一走进门限，便回答了。"偷过谁，说出来！瘟老太婆！我的女儿偷过谁？你儿子几时戴过绿帽子？拿出证据来！你这狗婆娘！亏你这样昏！臭什么？臭什么？"她骂着，逼了近去。

"还不臭？还不臭？"本德婆婆站了起来，拍着桌子，"就是你这狗东西养出来，就是你这狗东西教出来，就是你这臭东西带出来！还不臭？还不臭？

鲁　彦

……"

"臭什么？证据拿出来！证据拿出来！证据！证据！证据！瘟老太婆！证据！……"她用手指着本德婆婆，又逼了近去。

姑妈拦过来了，她看着亲家母的来势凶，怕她动手打自己的母亲。

"亲家母，你得稳重一点，要知道这里是什么地方！你女儿要在这里吃饭的！……"

"你管不着！我女儿家里！没吃你的饭！你管不着！我不怕你们人多！你是泼出了的水！……"

"这算什么话！这样不讲理！……"姑妈睁起了眼睛。

"赶她出去！臭东西不准进我的门！"本德婆婆骂着，也逼了近来。"你敢上门来骂人？你敢上门来骂人？啊！你吃屙的狗老太婆！滚出去！滚出去！滚出去！……"

"骂你又怎样？骂你？你是什么东西？瘟老太婆！"亲家母又抢上一步，"偏在这里！看你怎样！……"

"赶你出去！"本德婆婆转身拖了一根门闩，踉跄地冲了过来。

"你打吗？给你打！给你打！给你打！"亲家母同时也扑了过去。

但别人把她们拦住了。

邻居们早已走了过来，把亲家母拥到门外，一面劝解着。她仍拍着手，骂着。随后又被人家拥到别一家的檐下，逼坐在椅子上。阿芝姊一直跟在娘的背后哭号着。

本德婆婆被邻居们拖住以后，忽然说不出话来了。她的气拥住在胸口，透不出喉咙，咬着牙齿，满脸失了色，眼珠向上翻了起来。

"妈！妈！"姑妈惊骇地叫着，用力摩着她的胸口。邻居们也慌了，立刻抱住本德婆婆，大声叫着。有人挖开她的牙齿，灌了一口水进去。

"呣，……"过了一会，本德婆婆才透出一口气来，接着又骂了，拍着桌子。

亲家母已被几个邻居半送半逼的拥出大门，一直哄到半路上，才让她独自拍着手，骂着回去。

现在留下的是阿芝姊的问题了，许多人代她向本德婆婆求情，让她来倒茶说好话了事，但是本德婆婆怎样也不肯答应。她已坚决的打定主意：同媳妇分开吃饭，当做两个人家。她要自己煮饭，自己洗衣服。

"呃，这哪里做得到，在一个屋子里！"有人这样说。

"她管她，我管我，有什么不可以！"

"呃，一个厨房，一头灶呢？"

"她先煮也好，我先煮也好。再不然，我用火油炉。"

"呢，你到底老了，还有病，怎样做得来！"

"我自会做的，再不然，有女儿，有外孙女，可以来来去去的。"

"那么，钱怎样办呢？你管还是她管？"

"一个月只要五块钱，我又不会多用她的，怕阿芝不寄给我，要我饿死？"

"到底太苦了！"

"舒服得多！自由自在！从前一个人，还要把儿女养大，空手撑起一份家产来，现在还怕过不得日子！"本德婆婆说着，勇气百倍，她觉得她仿佛还很年轻而且强健一样。

别人的劝解终于不能挽回本德婆婆的固执的意见，她立刻就实行了。姑妈懂得本德婆婆的脾气，知道没办法，只好由她去，自己也就暂时留下来帮着她。

"也好，"阿芝婶想，"乐得清静一些。这是她自己要这样，儿子可不能怪我！"

于是这样的事情开始了。在同一屋顶下，在同一厨房里，她们两人分做了两个家庭。她们时刻见到面，虽然都竭力避免着相见，或者低下头来。她们都不讲一句话。有时甚至在和别人说话的时候，走过这个或那个，也就停止了话，像怕被人听见，泄漏了自己的秘密似的。

这样的过了不久，阿芝叔很焦急地写信来了。他已经得到了这消息。他责备阿芝婶，劝慰本德婆婆，仍叫她们和好，至少饭要一起煮。但是他一封一封信来，所得到的回信，只是埋怨，诉苦和眼泪。

"锅子给她故意烧破了，"本德婆婆回信说。

"扫帚给她藏过了，"阿芝婶回信说。

"她故意在门口泼一些水，要把我跌死，"本德婆婆的另一信里这样写着。

"她又在骂我，要赶我出去，"阿芝婶的另一信里写着。

"…………"

"…………"

现在吵架的机会愈加多了。她们的仇是前生结下的，正如她们自己所说。阿芝叔不能不回来了。写信没有用。他知道，母亲年老了，本有点悖，又加上固执的脾气。但是她的心，却没一样不为的他。他知道，他不能怪母亲。妻子呢，年纪轻，没受过苦。也不能怪她。怎样办呢？他已经想了很久了。他不能不劝慰母亲，也不能不劝慰妻子。但是，怎样说呢？要劝慰母亲，就得先骂妻子，要劝慰妻子，须批评母亲的错处。这又怎样行呢？

"还是让她受一点冤枉罢，在母亲的面前。暗中再安慰她。"他终于决定了一个不得已的办法。

于是一进门,只叫了一声妈,不待本德婆婆的诉苦,他便一直跑到妻子的房里大声骂了:

"塞了廿几年饭,还不晓得做人!我亏待你什么,你这样薄待我的妈!从前怎样三番四次的叮嘱你!……"

他骂着,但他心里却非常痛苦。他原来不能怪阿芝婶。然而,在妈面前,不这样,又有什么办法呢?

阿芝婶哭着,没回答什么话。

本德婆婆在外面听得清清楚楚,那东西在唏唏唬唬的哭。她心里非常痛快。儿子到底是自己养的,她想。

随后阿芝叔便回到本德婆婆的房里,躺倒床上,一面叹着气,一面愤怒的骂着阿芝婶。

"阿弟,妈已经气得身体愈加坏了,你应该自己保重些,妈全靠你一个人呢!"他的姊姊含着泪劝慰说。

"将她退回去!我宁可没有老婆!"阿芝叔仍像认真似的说。

"不要这样说,阿弟!千万不能这样想!我们哪里有这许多钱,退一个,讨一个!"

"咳,悔不当初!"本德婆婆叹着气,说,"现在木已成舟,还有什么办法!总怪我早没给你拣得好些!"

"不退她,妈就跟我出去,让她在这里守活寡!"

"哪里的话,不叫她生儿子,却白养她一生!虽说家里没什么,可也有一份薄薄的产业。要我让她,全归她管,我可不能!那都是我一手撑起来的,倒让她一个人去享福,让她去败光!这个,你想错了,阿芝,我可死也不肯放手。"

"咳,怎么办才好呢?妈,你看能够和好吗,倘若我日夜教训她?"

"除非我死了!"本德婆婆咬着牙齿说。

"阿姊,有什么法子呢?妈不肯去,又不让我和她离!"

"我看一时总无法和好了。弟媳妇年纪轻,没受过苦,所以不会做人。"

"真是贱货,进门的时候,还说要帮我忙,宁愿出去给人家做工,不怕苦。我一则想叫她侍候妈,二则一番好意,怕她受苦,没答应。哪晓得在家里太快活了,弄出祸事来!"

"什么,像她这样的人想给人家做工吗?做梦!叫她去做吧!这样最好,就叫她去!给她吃一些苦再说!告诉她,不要早上进门,晚上就被人家辞退!她有这决心,就叫她去!我没死,不要回来!我不愿意再见到她!"

"妈一个人在家怎么好呢?"阿芝叔说,他心里可不愿意。

"好得多了!清静自在!她在这里,简直要活活气死我!"

"病得这样,怎么放心得下!"

"要死老早死了!样子不对,我自会写快信给你。你记得:我可不要她来送终!"

阿芝叔呆住了。他想不到母亲就会真的要她出去,而且还这样的硬心肠,连送终也不要她。

"让我问一问她看吧,"过了一会,他说。

"问她什么!你还要养着她来逼死我吗?不去,也要叫她去!"

阿芝叔不敢做声了。他的心口像有什么在咬一样。他怎能要她出去做工呢?母亲这样的老了。而她又是这样的年轻,从来没受过苦。他并非不能养活她。

"怎么办才好呢?"他晚上低低的问阿芝婶,皱着眉头。

"全都知道了,你们的意思!"阿芝婶一面流着眼泪,一面发着气,说。"你还想把我留在家里,专门侍候她,不管我死活吗?我早就对你说过,让我出去做工,你不答应,害得我今天半死半活!用不着她赶我,我自己也早已决定主意了。一样有手有脚,人家会做,偏有我不会做!"

"又不是没饭吃!"

"不吃你的饭!生下儿子,我来养!说什么她空手起家,我也做给你们看看!"

"你就跟我出去,另外租一间房子住下吧。"阿芝叔很苦恼的说,他想不出一点好的办法了。

"你的钱,统统寄给她去!我管我的!带我出去,给我找一份人家做工,全随你良心。不肯这样做,我自己也会出去,也会去找事做的!一年两年以后,我租了房子,接你来!十年二十年后,我对着这大门,造一所大屋给你们看!"

阿芝叔知道对她也没法劝解了。两个人的心都是一样硬。他想不到他的凭良心的打算和忧虑都成了空。

"也好,随你们去吧,各人管自己!"他叹息着说。"我总算尽了我的心了。以后可不要悔。"

"自然,一样是人,都应该管管自己!悔什么!"阿芝婶坚决地说。

过了几天,阿芝叔终于痛苦地陪着阿芝婶出去了。他一路走着,不时回转头来望着苦恼而阴暗的屋顶,思念着孤独的老母,一面又看着面前孤傲地急速地行走着的妻子,不觉流下眼泪来。

鲁　彦

　　本德婆婆看着儿子走了，觉得悲伤，同时又很快活。她拔去了一枝眼中钉。她的两眼仿佛又亮了。她的病也仿佛好了。"这种媳妇，还是没有好！"她嘘着气，说。

　　阿芝婶可也并不要这种婆婆。她的年纪也不小了，她得自己创一份家业。她现在已经走上了这条路，她正在想着怎样刻苦勤俭，怎样粗衣淡饭的支撑起来，造一所更大的屋子，又怎样的把儿子一个一个的养大成人，给他们都讨一个好媳妇。她觉得这时间并不远，眨一眨眼就到了。

（选自短篇小说集《屋顶下》，1934年3月，上海现代书店）

病

你又要我讲故事啦！你太喜欢这一套，也太相信我啦！所谓故事，你该晓得，很多是假的。这只好酒余饭后消遣消遣，那能认真！从前有人说过，做人譬如做戏，一切都是笑话。故事即使是真的，不是假造的，也就是笑话的笑话，有什么意思！你老是缠着我，只要我一个又一个的讲故事给你听。别人愿意讲给你听的，你偏不要。你说我讲得好，没有什么人赶得上我？你错啦。我并不是专门讲故事的。我没有美国或英国的故事博士头衔，也没有进过什么故事的专门学校。我所讲的故事，并没有用过数学的方式，X 加 Y 等于什么，什么减什么等于什么，一个女的和一个男的在一起一定恋爱，两个男的和一个女的就成三角恋爱……我不喜欢这些。我所讲的故事，只是信口开河，胡凑胡凑。你说我讲的最好，实在是你迷信。你决不会想到，我从前是弄什么的！老实告诉你：两年以前，我是给人家按脉开方的哩！

喔喔，今天就讲我做医生时候所亲眼看见过的一个故事吧！这倒是千真万确，绝对不是杜撰的。

你静静的听着吧……

两年以前，我刚才已经说过，我是一个医生。我这个医生，并非祖传，也没有拜过什么老师。我的医生的执照，现在说说不妨，是用钱去买来的。我的医病的本领，正和现在讲故事的本领一样，只是胡凑胡凑。要是照明令颁布的章程，严格考试起来，恐怕只能得到 zero 的分数吧。

然而你不要看轻我，我却是首屈一指的医生哩！你不信，可以随便问那一个。谁不知道我！我挂招牌的五里镇上，人口好多，医生也不止我一个，可是人家都相信我，大小毛病，全上我的门来，有钱的人家，都用轿子把我接了去。我真是应接不暇，常常没有工夫吃饭，没有工夫睡觉。怎么会有这样好的

鲁彦

生意，连我自己也不晓得……

你说我这样好的生意，现在为什么不做医生了？那自有别的原因……我刚才已经说过，我的本领原来不高……倘有什么意外……早就料得到的……不过现在可以不必讲啦。总之，我是一个有名的好医生，赚过许多钱，买了地皮，造了屋子的……自然，我虽然赚了一些钱，真正讲起来，还是不算多，绑票这事情还轮不到我……

喔喔，闲话说得太多啦，我应该开始讲那个故事。你不觉得厌倦吗？倘使你不高兴听，还是早一点去睡吧。故事到底是故事，比不得眼前的事情。要睡还是去睡的好，身体更要紧哩。身体好，我们才不会生病，才能做许多事情。我是一个医生，我最懂得病人的痛苦……

喔喔，这个也不必讲啦，你既然愿意听，就开始讲那个故事吧……

那故事……发生在……慢一点，让我想想看，怎样才使你听着有趣吧……不，我是想叫你听得有头有脑，并不想故意造一点笑话出来，那个故事是千真万确，绝对不是杜撰的。

你静静的听着……

两年以前，我是一个医生，在五里镇上挂牌，谁都知道我是一个最好的医生，无论什么病，人家都请我按脉开方……这些刚才已经说过啦。

有一天，那里一家南货店老板的父亲生病啦。生的什么病，没有谁知道，只是发着很高的烧。这个老板便连夜带了一顶轿子亲自来接我。

他是一个有名的口吃的人，绰号叫做割舌头阿大，因为他排行第一。一句话到他嘴里，老是半天说不清楚，通红着脸，逼得头颈上的筋络一根一根粗绽了起来。要懂得他的意思，真不容易，我们只好看他做手势，猜想他说的什么。

他父亲病得很利害，他着了急，亲自来啦。

时候是在夜间十一点多——差不多十二点啦。正是十二月里，天气非常的冷，说不出的冷。我蒙着头睡在丝棉被窝里还觉得冷。这割舌头阿大竟赶着一顶轿子来啦。

蓬蓬蓬！蓬蓬蓬！敲门敲得真急！我给他吓醒来啦。不要是绑票的，我想，一面静静地听着门外的声音。

"葛葛葛葛，开开门……叶叶叶叶叶医生！……"

我知道那是割舌头阿大，立刻叫人把门开啦。他一直冲进我的房里来，脸上滴着汗。我刚才已经说过，那时是在十二月里，天气冷得可怕。我发着抖，下半身还躲在被窝里。这样冷的时候，半夜里来敲医生的门，一定病人非常的利害啦。他居然还淌着汗，走得急，更可想而知。一想到自己的本领，要去

131

对付一个十分危急的病人，我心里也不免恐慌了起来。天气本来冷，给这一慌，觉得愈加冷，愈加发抖得利害啦。

"有什么要紧事情吗，大老板？"我问他说，假做不知道。其实还有什么事情，这半夜三更？不过他没有说出"病"字来，我们做医生的不能先出口，因为生病这事情，在医生固然是有益的，在人家可是怕听的。医生最希望生病的人多起来，病人越多，医生的收入越好。一年四季，医生最喜欢的是在夏季，其次是早春和初秋，因为夏天多霍乱，早春多感冒，初秋多痢疾。这些病最容易传染，常常一两个人生了病，很多的人就跟着来。有时我们随便按一下脉，用不着细细盘问，把老方子千篇一律的抄给人家就是。医得好，是医生的本领高；医死了人，这病本利害，你不看见大家都生病啦？这是天灾，没有办法的！我们做医生的最怕是冬天。冬天里，生意少，有了生意多半是难医的病。并且天气冷，半夜三更没法推辞，为了一点钱，先得自己吃苦。实在非常不上算……

喔喔，我的话说开去啦。我刚才已经说过，我是这样问他的："有什么要紧事吗，大老板？"

于是他回答啦。不，我可以说，他并没有回答。他是在我的房里呆着。他通红着脸，歪着嘴，翕动着嘴唇，许久许久发不出一点声音来，只看见他的一脸的筋粗绽了起来。那情形，正和我们在梦里遇到了可怕的事情，一面要拼命的逃，一面要拼命的喊，却动不得脚，开不得嘴一模一样。

"什么事呀？"我仍装做不知道，大声的问他，声音里还带点不耐烦的样子，心里却暗暗的说着可怜哪可怜哪。

"葛葛葛葛，葛葛葛葛……"他半开着嘴，皱着一边眉头，偏着头用力点着，依然说不出话来，一面又用手做着手势，要我起来，要我出去。

这买卖，我实在不欢迎。我刚才已经说过，我早已懂得是什么事情。但我还是故意装做不知道。

"说呀！快点说呀！大老板！外面有什么事吗？"

"葛葛葛葛，"他摇了一摇头。过了一会，他终于说出一个字来啦。"葛葛葛葛，病……病啦！"

"谁病啦？什么病？要紧吗？"我故意盘问着他，我的意思是不想去的。

"是是是……"他用手做着胡须，表示生病的是他父亲。"要……要紧！"

"什么病呢？快点说吧！"我责备他的样子。

"不不不不……"他摇着头，睁大着一双眼睛，非常着急。"不不不不晓……得！"

"不晓得？总有一种病相的！发冷还是发热呢？头痛还是泻肚子呢？这些

总晓得吧?"

"发……发热!"

"没有泻肚子吗?"

他摇着头。

"没有肚痛吗?"

他仍摇着头。

"那不要紧!"我说。"明天一早,给你去看吧!现在大冷天,半夜三更着什么急!"

其实我刚才已经说过,这买卖并不欢迎。冬天里发烧,很难捉摸得到是什么病。尤其是一个老人家,断定了是什么病,也不容易医得好。你看他发烧得太利害啦,给他一剂凉药退退火,他会当不住,弄得冰冷气出。你看他发冷得太利害啦,给他一剂热药,他也当不住,心火直冒,烧成焦头烂额。你要给他发发汗,他会伤尽元气,上气不接下气。这种人,一点没有办法,给他医了医不好,人家总说是医生的本领低,却不晓得这种人原来是不生病也会死的。做医生的平常最怕的就是老人家,因为老人家的病常常非常古怪。我们最喜欢的是女人和小孩。女人的病,百分之九十九是从月经不调来的。小孩子总是积食生蛔虫的居多,再不然就是受过惊。

喔喔,话又说开去啦。我刚才不是说,回答他不要紧,明天一早再去吗?他怎么样呢,那个割舌头阿大?他可真着急啦!他着急得一个字也说不出来,只是蹬着脚,皱着愁眉,拼命做手势,要我去。我看着这样子,也不觉可怜他起来,我想,与其口吃,倒不如全哑啦,平心静气的学做手势,人家也不会逼他说话啦。这样半哑的人,可比生什么大病还难受。看着他这样可怜,我的心不觉软啦。

"半夜三更,那里去叫轿子?"我说。

"有有有有!"他高兴的叫了出来,指着门外。

于是我不得不去啦。我随便洗了一个脸,吃了一杯酒防防寒气,口里还含上一枝香烟,披着皮袍皮马褂,戴着帽子,坐进轿里,还用虎毯紧紧地包住了身子,关上轿门,动身啦。天气真是冷,我裹得这样厚,还觉得发颤。地上已经结了冰,一路吱吱的响着。阿大跟在背后,和轿夫们气喘呼呼的走着。想起了他是南货店的老板,也是一个有钱有地位的人,现在做了我的跟班,觉得他真可怜。一种行业有一种行业的好处,不吃这碗饭的,无论怎样,就得低下头来。我要是没有钱用,不要说半夜三更去敲他的门,就是对他磕破了头皮,也未见得会借钱给我。那天晚上,他要是不自己来,即使派了珠轿来接,我也不会去的。

喔，我说，我坐着轿子去啦。我很快就到了他的家里。一屋子的人全没有睡，都肿着眼睛在侍候病人。参汤啦，桂圆汤啦，莲子稀饭啦，这样那样的在勉强病人，但是病人吃不进去。热度非常高，火烧一般。脉搏跳得可怕的急。说起大便已经四天不通，小便血似的。问他们受了热吗，说是没有。问他们受了冷吗，也说没有。我说一定是吃坏了东西，大家也不承认，只说生病的头一天，还吃过半碗红烧肉。有咳嗽吐痰没有呢，说是向来就有一点，但不多。

"什么病呢，医生？"他们问我说。

什么病？天晓得！我那里能够决定！既没有受冷，也没有受热，又没有吃坏东西，怎样知道他生的什么病！我想了一会，又按了一次脉，肚子里打着算盘。过了一会，我只得背书似的说着写啦：

  左脉主阴，右脉主阳，阴属肺，阳属胃，阴阳不和而成火，火者热也。金木水火土，年老气衰，缺火缺水。今左脉特旺，肺火上冲，而无水以济之，故滞塞不通，致雁危象。法宜活痰清肺，以水济火，火祛热退，病自勿药。

接着，我便凑上了十三种药，不外乎桔梗，党参，白菊花，滑石之类。我刚才已经说过，我原是胡凑的，并没有真正的本领。然而人家却非常的相信我，都把我当做了一个神医。

"医生，这病不要紧的吧？"他们问我说。

"不要紧！"我回答说。这是我们的口头语，即使病人快要断气啦，我们也得这样说。而人家呢，即使病人死啦，也并不怪我们。他们知道我们的话是安慰他们而说的。倘使病好啦，我们以后就得意的说："可不是？我早就说过这病不要紧的！"于是他们就非常佩服的说："我早就晓得医生的手段高！"

"发烧到现在，多少时候啦？"

"两天。"

"为什么不早点来请我看呢？"我们就这样的埋怨着人家。说这句话，叫做伸后腿，仿佛有什么事情就可一溜而跑的一样。病人要是死啦，我们已经说过，你们不早一点来请我。责任是你们的，不关我的事。病好啦，我们医生的本领更其高。我们将说："你们的运气总算好，再迟一点请我来，就没有办法啦。"我们不必说这是我们医生的功劳，他们自然会更其感谢的说："幸亏医生本领高！"

就是这样，我把话交代过，坐着原轿回家啦。不用说，诊费是加倍的。阿大还亲自送我出来，走了许多路，才作揖打躬的回去。对着这个人，我真替他

鲁 彦

担忧。人是不能再好啦。像他的父亲，已经上了年纪，留在世上实在可以说并没有什么用处。我看过许多老人的病，做儿子的都没有像他那样着急。甚至有些青年还暗中在祷祝做父亲的快点死的。那一个做儿子的比得上阿大！可是他口吃得那么利害，事情越急他就越说不出话来啦。不，不不晓得，天，天下的，的人——喔！我一想到他，不觉自己也口吃起来啦！我是说，不晓得天下的人，为什么好的常是短命，或者带一点毛病，坏人总是生得口齿伶俐，身强力壮呢？你倘若不相信我这话，我可以举出许多人来做例子。如果觉得这样太离开故事啦，我就举这个故事中的另外一个人。这是千真万确，绝不是杜撰的。你说是谁？一个什么样的人？

你静静的听着吧，我立刻要讲到他啦。你暂时不要问我，那是什么人。

话说阿大的父亲当夜吃了我一剂药，依然没有减轻，反而像更加利害啦。第二天早晨十点钟，又请我去看了一次，下午五点钟又来请啦。真见鬼，我想。天下那里有这样的药，要想吃了立刻见效！何况我已经说过，我的方子是胡凑的，我实在不想再去啦。但是经不住阿大几次三番的恳求，只得又去跑了一趟。

这次可把我吓了一大跳！阿大的开口停着两顶轿子，有两个人刚刚走进去。我一眼看见那轿子，两顶中有一顶是医院里的，用白布遮着，画着红的十字。

不得了！我想，他们请西医来看了！不相信我了！……这倒还不要紧，倘若我说是肺火，他说是胃火，怎么办呢？……这倒还不要紧，胃与肺原来在一个地方的，怕只怕他说是肾火，肠火，那就相差得远啦！……

怎么办呢？我想着想着，自己的轿子已经停下来啦。

"不是请了西医来了吗？我还是回去，大老板！"我回头对着阿大说，坐着不肯下来。同时，觉得自己面孔快要红啦。亏得年纪大了一点，碰到各种各样的事情多，立刻又把心镇定起来。

"不不不不管他，我不不不不相信西医！这这这浑帐！"他红着脸，气愤地蹬着脚。

我本想再问他几句话，但他那样的口吃，半天弄不清，大门口进出的人多，给别人看见了反起疑心，也就只得硬着头皮进去啦。现在这世界，做人第一要头皮硬，不硬的人休想活着，我告诉你。

啊呀！天晓得！你说怎么样？我只得硬着头皮进去啦，我刚才已经说过。一进得门来，我首先就注意那个穿白衣服的西医。他正坐在病人的床边，一手拿着一只手表，一手按着脉。他听见我脚步声，忽然回过头来。天晓得！真是天晓得！这个西医就是老张！什么样的老张呢？让我告诉你：

他比我小两岁,是我的同乡同学。我们都只读过小学校的书。在学校里,我们坐在一把椅子上,睡在一个房子里,一张床上,一个桌子吃饭。他从来不喜欢读书,只喜欢玩。功课比我差。abcd一生弄不清楚。小学出来后,我们已经二十多岁,生了儿子,都没有升学,在家里闲着,有时帮人家写写信,有时管管闲事。后来我们的父亲都过世啦,家里渐渐快吃光啦,于是两个人才恐慌起来,想学一点本事糊口。可是已经迟啦,我们都已是三十岁左右的人,脑筋钝啦,心也散啦,还能够学得成什么?没有办法,便想出一种骗钱的方法,我做中医,他做西医,我们都筹了笔款,说是到京里去学医,同时离开了家乡,在京城里住上了一年,这一年来过的什么生活,现在不讲啦,讲起来愈加太笑话啦。总之,那是天晓得地晓得的生活!一年住满,我们回家啦。算是毕了业。他挂起牌子来,我也挂起牌子来。他的牌子上还写着金色的大字:"医学博士"。我呢,是中医,没有这些好头衔,只好写着:"留京神医"四个大字。我们的房子里挂满了大大小小的匾额,某人送的,某人送的,都是经我们医好了病的人。其实这些东西全是自己化了钱做的。那上面的名字,有些并无此人,有些连本人也不曾知道,也永不会知道。可是乡下人却信以为真,立刻一传十,十传百的传了开去,我们的生意特别好了起来。这样的混了三四年,我因为别种缘故,到别的地方挂牌去啦,再过两年,我又因为某一种缘故,到了那五里镇上。

　　我和老张虽然要好,像是亲兄弟似的,但因为各人忙着应付眼前的事情,自从我离开家乡后,从来没有通过消息。我和老张都是一样的脾气,不爱写信。倘使有空闲的时间,那末打麻雀比写信还要紧些。所以我刚才说过,一看老张就吓了一跳,因为我并不晓得,也永不会想到他也会在那里。

　　喔喔,关于这些,我不再多说啦。我得讲我们碰到了以后的事,请你静静的听着……

　　我吓了一跳,我刚才已经说过。老张也吓了一跳的,我看出他的发光的眼睛来。他站了起来,和我打了一个招呼。但那是平常的招呼,和对不认识的人一样。这是我们两个人以前定好的。我们两个人倘若碰在一道,我们都要装做不认识或者有仇恨的样子。我们只是心里明白。所以要这样做,为的使人家不会起疑心,倘若我们两个人的诊断是一样的,或者并没有什么争执。在可能范围之内,像那一次老张还没有下诊以前,他就先这样说了:

　　"这病,西医叫做拉斯泰尼亚卡斯妥,拉丁字母拼起来是 msdlaezyxgp。请问先生,你诊断他是什么病?"他这样说,好像考试我,看我不起一样。

　　"我诊断是肺火。"

　　"对啦,对啦,一点也不错。拉斯泰尼亚卡斯妥这个名字,给我们西医翻译出来,叫做肺炎,炎就是火,火就是炎。这病,看起来必须清火退热。"

"我昨夜开的方子正是这样!"

"那么,让我来加一点外工吧!你来清里面的火,我来退外面的热!"

于是我们两人的买卖都成全啦。

"好!既然这样,就请西医打针!"

房子里忽然有人大声叫了起来,又把我吓了一跳。我连忙定睛一看,原来是一个穿西装的少年。我刚刚已经说过,和老张一道进门来的,还有一个人。我一进房里,就注意着老张,却把他忘记啦。

这个人,我刚才已经说过,就是我要举例的人了。

他的眼睛近视得非常利害,戴着很厚很厚的镜子。看过去,他的眼睛只像一条线,并没有睁开来的模样。他的背是驼的。他的身子很矮,又很瘦。

天晓得!我暗暗给他叹息说。天下怎样会有这么难看的——这简直不像人啦!一个人生了这样的毛病,永不会出头啦。别的病有法子医;驼背近视眼,扁鹊再世也没有办法!有了这样的病,倒不如不活!但是,世上的人全不和我一样想法。你看他生得这样难看,却偏要学时髦,穿着一套簇新的西装。头颈上还打着一个很大的黑结,头发梳得非常光滑,涂着香膏,身上还像喷了香水。他大约以为这样打扮,会减少他一点难看吧。哈哈,我看他如果老老实实的穿着一套本地人的短衣裤,像叫化子似的打扮着,也许人家不会觉得这么难看的哩。

这个人是谁呢?原来就是阿二,这就是阿大的亲兄弟啦。难兄难弟,真是一点也不错!你听,阿大马上发气啦,蹬着脚骂啦。

"你你……你这浑……浑帐!你要要害害死我我的爹吗?"

"你的爹就是我的爹!你要他病好,我也要他病好!你敢瞎说!……"

"病病得这样,你你这浑浑帐,还还还要打打针!……你不是是催催他早死?……"

"只有打针,才来得及!你问医生就知道!药吃下去要一天,针打下去只要半点钟!是吗,张医生?"

老张点了一点头。

"不不不不准!"阿大咬着牙齿说。

"偏要打针!我要救爹的命!"阿二昂着头,向阿大逼了近去。

"不不不准!你你要害害死爹!"

"你要害死爹!你要害死爹!爹病得这样利害,你只是请中医看,到现在还不肯听我的话!你打电报给我,要我火速回来,难道是要我来送终吗?"

"放屁!放放屁!你你懂得什什什什么!"

"我比你懂得多！我比你有知识！你是一个乡下老！你没有进过学校！你没有跑过码头！你懂得什么！……现在外面都是请西医，外国人没有一个吃中国药！……"

"你你这这浑帐！我我和爹赚赚的钱，送送送你进进进学学学校，你你今天天倒倒倒来骂骂骂我！我我我们的祖祖祖宗都吃中中国药！没没没有吃吃吃过外外国药！……"阿大几乎要打阿二啦。他气得真凶。

"阿弥陀佛！"他们的母亲急得流眼泪，说。"为了你们的爹，不要在这里闹吧！让他静静的躺着！他快要被你们闹死啦！病得这样，还吃什么药！打什么针！你们还是依从我，让我到观音寺里去求仙水来。不要只是不相信，老是围着我，不让我走。观音菩萨大慈大悲，没有不救你们的爹的。像你们的爹，一生没有作过一点恶，你们又都是很有孝心的儿子，再加上我平时吃素念经，一定有求必应。无论是西医，是中医，都赶不上观音菩萨灵！……听我的话！都不要闹！我只相信观音菩萨！现在就让我去！那个阻我的，就是不孝！"

她说着，眼泪纷纷流了下来。她现在一定要走啦。阿大和阿二到底是孝子，心里虽然不赞成，却不敢说出半个"不"字来，只是两个人着急地眼对眼的呆望着。

但是另外却又有一个人说话啦。那是阿大的姊姊。她比她的两个兄弟聪明的多啦。她不说她不赞成她母亲的办法，她的话说得很有道理。她说：

"妈！这里到观音寺有十五里路，求神又坐不得轿，你一个女人家，来去要费多少时候，爹的病已经这样利害，求得仙水来，晓得还赶得上赶不上！还是依我刚才的办法，快点灌一点参汤进去吧！……两位医生，你们说对不对？"她回头来问我们说。

"人参是什么东西！"阿二说，"树根罢了，当得什么用！张医生，你说是吗？"

老张没有做声，只是呆呆地望着我，像不很快乐的样子。我给她这样一问，倒被她突然提醒啦，原来我是医生！我刚才简直忘记这个啦。我好像是在那里听故事一样，只呆听着他们的争论，觉得每一个人都有道理，正在想这个故事不知道将如何了结哩。

"照我看来，"我回答啦，"大家都对。这里的人没有谁不希望他的病好起来。即使像我们两个医生，虽然和病人没有多大关系，也没有不想用尽心血把他医好的。不过，现在既然大家争执得利害，还是问问病人自己吧，看他愿意怎样！"

这话一说出去，大家都赞成啦。他们仿佛把我当做了审判官一样。他们不再争执啦。

不但他们，就连躺在床上的病人也点起头来啦。他本烧着很高的烧，什么都不懂得了的。这时不晓得怎样，说也奇怪，忽然清醒啦。他在摇着手，叫大家走近去。于是我们便依着他的意思，走到了他的床边。

他说话啦。喉咙有点生硬，一个比一个字慢，很吃力的样子。

"你们的话，我都听见。不要着急。死活有数。听天由命好啦！"

他像还想再讲几句话，但是他疲乏啦，他又闭上了眼睛，不做声啦。

"老是听天由命！"阿大的母亲走了开来，又急又恨的说。"我照我的意思做！主意拿定啦！"她说着就走到自己的房里去换衣服，急急忙忙地拿着一串香珠走啦。没有谁再敢阻挡她。

阿大的姊姊从柜子里拿了一支人参，到厨房去煎啦。

我看着这情形，便也退了出来。我想，早点回去吧，在这里没有多大好处。这病人眼见得就要死啦。给他送终，倒太犯不着。但是一走到门口，阿大却把我拉住啦。他一面在我的手里塞下一包钞票，一面恳求我说：

"一定开开开一个方方方方子！医生，救救我我的爹！"

你说我有什么方法拒绝他？我终于被他拖到别一间房子里，马马虎虎地开了一个方子。随后便坐着原轿回家啦。阿大还作揖打躬的送我到大门外十几步远的地方。

这时病人的房子里，只剩了老张和阿二啦。你说他们在那里做什么？老张被阿二逼着给他父亲打了两针哩！我怎么知道吗？我刚才已经说过，老张是我要好的朋友，他后来这样告诉我的。

这以后，你说怎么样？天晓得！真是天晓得！一个人有了病，已经够啦，还加上是老头子，自己本来要死的。自己要死的也就够啦，又碰到了我这样的医生！我这个医生够啦，又来了老张这么个西医！老张也够啦，还要加上观音菩萨的仙水！仙水仙水，谁知道还有人参人参！天哪！这样弄起来，可不是前后夹攻，左右包围，上下袭击，铜筋铁骨的人也要死的吗？

阿大的父亲自然立刻完啦！

完啦以后，又怎么样呢？幸亏没有弄到我和老张的身上来。阿二只怪阿大，因为他迷信中医，硬要他的父亲吃中药。阿大只怪阿二，说是他迷信西医，硬要他父亲打针。阿大的姊姊怪的是她母亲。她母亲怪的就是她。

阿大的父亲是被人害死的！大家都这样说。听说他们后来还打过架，闹得很凶。幸亏没有闹到我和老张的身上来。

你不要笑，以为这些人全是傻子。他们实在都是最好的人，最忠厚的人，心地最清白的人。这种人，世上是很不容易，很不容易找到的。然而我这样说，可并不鼓励你去学做那样的人。这是你的事，和我的故事无关。反过来，我这样说，也并不反对你去学做那样的人。这也是你的事，也和我的故事无关。我只讲我的故事。

你也不要笑，以为我曾经是一个怎么样坏的医生，今天还当着你的面一五一十的讲了出来。我所讲的，原来是故事。故事不一定是真的。但是我这样说，你也不必以为故事就是假的。

我只有一句话可以肯定的告诉你：无论是真的假的，假的真的，全是笑话。因为从古到今，从今到古，不是笑话的人生，还不曾出现过。而故事，是笑话的笑话！

你相信我的话也由你，不相信我的话也由你。这些都不关我的事。我只讲我的故事。

我的故事现在就此完结啦。

再会，再会！

（选自短篇小说集《屋顶下》，1934年3月，上海现代书局）

鲁 彦

李 妈

一

　　她在丁老荐头行的门口，已经坐了十四天了。这十四天来，从早到晚，很少离开那里。起先五六天，她还走开几次，例如早上须到斜对面的小菜场买菜，中午和晚间到灶披间去煮饭。但五六天以后，她不再自己煮饭吃了。她起了恐慌。她借来的钱已经不多了，而工作还没有到手。她只得每餐买几个烧饼，就坐在那里咬着。因为除了省钱以外，她还不愿意离开那里。她要在那里等待她的工作。

　　丁老荐头行开设在爱斯远路的东段。这一带除了几家小小的煤炭店和老虎灶之外，几乎全是姑苏和淮扬的荐头行。每一家的店堂里和门口，都坐满了等待工作的女人：姑娘，妇人，老太婆；高的矮的，瘦的肥的，大脚的小脚的，烂眼的和麻脸的……各色各样的女人都有，等待着不识的客人的选择。凡在这里缓慢地走过，一面左右观望的行人，十之八九便是来选择女工的。有些人要年轻的，有些人要中年的，也有些人要拣年老的。有的请去梳头抱小团，有的请去煮饭洗衣服，也有的请去专门喂奶或打杂。

　　她时时望着街上的行人，希望从他们的面上找到工作的消息。但十四天过去了，没有人请她去。荐头行里常常有人来请女工，客人没有指她，丁老荐头也没有提到她；有时她站了起来，说："我去吧！"但是客人摇一摇头。每天上下午，她看见对面几家和自己邻近几家的女人在换班，旧的去了，新的又来了。就是自己的荐头行里的女人也进进出出了许多次。有些运气好的，还没有坐定，便被人家请去了。只有她永久坐在那里等着，没有谁理她。

　　街上的汽车，脚踏车，人力车，不时在她的眼前轧轧地滚了过去，来往的人如穿梭似的忙碌。她的眼睛和心没有一刻不跟着这些景物移动。坐得久了，她的脑子就昏晕起来，像轮子似的旋转着旋转着，把眼前的世界移开，显出了故乡的景色……

她看见了高大的山，山上满是松柏和柴草，有很多男人女人在那里砍树割柴，发出丁丁的斧声，和他们的笑声，歌声，说话声，叫喊声打成了一片混杂的喧哗。她的丈夫也在那里，他已经砍好了一担柴，挑着从斜坡上走了下来。他的左边是一个可怕的深壑，她看见他的高大的担子在左右晃摇，他的脚在战栗着。

"啊呀！……"她恐怖地叫了起来。

她醒了。她原来坐在丁老荐头行的门口。对面的不是山，是高耸的红色的三层楼洋房。忙碌地来去的全是她不相识的男女。晃摇着的不是她丈夫的柴担，是一些人力车，脚踏车。她的丈夫并没有在那里。她永不会再看见他。他已经死了。

那已经是两年以前的事情。正如她刚才所看见的景象一般，她的丈夫和许多乡人在山上砍柴的时候，突然来了一些兵士。他们握着枪，枪上插着明晃晃的刺刀，把山上的樵夫们围住了。"男的跟我们去搬东西！女的给我们送饭来！"一个背斜皮带的官长喊着说。大家都恐怖地跟着走了；没有谁敢说一个"不"字。她只走动一步，便被一个士兵用枪杆逼住胸膛，喊着说，"不许跑！跑的，要你狗命！你妈的！"她的丈夫和许多乡人就在这时跟着那些兵走了。从此没有消息。有些人逃回来了。有些人写了信回来，当了兵。有些做苦工死了。也有些被枪炮打成了粉碎。但她的丈夫，没有人知道。因为在本地一起出发的，一到军队里便被四处分开。"不会活着了！"她时常哭号着。有些人劝慰着她，以为虽然没有生的消息，可也没有死的消息，希望还很大的。但正因为这样，更使她悲痛。要是活着，他所受的苦恐怕更其说不出的悲惨的。

他并没有什么财产留给她。他们这一家和附近的人家一样，都是世代砍柴种田。山是公的，田是人家的。每天劳碌着，都只够吃过用过。她丈夫留给她的财产，只有两间屋子和两堆柴蓬。但屋子并不是瓦造的，用一半泥土，一半茅草盖成，一年须得修理好几回。所谓两间，实际上也只和人家的一间一样大。两堆柴蓬并不值多少钱，不到一年，已经吃完了。幸亏她自己还有一点力，平常跟着丈夫做惯了，每天也还能够砍一点柴，帮人家做一点田工。然而她丈夫留给她的还有一个更大的债。那便是他们的九岁的儿子。他不像别的小孩似的，能够帮助大人，到山上去拾柴果或到田里去割草。他生得非常瘦小羸弱，一向咳呛着，看上去只有五岁模样。

这已经够苦了。但几个月前却又遭了更大的灾祸。那便是飓风的来到。不，倘若单是飓风，倒还不至弄到后来那样，那一次和飓风一起来的还有那可怕的大水。飓风从山顶上旋转下来，她的屋子已经倒了一大半，不料半夜里山上又发蛟了。山洪像倾山倒海似的滚下来，仿佛连她脚下的土地也被卷着走

鲁彦

了。她把她的儿子系在几根木头上，自己攀着一根大树，漂着走。幸亏是在山岙里，不久就被树木和岩石挡住。但是他们所有衣服用具全给水汆走了，连一根草也不曾留下。她的邻近的人家都和她差不多，没有谁可以帮助他们母子。她没有办法，只得带着儿子，在别一个村庄上的姑母家里住了几个月。但是她的姑母也只比她好一点，附近的地方也都受过兵灾水灾，没有什么工作可以轮到她，前思后想，只得听着人家的话，把儿子暂时寄养在姑母家里，答应以后每个月寄三元钱给他，她自己跟着信客往上海来了。上海有一个远亲在做木匠，她找到了他，请他给她寻一个娘姨的东家。于是她的远亲费尽了心血，给她找到一家铺保，才进了丁老荐头行的门。

但是十四天过去了，丁老荐头还没有把她介绍出去。有些东家面前，丁老荐头不敢提起，有些东家看了她几眼，便摇了摇头。荐头行里的女人虽然各县各省的都有，都很客气的互相招呼着，谈笑着，但对她却显得特别的冷淡，不大理睬她。有时来了什么东家，一提到她，或者她自己站了起来说，"我去，"大家就嘻嘻笑了起来。这是一种多么难以忍受的耻辱！她通红着脸低下头去，几乎要哭了出来。就是丁老荐头对她也没有好面色，常常一个人喃喃的说："白坐在那里！白坐在这里！"

她的眼前没有一条路。她立刻就要冻饿死了。冬天已将来到，西风飒飒地刮着，她还只穿一件薄薄的单衣。她借来的两元钱，现在只剩下几个银角了。每天吃两顿，一顿三个烧饼，一天也要十八个铜板，这几个银角能够再维持几天呢？她自己冻死饿死，倒还不要紧，活在这世上既没有心灵上的安慰，也没有生活的出路，做人没有一点意味，倒不如早点死了。然而她的阿宝又怎么办呢？他的唯一的儿子，她的丈夫留下来的只有这一根骨肉，她可不能使他绝了烟火。她现在虽然委托了姑母，她可必须按月寄钱去，姑母自己也有许多孩子，也一样地过不得日子。她要是死了，姑母又怎能长久抚养下去？

现在，阿宝在姑母家里已经穿了夹衣吗？每餐吃的什么呢，她不能够知道。她只相信他已经在那里一样地受着冻挨着饿了。她仿佛还听见他的哭泣声，他的喊"妈妈"声，他的可怕的连续的咳呛声……"

"我们笑的并不是你！你却掉下眼泪来了！"坐在她左边的朱大姐突然叫着说。

她醒了。她原来坐在丁老荐头行的门口，眼泪流了一脸。

"我在想别的事情！"她说着，赶忙用手帕揩着面孔和眼睛。

她的模糊的含泪的眼睛，这时看见一辆新式的发光的汽车在她脚边驰了过去。那里面坐着一对阔绰的夫妇，正偏着头微笑地向她这边望着。他们的中间还坐着正和阿宝那样大小的孩子，穿着红绿的绒衣，朝着她这边伸着手指……

143

她觉得她脚下的地在动了,在旋转了,将要翻过来了……

二

"李妈!现在轮到你啦!"丁老荇头从外面走了回来,叫着说。

她突然从昏晕中惊醒过来,站起在丁老荇头面前。她看见他的后面还立着一个男工。

"东家派人来,要一个刚从乡里来的娘姨,再合适没有啦。你看,阿三哥,"他回头对着那个站在背后的人说,"这个李妈刚从乡下出来,再老实没有啦!又能吃苦,挑得起百把斤的担子哩!"

"好吧,"阿三哥打量了她一下,说,"就带她去试试看。"

她的心突突跳了起来,脸全红了。她是多么喜欢,她现在得到了工作。她有了命了!连她的阿宝也有了命了!

"哈哈哈!'老上海'不要,要乡下人!土头土脑的,请去做菩萨!"陈妈笑着说,故意做着丑脸。

大家都笑了。有几个人还笑得直不起腰来。

她的头上仿佛泼了一桶水似的,脸色变得铁青,胸口像被石头压着似的,透不出气。

"妈的!尖刻鬼!"丁老荇头睁着眼睛,骂着说,"谁要你们这些'老上海'!刁精古怪的!今天揩油,明天躲懒!还要搬嘴吵架!东家要不恨死你们这班'老上海',今天就不会要乡下人啦!"

"一点不错!丁老荇头是个明白人!你快点陪她去吧!我到别处去啦!"阿三哥说着走了。

李妈心上的那块石头落下去了。她到底还有日子可以活下去。现在她的工作终于到手了。而且被别人嘲笑的气也出了一大半了。

丁老荇头亲自陪了她去。他的脸色显得很高兴,对她客气了许多,时时关照着她:

"靠边一点,汽车来啦!但也不要慌!慌了反容易给它撞倒!……站着不要动!到了十字路口,先要看红绿灯。红灯亮啦,就不要跑过去。……走吧!绿灯亮啦!不要慌!汽车都停啦!……靠这边走,靠这边走!在那里好好试做三天再说,后天我会来看你,把事情弄好的。……这里是啦,一点点路。吉祥里。"

"吉祥里!"李妈低低的学着说。她觉得这预兆很好。她正在想,好好的给这个东家做下去,薪工慢慢加起来,把儿子好好的养大。十年之后,他便是一个大人,可以给她翻身了。

"弄内八号,跟我来。"

李妈的心又突突的跳了。再过几分钟,她将走进一座庄严辉煌的人家,她将在那里住下,一天一天做着工。她将卑下地尊称一些不相识的人做"老爷","太太","小姐","大少爷",她将一切听他们的命令和指挥,她从今将为人家辛苦着,不能再像从前似的要怎样就怎样,现在她自己的手脚和气力不再受她自己的支配了……

丁老荐头已经敲着八号的后门,已经走进去了。

她惧怯地站住在门外,红了脸。这是东家的门了,没有命令,她不敢贸然走进去。

"太太!娘姨来啦!一个真正的乡下人,刚从乡里来的,"丁老荐头在里面说着。

"来了吗?在哪里?"年轻太太的声音。

"在门外等着呢——李妈!进来!"

她吃惊地提起脚来。她现在踏着东家的地了。这是多么可怕的一个地方,它是她的东家所有的。她小心地轻轻的走了进去,像怕踏碎脚下的地一样。

"就是她吗?"

"是的,太太!"丁老荐头回答着。

她看见太太的眼光对她射了过来,立刻恐惧地低下了头。她觉得自己的头颈也红了。

什么样的太太,她没有看清楚。她只在门边瞥见她穿着一身发光的衣服,连面上也闪烁地射出光来。她恐惧得两腿颤抖着。

"什么地方人?"

"苏州那边!"丁老荐头给她回答着。

"是在朱东桥,太太,"李妈纠正丁老荐头的话。

"几时到的上海?"

"二十几天啦,"她回答说。

"给人家做过吗?"

"还没有。"

"这个人非常老实,太太!"丁老荐头插入说。"'老上海'都刁不过。太太用惯了娘姨的,自然晓得。"

"家里有什么人?"

"只有一个九岁的儿子,没有别的人……他……"

"带来了吗?"太太愕然的问。

"没有，太太，寄养在姑母家里。"

"那还好！否则常常来来去去，会麻烦死啦！……好，就试做三天。"

"好好做下去，李妈，东家再好没有啦！"丁老荐头说着又转过去对太太说，"人很老实的，太太，有什么事情问我就是！今天就写好保单吗，太太？"

"试三天再说！"

"不会错的，太太！你一定合意！有什么事情问我就是，今天就写好保单吧，免得我多跑一趟！……不写吗？不写也可以，试三天再说！那么我回去啦，好好的做吧，李妈！我过两天再来。东家再好没有啦。太太，车钱给我带了去吧！"

"这一点路要什么车钱！"

"这是规矩，太太，不论远近都要的。"

"难道在一条马路上也要？"

"都是一样，太太，保单上写明了的。你自己带来的也要。这是规矩。我不会骗你！"

"你们这些荐头行真没有道理！哪里有这种规矩！就拿十个铜板去买香烟吃吧！"

"起码两角，太太，保单上写明了的！我拿保单给你看，太太！"

"好啦好啦！就拿一角去吧！真没有道理！"

"马马虎虎，马马虎虎！不会错的，太太！后天我来写保单，不合意可以换！再会再会！李妈，好好做下去！我后天会来的。"

"真会敲竹杠！"太太看他走了，喃喃的说，随后她又转过身来对李妈说，"我们这里第一要干净。地板要天天拖洗。事情和别人家的一样，不算忙。大小六个人吃饭。早上总是煮稀饭，买菜，洗地板，洗衣服，煮中饭。吃过饭再洗一点衣服，或者烫衣服，打扫房间，接着便煮晚饭——你会煮菜吗？"

"煮得不好，太太！"

"试试看吧！你晚上就睡在楼梯底下。早上要起得早哩！懂得吗？"

"懂得啦，太太！"

"到楼上去见见老太爷和老太太，顺便带一点衣服来洗吧！"

李妈跟着太太上去了。她现在才敢大胆地去望太太的后身。她的衣服是全丝的，沙沙地微响着，一会儿发着白光，一会儿发着绿光。她的裤子短得看不见，一种黄色的丝袜一直盖到她的大腿上。她穿着高跟的皮鞋，在楼梯上得得的响着。李妈觉得非常奇怪，这样鞋子也能上楼梯。

"娘姨来啦，"太太说。

李妈一进门，只略略望了一望，又低下头来。她看见两个很老的人坐在桌子边，不敢仔细去看他们的面孔。

"叫老太爷，老太太！"太太说。

"是！老太爷，老太太！"

"才从乡里出来哩！"太太和他们说着，又转过身来说，"到我的房间来吧！"

李妈现在跟着走到三层楼上了。房间里陈列些什么样的东西，她几乎睁不开眼睛来！一切发着光！黄铜的床，大镜子的衣橱，梳妆台，写字台……这房间里的东西值多少钱呢？她不知道。单是那个衣橱，她想，也许尽够她母子两人几年的吃用了。

"衣橱下面的屉子里有几套里衣，你拿去洗吧！娘姨！"

李妈连忙应声蹲了下去。现在她的手指触到了那宝贵的衣橱的底下了。这是她有生以来的第一次。她的手指在战栗着，像怕触下橱屉的漆来。她轻轻地把它抽出来了。那里紧紧的塞满了衣服。

"数一数！一共几件？"

她一件一件拿了出来：四双袜子，五条裤子，三件汗衫，三件绒衣。

"一共十五件。太太！"

"快一点拿到底下去洗！肥皂，脚盆，就在楼梯下！"

"是，太太！"她拿着衣服下去了。

洗衣服是李妈最拿手的事情。她从小就给自己家里人洗衣服，一直洗到她有了丈夫，有了儿子，来到上海的荐头行。这十五件衣服，在她看来是不用多少时候的。她有的是气力。

她开始工作了。这是她第一次给人家做娘姨，也就是做娘姨的第一次工作。一个脚盆，一个板刷，一块肥皂，水和两只手，不到半点钟，已经有一半洗完了。

"娘姨！"太太忽然在三层楼的亭子间叫了起来。

李妈抬起头来，看见她伸着一个头在窗外。

"汗衫怎么用板刷刷？那是丝的！晓得吗？还有那丝袜！"

李妈的脸突然红了。她没有想到丝的东西比棉纱的不耐洗。她向来用板刷洗惯了衣服的。

"晓得啦！太太！"她在底下回答着。

"晓得啦！两三元钱一双丝袜哩！弄破了可要赔的！"

她的脸上的红色突然消散了。她想不到一双丝袜会值两三元钱，真要洗出破洞来，她怎么赔得起？据丁老荐头行里的人说，娘姨薪工最大的是六元，她新来，当然不会赚得那么多，要是弄破一双丝袜，不就是白做大半个月的苦工吗？她想着禁不住心慌起来。她现在连绒布的里衣也不敢用板刷去刷了，只是用手轻轻的搓着，擦着。绒布的衣服虽然便宜，她可也赔不起。何况这绒布又显然是特别漂亮，有颜色有花纹的。

但是过了一会，太太又在楼窗上叫了：

"娘姨！快一点洗！快要煮饭啦！这样轻轻的搓着，搓到什么时候！洗衣服不用气力，洗得干净吗？"

李妈慌了。她不知道怎样才好：又要快，又要洗得白，又要当心损伤。她不是没有气力，也不是不肯用出来，是有力气无处用。气力用得太大了，比板刷还利害，会把衣服扯破的。这不像走路，可以快就快，慢就慢；也不像挑柴割稻，可以把整个气力全用出来。这样的衣服，只有慢慢地轻轻地搓着擦着的。然而怎么办呢？她一点也想不出来。

时候果然不早了。少爷和小姐已经从学校里回来。他们望了她一眼，没有理她，便一直往楼上走去，小姐大约有十岁了，少爷的身材正像她的阿宝那样高矮。然而都长得红红的，胖胖的，一点不像阿宝那么青白，瘦削。阿宝全是因为在肚子里没有好好调养，出胎后忍饥受冻的缘故。

想到阿宝，她禁不住心酸起来，连眼泪也流出来了。现在天气已经冷了，谁知道他现在穿着什么衣服？又谁晓得他病倒了没有？姑母怎样在那里过活？她的孩子们有没有和阿宝吵架呢？……

"娘姨！"太太的叫声又响了，同时还伴着脚步声，她下楼来了。"不必洗啦！等你慢慢的洗完，大家要饿肚啦！不看见少爷小姐回来了吗？快到厨房去煮饭吧！"

李妈慌忙站了起来，向厨房里去，预备听太太的吩咐。

"慢点慢点！把脚盆推边一点，不要碍着路！吃过晚饭再洗！"

"是，太太！"李妈又走了转来。

"好啦！到楼上去量两升米来！——喂！空手怎么拿！真蠢！淘米的箕子挂在厨房里！"

李妈愈加慌了。她拿着淘米的箕子，两手战栗着，再向楼上走了去。

"娘姨！米放在二层楼亭子间里！——亭子间呀！喂！那是前楼！不是亭子间！——就是那间小房间呀！——门并没有锁！把那把子转动一下就开了！——喂！怎么门也不晓得开！真是蠢极啦！怎么转了又松啦！推开去再松手呀！——对啦！进去吧！麻布袋里就是米！"

李妈汗都出来了，当她从楼上下来的时候。太太心里急得生了气，她也急得快要哭出来。一切的事情，在她都是这样的生疏，太太一急，她愈加弄不清楚了。她并不生得蠢。她现在是含着满腹的恐慌。她怕太太不要她在这里，又怕弄坏了东西赔不起。

这一餐晚饭是怎样弄好的，她忙到什么样子，只有天晓得。一个屋子里的人都催着催着，连连的骂了。老爷回来的时候，甚至还拍着桌子。太太时时刻刻在厨房里蹬着脚。"这样教不会！这样教不会！真蠢呀！怎么乡下人比猪还不如！"

李妈可不能忍耐。她想不到头一天就会挨骂。她也是一个人，怎么说她比猪还不如！倘不是为的要活着，她可忍受不了，立刻走了。她的眼泪时时涌上了眼眶。但是在太太的面前，她不敢让它流出来。她知道，倘若哭了出来，太太会愈加不喜欢她的。

这一天的晚饭，她没有吃。她的心里充满了忧虑，苦痛和恐怖。

三

第三天下午，李妈又坐在丁老荐头行的门口了。她白做了三天苦工，没有拿到一个钱，饿了两餐饭，受了许多惊恐，听了许多难受的辱骂。只有丁老荐头却赚到了四角车钱。荐头行里的人还都嘲笑着她。她从前只想出来给人家做娘姨，以为比在乡里受苦好些，现在全明白了：娘姨是最下贱的，比猪还不如！

然而她现在不做娘姨，还有别的出路吗？没有！她只能再坐到丁老荐头行的门口来。她不相信她自己真是一个比猪还不如的蠢东西。她在乡下也算是一个聪明能干的女人。她做过和男人一样的事情，生过小孩，把他养大到九岁。娘姨所做的事情，无非是煮饭，洗衣，倒茶，听使唤的那些事情。三天的试工，虽然因为初做不熟识，她可也全做了。为什么东家还要骂她比猪还不如呢？她可也是一个人！倘有别的路好走，她决不愿意再给人家做娘姨。倘没有阿宝，她也尽可在乡里随便的混着过日子。然而阿宝，他现在是在病着，是在饿着。她现在怎样好呢？一到上海，比不得在那乡里，连穷邻居也没有了。一个女人，孤零零的，现在连吃烧饼的钱也没有了哩！

她想着想着，不觉又暗暗的流下泪来。

然而希望也并不是没有的。她还有一个阿宝。他现在已经九岁了。一到二十岁，便是一个大人。她和她的丈夫命运坏，阿宝的命运也许要好些。谁能说他不会翻身呢？十年光阴不算长，眨一眨眼，就过了。现在只要她能够忍耐。那一个东家固然凶恶，什么话都会骂，别的东家也许有好的。况且那三天，本来也该怪自己，初做娘姨，不懂规矩，又胆小。现在不同些了。她已经不是乡下人，她曾经在上海做过三天工。她算是一个"新上海"了。

"在上海做过吗？"新的东家又派人来，指着她问了。

"做过啦！很能干，洗得很白的衣服，煮的菜也还吃得！人又老实！"丁老荐头代她回答说。

于是李妈有运气，又有了工作了。丁老荐头仍然亲自陪她去。

新的东家的屋子也在巷堂里，也是三层楼，只是墙壁的颜色红了一些，巷堂里清静了一些。李妈走到那里，觉得有点熟识似的，没有从前那样生疏而且害怕了。

太太和老爷的样子都还和气，没有从前那个东家的可怕。人也少，他们只有三个孩子，大的还住在学校里。

"事情很少，李妈，好好做下去吧！东家再好没有啦！"丁老荐头又照样说着，拿了车钱走了。

李妈自己也觉得，东家比较的好了。事情呢，却没有比从前那一家少。这里虽然没有老太爷和老太太，却多了一个五六个月的孩子，要给他洗屎布尿布，要抱着他玩。但这在李妈倒不觉得难。她有的是气力，她自己也生过孩子，弄惯了的。她现在很愿意小心地，吃苦地做下去。

新的东家也觉得李妈还不错，第三天丁老荐头来时，决计把她留下了。

"每个月四元工钱！"太太说。

"多出一元吧，太太！"丁老荐头代李妈要求说。

"做得好，以后再加！"

李妈听着这话非常高兴。她想，单是四元工钱，她每月寄三元给姑妈作阿宝的伙食费外，还有一元可以储蓄，几年以后就成百数了。做得好不好，全在她自己，她哪里会不好好的做下去，那么，加起薪工来，她的钱愈可积得多了。

她这样想着，心里喜欢起来，做事愈加用力，愈加快了。天还没有亮，她便起来，生着了炉子，把稀饭煮在那里，一面去倒马桶，扫地，抹桌子，洗茶杯，泡开水。随后三少爷醒来了，她去给他换衣服，洗脸，喂稀饭，抱着他玩。太太和二少爷起来后，她倒好脸水，搬出稀饭来给他们吃，自己就空着肚子，背着三少爷，到小菜场买菜去。回来后报了账，给太太过了眼，收拾起碗筷，把冷的稀饭煮热，侍候老爷吃了，才将剩下来的自己吃，有时剩的不多，也就半饿着开始去洗衣服，一直到煮中饭。预备好中饭，到学校里去接十岁的二少爷。吃了饭又送他去。下半天，抱孩子，洗地板。晚饭后还给三少爷做衣服，或给二少爷补破洞。她忙碌得几乎没有一刻休息，晚上总在十一二点才睡觉，可是天没亮又起来了。

这样的不到半个月，她不但不觉得苦，反而觉得自己越做越有精神了。她的每一个筋骨像愈加有力起来,肚子也容易饿了。

"做人只要吃得下饭,便什么都不怕啦!"她常常自己安慰自己说。

然而这在东家却是一件不高兴的事。以前饭剩得少,也吃一个空,现在饭剩得多,也吃一个空。肚子总是只有那么大,怎么会越吃越多呢?每次量米的时候,太太都看着,现在她明明多量了半升了。

"娘姨!米多了,怎么没有剩饭呀?"太太露着严厉的颜色问了。她的心里在怀疑着李妈偷了米去。

"不晓得怎的,这一晌吃得多了。"李妈回答着,她还不曾猜想到太太心里什么样的想法。

"是你量的米,煮的饭!不晓得!这一晌并没有什么客人!哼!"

"想是我这几天胃口好,多吃了一些。"

"谅你吃得来多少!除非你还有一个吃生米的肚子!"

李妈的面色转青了。她懂得这话的意义。她想辩白几句,但是一想到吃东家的饭,便默着了。没有办法,只好忍耐,她想。

然而这在东家,却是等于默认了。太太在时时刻刻注意她,二少爷仿佛也在常常暗中跟着她的样子。她清早开开后门去倒马桶,好几次发现太太露出半个头在亭子间的窗口。早晨买菜去,太太一样一样叮嘱了去:

"白菜半角,牛肉一角半,豆腐六个铜板,洋蕃薯半角……"她说着就数出刚刚不多也不少的钱来。

"牛肉越买越少啦!只值得一角铜钱!白菜又坏!哪里要十二个铜板一斤!"当李妈回来的时候,太太这样气愤地说。

有几次,太太还故意叫她在家多洗一点东西,自己却提着篮子,亲自买菜去了。

李妈渐渐不安了。她每次买菜,没有一次不拣了又拣,这里还价,那里还价,跑了半天才把最上算的买了来。她自己没有赚过一个铜板。她不是不晓得赚钱,是她不愿意。她亲眼看见许多娘姨在小菜场买的一角钱菜,回来报一角半的账。有时隔壁的林妈还教她也学着做:东家叫你买一斤白菜,你只买十二两;十二铜板一斤的,告诉她十六个铜板!但是李妈不愿意,她觉得这样很卑贱。做得规矩,东家喜欢,自然会加薪工的。然而像她这样诚实,东家却把她和别的娘姨一样看待了。虽然不像以前那个东家似的恶狠狠地骂她,说的话可更叫她受不住,面色也非常难看。

"揩油吃油!吃油揩油!"这已经不止一次了,二少爷在她的面前故意这样似唱非唱的说着走了过去,有时还假装不经意的踢她一脚。

有一次,当她要洗衣服,向太太去要肥皂的时候,太太几乎骂了:

"前天才交给你,今天又来拿!难道这东西不值钱,还是我们偷来的?前天的哪里去啦?狗拖去了吗?……"

她并不计算一下,这两天来,李妈洗了多少衣服,也不想一想,二少爷在学校里做点什么,一套一套的衣服全弄得墨迹、泥迹,而三少爷的衣服是满了奶迹屎迹尿迹的;也不曾仔细看一看,给他们洗得多么白。

东家完全把她当做一个什么都要揩油的人了。他们随便什么都收藏了起来,要用的时候,让李妈自己去讨,又用眼睛盯着她。他们有什么寻不着,也来问李妈,仿佛她不仅会揩油,而且还会挖开他们的箱子偷东西似的。

李妈现在只有一肚子的闷气,说不出话来,也没有对谁可以说。她本来已经没有几个亲人,一到上海连半个也没有了。有一次隔壁的林妈在后门口找着她说几句闲话,立刻被太太责备了一场,像怕她们在串通着做什么勾当似的。她想到从前丈夫在的时候,有说有笑,自由自在,用自己的气力,吃自己的饭,禁不住眼泪簌簌滚了下来。她现在过着什么样子的日子!她夜夜劳苦着,仅仅为了四元钱的代价,诚实得和对自己一样,东家却还不把她当做一个人看待!她怎能吃得下饭,安心做下去呢?

"现在越来越不成样啦!"太太又埋怨了。"只看见你一个人坐着胡思乱想事情也不做!要享福,到家里去!躲什么懒!"

太太给她的工作愈加多了,她想:你越躲懒,我越叫你多做一点!一天到晚不让她休息。扫了地不久,又叫她去扫了。才洗过地板,又在擀着去洗了。刚刚买了香烟来,又叫她去买花生米,买了花生米回来,又叫她去买鸡蛋糕。不往街上跑,便在家里抱小孩,小孩睡了,便去补旧衣服。现在不要穿的东西也从箱底里翻出来了。

"混帐!不愿意做,就滚蛋!"太太愈加凶了。她也和从前那一个东家似的骂了起来。

李妈怎能受得住?她至少也得还几句嘴的。然而吃她的饭又怎样做得?她能够不吃她的饭,再坐到丁老荐头行的门口去吗?别人的讥笑,丁老荐头的难看的脸色,且不管它,只是她吃什么呢?她的阿宝怎样过日子呢?她不是每个月须寄钱给姑母吗?现在已经到上海一个月多了,还没有弄到一个钱!这一个月的薪工虽说是四元,已经给丁老荐头拿了八角荐头钱去了。如果再换东家,她又须坐在荐头行里等待着,谁能知道要等一个月还是半个月才再找到新的东家呢?即使一去就有了东家,四元钱一个月的薪工,可又得给丁老荐头扣去八角钱的荐头钱,一个月换一个东家,她只实得三元二角薪工,一个月换二次东家,她愈加吃亏,只实得二元四角,好处全给丁老荐头得了去,他两边拿荐头钱,连车钱倒有五六元。万一再是这里试三天,那里试三天,又怎么样呢?她一个人只要有饭吃还不要紧,她的阿宝又怎样活下去呢?

　　她这样一想,不觉愣住了。她没有别的办法,她只有忍辱挨骂的过下去,甚至连打,也得忍受着的。

　　但是东家看出她这种想头,愈加对她凶了。每一分钟,都给她派定了工作,不让她休息。而且骂的话比从前的东家还利害了。老爷也骂,二少爷也骂,偶然回来一次的大少爷也骂了。一天到晚,谁也没有对她好面色,好听的话。

　　李妈终于忍耐不住了。不到一个月,只好走了。

　　"人总是人!不是石头,也不是畜生!"她说。

四

　　李妈现在又坐在丁老荐头行的门口了。她要找一个好的东家。她想,所有做东家的人决不会和从前两个东家一般恶。

　　但是在最近的半个月中,她又一连的试做了三次,把她从前的念头打消了。

　　"天下老鸦一般黑!"这是她所得到的结论。这个刻薄,那个凶,全没有把娘姨当做人看待。没有一个东家不怕娘姨偷东西,时时刻刻在留心着。也没有一个东家不骂娘姨躲懒的。做得好是应该,做得不好扣工钱,还要挨打挨骂。

　　"到底也是人!到底也是爹娘养的!"李妈想。她渐渐发气了。

　　"没有一家会做得长久!"这不仅她一个人是这样,所有的娘姨全是这样的。丁老荐头行里的娘姨没有一个不是去了又来,来了又去。她亲眼看见隔壁的,对面的荐头行里的娘姨也全是如此。

　　然而这些人可并没有像她那样的苦恼,她们都比她穿得好些,吃得好些。她们并没有从家里寄钱来,反而她们是有钱寄到家里去的。她们一样有家眷。有些人甚至还有三四个孩子,也有些人有公婆,也有些人有吃鸦片的丈夫。

　　李妈起初没注意,后来渐渐明白了。她首先看出来的是,那些"老上海"决不做满三天便被人家辞退。李妈见着荐头行把保单写定以后,以为她们一定会在那里长做下去,但不到一个月,她们却又回来坐在荐头行的门口了。

　　"试做三天,不是人家就留了你吗?怎么不到一个月又回来了呢?"

　　"你想在那一个东家过老吗?不要妄想!""老上海"的娘姨回答她说。

　　"那么你不是吃了亏?白付了荐头钱,现在又丢了事?"

　　"还不是东家的钱!傻瓜!"

李妈不明白。她想：东家自己付的荐头钱更多，哪里还会再给娘姨付荐头钱？但是她随后明白了：那是揩了油。她已经亲眼看见过别的娘姨是怎样揩油的。她觉得这很不正当。做娘姨的好好做下去，薪工自然会——

她突然想到那些东家了：他们都是这样说的，可是以后又怎么样呢？不加薪工，还要骂，还要打！不揩油，也当做揩油！不躲懒，也是躲懒！谁能做得长久呢？

李妈现在懂得了。她可也并不生来是傻瓜！

新的东家又有了。她不再看做可以长久做下去。三天一过，她准备着随时给东家辞退了。

"娘姨！这东西哪里这样贵呀？"

"你自己去买吧！看看别的娘姨怎样买的！"她先睁起眼睛来，比东家还恶。

"咳！难道问你不得！"

"早就告诉过你，几个铜板一斤！不相信我，另外请过一个，我也做不下去！"她拿起包袱要走了。

"走就走！"太太说着。但是她心里一想，丁荐头来一次要车钱，换娘姨又得换保单，换保单又得出荐头钱，也化不来，只好转弯了。"我随便问问你，你就生气啦！我并没有赶你走！"

李妈又留下了。她可并不愿意走。然而她也仍然随时准备着走。

"上午煮了这许多菜，怎么就没有啦，娘姨。"

"剩下的菜谁要吃！倒给叫化子的去啦！"

"什么话！这样好的菜也倒掉了！"太太发气了。

"你要吃，明天给你留着！我可不高兴吃！"

第二天她把剩菜全搬出来了，连剩下的菜汤也在内。

太太气得面色一阵青一阵红，说不出话来。她要退了她，又觉得化不来，而且荐头行里的娘姨全是一个样：天下老鸦一般黑！反而吃亏荐头钱，车钱！她又只得忍住了。

"衣服洗得快一点，不好吗？娘姨！老是这样慢！"

"你只晓得洗得慢！不晓得脏得什么样！"她站了起来，把衣服丢开了。"我不会做，让我回去！"但是太太不说要她走，她也不走子。她索性每天上午不洗衣服了，留到下午去洗。每天晚上，吃完饭，她便倒在床上，想她自己的事情，或者和别的娘姨闲谈去了。

"晚上是我自己的工夫！"她说。"管不得我！"

老爷常常在外面打麻将，十二点钟以后才回来。她不高兴时，就睡在床上不起来。让太太自己去开门。

"门也不开吗!"

"我睡熟了,哪里听见!比不得你们白天好睡午觉!"

有时李妈揩了油,终于给太太查出来了。但是她毫不怕,也不红脸,她泰然的说:

"哪一个娘姨不揩油!不揩油的事情谁高兴做!一个月只拿你这一点工钱,我们可也有子女!"

她的脾气越变越坏了。东家的小孩,也都怕了她,她现在不肯再被他们踢打,她睁着凶恶的眼睛走了近去,打他们了。

然而东家有的是钱,终于不得不多化一点荐头钱和车钱,又把她辞退了。

李妈可并不惋惜,她只要在那里做上一个礼拜,她就已经赚上了个把月的工钱哩!

五

她又坐在丁老荐头行的门口了。她现在已经是一个十足的"老上海"。那里的娘姨不再讥笑她,谁都同她要好了。

"现在你和我们是一伙啦!"别的人拍拍她的腿子说。

丁老荐头也对她特别看重起来。每次的事情,就叫她去挡头阵。

她现在不愁没有饭吃了。这家出来,那家进去;那家出来,这家进去。丁老荐头行成了她的家,一个月里总要在那里住上几天。

每次当汽车在她的面前呜呜地飞似的驰过去的时候,她仿佛看见了她的阿宝坐在那车里。

"现在我们也翻身啦!"她喃喃地自言自语的说。

(选自短篇小说集《屋顶下》,1934年3月,上海现代书店)

安　舍

　　南国的炎夏的午后，空气特别重浊，雾似的迷漫地凝集在眼前。安舍的屋子高大宽敞，前面一个院子里栽着颀长的芭蕉和相思树，后面又对着满是枇杷和龙眼树的花园，浓厚的空气在这里便比较的稀淡了些。安舍生成一副冰肌玉骨，四十五年来，不大流过汗尤其是她的内心的冷寞和屋子的周围的静寂打成了一片，使她更感觉清凉。

　　和平日一样，她这时仍盘着脚坐在床上，合了眼，微翕着嘴唇，顺手数着念珠。虽然现在的情形改变了，她的凄凉的生活已经告了一个段落，她这是习惯地，在寂寞的时候，将自己的思念凝集在观音菩萨的塑像上。倘不是这样，自从二十岁过门守寡的时节起，也许她的生命早已毁灭了。这冗长的二十五年的时光，可真不易度过。四十岁以前，她不但没有出过院子，就连前面的厅堂，也很少到过。这一间房子，或者甚至于可以说，现在坐着的这一个床，就是她的整个的世界。德是六岁才买来的，也只看见她这五年来的生活。再以前曾经陪伴着她度过一部分日子的两个丫头，现在也早已不在了。谁是她的永久的唯一的伴侣呢？谁在她孤独和凄凉的时候，时时安慰着她呢？怕只有这一刻不离手的念珠了。它使她抛弃了一切的思念，告诉她把自己的精神完全集中在佛的身上，一切人间的苦痛便会全消灭。她依从着这个最好的伴侣的劝告，果真把失去了的心重复收了回来，使暴风雨中的汹涌的思潮，归于静止；直到今日，还保留着像二十岁姑娘那样的健康。——而且，她现在也有了儿子，她终于做了母亲了……

　　"毕清……"

　　安舍突然被这喊声惊醒过来，一时辨别不出是谁的声音，只觉得这声音尖锐而且拖长，尾音在空气里颤扬着，周围的静寂全被它搅动了。她惧怯地轻轻

鲁 彦

推醒了伏在床沿打盹的德，低声的说："谁来了，德，去看一看，不要做声。"

德勉强地睁着一对红眼，呆了一会，不快活地蹑着脚走到前面的厅堂。

厅堂的门虚掩着。德从门隙里窥视出去。

院子里，在相思树下，站着一个年青的学生。他左手挟着一包书，右手急促地挥动着洁白的草帽，一脸通红，淌着汗，朝着厅堂望着，但没有注意到露在门隙里的德的眼睛。

"毕清！……毕清在家吗？……"

他等了一会焦急地皱着眉头，格外提高着喉咙，又喊了。

但是德不做声，蹑着脚走了。她认识这一个学生。他是常来看毕清的。

"妈，姓陈的学生。"德低声的回复安舍说，撅着嘴。

"快把门拴上，说我也不在。"安舍弯下头来，低声的说。她的心又如往常似的跳了起来，脸也红了。她怕年青的客人。

德很高兴，又蹑着脚走到厅堂。她和安舍一样，也最怕年青的客人，尤其是这一个学生。刚才她才将睡熟，这不识相的客人把她嗓醒了，她可没有忘记。

"没有凳子给你坐！不许你进来！"德得意地想着，点了几次头，撅着嘴。

随后她走到门边，先故意咳嗽了两声，在门隙里望着。她看见那学生正蹲在树下，把书本放在膝上，用铅笔写着字。他似乎听见了德的咳嗽声，抬起头来，望着，不自信地又问了一声："里面有人吗？"

"看谁呀？"德的声音细而且响。

"看毕清！"那学生说着站了起来。

"出去了！"

"什么时候回来？"

"谁晓得！"

"你妈呢？"那学生向着厅堂走近来了。他显然想进来休息一会。

"也不在！"德的语气转硬了。她用力推着门砰的一声响了起来，随后便把它拴上。

学生立刻停住在檐下，惊讶地呆了一会，起了不快的感觉。

"明天来！"德的声音里含着嫌恶，眼睛仍在门隙里注视着檐下的学生，仿佛怕他会冲开门，走进来。

"妈的！这小鬼！"客人生了气，在低低的骂着。他知道这丫头是在故意奚落他。他可记得，屡次当他来的时候，毕清叫她倒茶，总是懒洋洋的站着不动，还背着毕清恶狠狠地瞪他一眼。现在没有一个主人在家，她愈加凶了。他本想留一张字条给毕清，给她这一气，便顺手撕成粉碎，嘘着气走了。

德仍在门隙里张望，猫儿似的屏息地倾听着，像怕那学生再走回来。许久许久，她才放了心，笑着走到后房。

"妈！学生走了。门不关得快，他一定闯进来了！"德得意的说。"真讨厌！还咕噜咕噜骂我呢！"

"你说话像骂人，他一定生了气！对你说过多少次，老是不改！"安舍闭着眼，埋怨说。但她的上唇和两颊上却露出了安静的微笑的神色。她的惧怯已经消失了。

"妈！你又怪我了！这种人，不对他凶，怎么办？来了老是不走！香烟一支一支抽不完，茶喝了又喝！吃了点心还要吃饭！人家要睡了，他还坐着！毕清不见得喜欢他！妈！你可也讨厌！"

"他可是毕清的同学，不能不招待。我倒并不讨厌。"

"妈叫我关的门，还说不讨厌！"

"你还只九岁，到了十七八岁才会懂得！去吧，后园里的鸡该喂一点东西了。"安舍打发德走了，重又合上两眼，静坐着。她的嘴唇，在微微的翕动，两手数着念珠。她的脸上发着安静的，凝集的光辉。她的精神又集中在佛的身上了。

但是过了不久，院子里又起了脚步声。有人在故意的咳嗽。那是一种洪亮的，带痰的，老人的声音。

安舍突然睁开眼睛，急促地站了起来。她已认识咳嗽的声音。

"有人吗？"门外缓慢的询问。

"康伯吗！——来了。——德！德！康伯来了！快开门！"

她一面叫着，一面走到镜架边，用手帕揩着眼角和两颊。她的两颊很红润，额上也还没有皱纹。虽然已经有了四十五岁，可仍像年青的女人。她用梳整理着本来已经很光滑的黑发，像怕一走动，便会松散下来似的。随后又非常注意地整理着自己的衣服，加了一条裙。把纤嫩洁白的手，又用肥皂水洗了又洗，才走到厅堂去。

"康伯长久不来了。"她说着，面上起了红晕。"德，泡茶来！"

"这一晌很忙呢。"康伯含着烟管摇着蒲扇，回答说。他已在厅堂坐了一会了。

"府上可好？"

"托福托福。"康伯说着，在满是皱纹的两颊和稀疏的胡须里露出笑容来。

"毕清近来可听话？肯用功吗？"康伯又缓慢的问，眼光注视着她。

她感到这个，脸上又起了一阵红晕，连忙低下头来，扯着自己的衣角，像怕风把它掀起来似的。随后她想了一想，回答说：

"都还可以。"

"这孩子，"康伯抽了一口烟，说，"从小顽皮惯了。虽然上了二十四岁，脾气还没有改哩。有什么不是，打打他骂骂他，要多多教训呢。"

"谢谢康伯。我很满意哩。"

"那里的话。你爱继了我这个儿子，我和他的娘应该谢谢你。我们每天受气的真够了。——这时还没有回来吗？"

"大概还在上课。"

"三点多了，早该下了课！一定又到那里去玩了！第二个实在比他好得多，可惜年纪太大了。你苦了一生，应该有一个比这个更好的过继儿子！老实说，天下有几个守节的女人，像你这样过门守寡愈加不用说了！"康伯说着，仰着头，喷着烟，摇着扇，非常得意的神情。

安舍听着这赞扬，虽然高兴，但过去的苦恼却被康伯无意中提醒了。她凄怆地低头回忆起来。

过去是一团黑。她几乎不曾见到太阳。四十一岁那一年，她已开始爬上老年的阶段，算是结束了禁居的生活，可以自由地进出了。那时候，当她第一次走到前面的院子里，二十年来第一次见到明亮的天空和光明的太阳的时候，她那习惯了黑暗的眼睛刺痛得睁不开，头晕眩得像没落在波涛中的小舟，两腿战栗着，仿佛地要塌下去，翻转来的一般。那是一种什么样的生活！……

她这样想着的时候，突然觉察出自己的眼睛里已经充满了泪水，并且正是坐在康伯的对面，又不觉红了脸，急忙用手帕去拭眼睛。康伯虽然是自己的没见过面的丈夫的亲兄弟，她在四十岁以前可并不曾和他在一个房子里坐谈过一次。像现在这样对面的坐着，也只这半年来，自从他把毕清过继给她以后，才有了这样的勇气。可是康伯到底是男人，她依然时刻怀着惧怯。就在当她伸手拭着眼睛的时候，她又立刻觉察出自己的嫩白的手腕在袖口露出太多了，又羞涩地立刻缩了回来，去扯裙子和衣角，像怕风会把它们掀起来似的。

康伯抽着烟，喝着茶，也许久没有说话。他虽然喜欢谈话，但在安舍的面前，却也开不开话盒子来。他知道安舍向来不喜欢和人谈话，而且在她的面前也不容易说话，一点不留心，便会触动她的感伤。于是他坐了一会，随便寒暄几句，算是来看过她，便不久辞去了。

安舍像完成了一件最大最艰难的工作似的，叫德把厅堂门掩上，重又回到自己的房里，仔细地照着镜子，整理着头发和衣服，随后又在床上盘着脚，默坐起来。

现在她的思念不自主的集中在毕清的身上了。

康伯刚才说过，已经有了三点多，现在应该过了四点。学校三点下课，毕清早该回来了。然而还一点没有声息。做什么去了呢？倘有事情，也该先回来一趟，把书本放在家里。学校离家并不远。康伯说他虽然有了二十四岁，仍像小的时候一样顽皮，是不错的。他常常在后园里爬树，从很高的地方跳下来。安舍好几次给他吓得透不出气。在外面，又谁晓得他在怎样的顽皮。这时不回家，难保不闯下了什么祸。

安舍这样想着，禁不住心跳起来，眼睛也润湿了。她只有这一个儿子。虽然是别人生的，她的生命可全在他的身上。艰苦的二十五年，已经度过了。她现在才开始做人，才享受到一点人间的生趣。没有毕清，虽然已经过了禁居的时期，她可仍不愿走出大门外去。现在她可有了勇气了。在万目注视的人丛间，毕清可以保护着她。因为他是她的儿子。在喊娘喊儿的人家门口，她敢于昂然走过去。因为她也有一个儿子。这一切，还只是一个开始。在最近的将来，她还想带着毕清，一道到遥远的普陀去进香，经过闹热的上海、杭州，观光几天。随后造一所大屋，和毕清一道，舒适地住在那里。最后她还需要一个像自己亲生似的小孩，从出胎起，一直抚养到像现在的毕清那么大。不用说，才生出的小孩，拉屎拉尿，可怕的厉害，但毕清生的，也就怕不了这许多。

她想到这里，又不禁微笑起来。她现在是这个世上最幸福最光荣的主人了……

她突然从床上走下来了。她已经听到大门外的脚步声和嘘嘘的口哨声。这便是毕清的声音，丝毫不错的。她不再推醒伏在床沿打盹的德，急忙跑到厅堂里。

"清呀！"还没有看见毕清，她便高兴得叫了起来。

"啊呀！天气真热！"毕清推开门，跳进了门限。

他的被日光晒炙得棕色的面上，流着大颗的汗，柔薄的富绸衬衫，前后全湿透了，粘贴在身上。他把手中的书本丢在桌上，便往睡榻上倒了下去。

"走路老是那么快，"安舍埋怨似的柔和的说。她本想责备他几句，回得那么迟，一见他流着一身的汗，疲乏得可怜，便说了这一句话。

"德！倒脸水来！毕清回来了！德！"她现在不能不把德喊醒了。

德在后房里含糊地答应着，慢慢地走到厨房去。

安舍一面端了一杯茶，给毕清，一面用扇子扇着他。她想和他说话，但他像没有一点气力似的，闭上了眼睛。扇了一会，安舍走到毕清的房里，给他取来一套换洗的衣服。德已经捧了一盆水来。安舍在睡榻边坐下，给他脱去了球鞋和袜子，又用手轻轻敲着，抚摩着他的腿子。她相信他的腿子已经走得很疲乏。

"起来呀，清！换衣服，洗脸呢！"

鲁 彦

"我要睡了。"

"一定饿了，——德！你去把锅里的饭煮起来吧。可是，清呀！先换衣服吧！一身的汗，会生病的呢！"她说着，便去扯他的手。

但是毕清仍然懒洋洋的躺着，不肯起来。安舍有点急了。她摸摸他的头，又摸摸他的手心，怕他真的生了病。随后又像对一个几岁小孩似的，绞了一把面巾，给他揩去脸上和颈上的汗。她又动手去解他的衬衣的扣子。但是毕清立刻翻身起来了，红着面孔。

"我自己来！"他说着，紧紧地捻住了自己的衣襟。

"你没有气力，就让我给你换吧！"

毕清摇一摇头，脸色愈加红了，转过背来。安舍知道他的意思，微笑着，说："怕什么，男子汉！我可是你的母亲！"

毕清又摇了一摇头，转过脸来，故意顽皮的说："你是我的姊母！"

安舍立刻缩回手来脸色沉下了。

但是毕清早已用手攀住了她的红嫩的头颈，亲密地叫着说："妈！你是我最好的妈！"他又把他的脸贴着她的脸。

安舍感觉到全身发了热，怒气和不快全消失了。

"你真顽皮！"她埋怨似的说，便重又伸出手去，给他脱下衬衣，轻缓地用面巾在他的上身抹去汗，给他穿上一件洁白的衬衣。

"老是不早点回来，全不管我在这里想念着。"这回可真的埋怨了。

"开会去了。"

"难道姓陈的学生今天没有到学校里去？他三点多就来看过你。"

"陈洪范吗？"

"就是他。还有你的爹。"

"为什么不叫陈洪范等我回来呢？我有话和他说。"

"叫我女人家怎样招待男客！"

"和我一样年纪，也要怕！难道又把门关上了不成？"

"自然。"

毕清从床上跳了起来。他有点生气了。

"大热天，也不叫人家息一息，喝一杯茶！我的朋友都给你赶走了！"

安舍又沉下脸，起了不快的感觉。但看见毕清生了气，也就掩饰住了自己的情感。她勉强地微笑着说：

"你的朋友真多，老是来了不走，怎怪得我。我是一个女人。"

"这样下去，我也不必出门了！没有一个朋友！"毕清说着，气闷地走到隔壁自己的房里，倒在床上。

安舍只得跟了去,坐在他的床边,说:
"好了,好了,就算我错了。别生气吧,身体要紧!"
但是毕清索性滚到床的里面去了,背朝着外面,一声也不响。
安舍盘着脚,坐到床的中央去,扯着他。过了一会,毕清仍不理她,她也生气了。
"你叫我对你下跪吗?"她咬着牙齿,说;狠狠地伸出手打去。但将落到他的大腿上,她的手力立刻松了,只发出轻轻的拍声。
"你要打就打吧!"毕清转过脸来,挑拨着说。
"打你不来吗?你的爹刚才还叫我打你的!"
"打吧,打吧!"
"你敢强,扯开你的嘴巴!"她仍咬着牙齿,狠狠的说。
"扯呀!嘴巴就在这里!"
"扯就扯!"安舍的两手同时捻住了他的两颊。但她的力只停止在臂上,没有通到腕上。她的手轻轻地捻着,如同抚摩着一样,虽然她紧咬着牙齿,摇着头,像用尽了气力一样。
"并不痛!再狠些!"毕清又挑拨了。
"咬下你这块肉!"
"咬吧!"
"就咬!"她凶狠地张开嘴当真咬住了他的左颊,还狠狠地摇着头。然而也并没有用牙齿,只是用嘴唇夹住了面颊的肉,像是一个热烈的吻。
"好了,好了!妈!"毕清攀住她的头颈,低声叫着说。
安舍突然从他的手弯里缩了出来,走下床。她的面色显得非常苍白,眼眶里全润湿了。
"我是你的妈!"她的声音颤动着。像站不稳脚似的,她踉跄地走回自己的房里。
毕清也下了床,摸不着头脑一样的呆了一会,跟了去。
安舍已经在自己的床上盘着脚默坐着。从她的合着的两眼里流出来两行伤心的泪。
"妈!我错了!以后听你的话!"毕清吃了惊,扯着她的手。
"我没有生你的气,你去安心的休息吧。不要扰我,让我静坐一会。"她仍闭着眼,推开了毕清的手。
毕清又摸不着头脑的走了出去,独自在院子里站了许久。他觉得他的这位继母的心,真奇异得不可思议。她怕一切的男人,只不怕他。她对他,比自己的亲娘还亲热。然而当他也用亲热回报她的时候,她却哭着把他推开了。刚才的一场顽皮，他可并没有使她真正生气的必要。他也知道，她的确没有生气。可是又为的什么哭呢？他猜测不出。愈想愈模糊，院子里的光线也愈加暗淡了。摸出时表一看，原来已经六点半了。他觉得肚子饥饿起来，便再转到安舍的房里去。

安舍没有在房里。他找到她在厨房里煮菜。

"你饿了吧，立刻好吃了。"她并不像刚才有过什么不快活的样子。

她正在锅上煎一条鱼。煮菜的方法，她在近五年来才学会。以前她并不走到厨房里来。她的饭菜是由一个女工煮好了送到她的房里去的。但是这荤菜，尤其是煮鱼的方法，她也只在毕清来了以后才学会。她不但不吃这种荤菜，她甚至远远地一闻到它的气息，就要作呕。现在为了毕清，她却把自己的嗅觉也勉强改过来了。她每餐总要给毕清煮一碗肉或者一碗鱼的。因为毕清很喜欢吃荤菜。

但当他们刚在餐桌边坐下，还没有动筷的时候，外面又有客人来了。

"毕清！"是一种短促的女人的声音，"你怎么忘记了我们的聚餐会呀！"

毕清立刻站了起来。进来的是一个十八九岁的清秀的女学生，打扮得很雅致。她对安舍行了一个恭敬的礼，便把眼光投射到毕清的脸上，微笑着。

安舍的心里立刻起了很不快的感觉。她认得这个女学生，知道她和毕清很要好，时常叫他一道出去玩。这且不管它，但现在这里正坐下要吃饭，怎么又要把他引走呢？

"这里的饭菜都已经摆在桌上了。"安舍很冷淡的说。

"那里也立刻可吃了。"

"他已经很饿。"

"还有好几个人在那里等他呢。"

"不要紧，不要紧，"毕清对着安舍说，"坐着车子去，立刻就到的。"

"先在这里吃了一点再说吧。——德！添一副碗筷来，请林小姐也在这里先吃一点便饭。"

但是站在门边的德，只懒洋洋的睁着眼望着，并没有动。她知道这是徒然的。这个可厌的女学生常常突如其来的把人家的计划打破。她还记得，有一天毕清答应带她出去看戏，已经换好了衣服，正要动身的时候，这个女学生便忽然来到，把毕清引去了。

"不必，不必！我没有饿；那里等的人多呢！"

"就去，就去！那里人多菜多，有趣得多！"毕清高兴地叫着，披上外衣，扯着女学生的手，跨上门限，跳着走了。

安舍的脸色和黄昏的光一样阴暗。她默然望着毕清的后影，站了起来，感觉得一切都被那个可憎女子带走了。她的心里起了强烈的痛楚。她的眼前黑了下去。她不能再支持，急忙走到自己的房里，躲进她的床上。她还想使自己镇定起来，但眼前已经全黑了。天和地在旋转着。她没有一点力，不得不倒了下去。

过了许久，在黑暗与静寂的包围中，她哼出一声悲凉的，绝望的，充满着爱与憎的沉重的叹息。

（选自短篇小说集《屋顶下》，1934年3月，上海现代书店）

鲁 彦

桥 上

　　轧轧轧轧……

　　轧米船又在远处响起来了。

　　伊新叔的左手刚握住秤锤的索子,便松软下来。他的眼前起了无数的黑圈,漫山遍野的滚着滚着,朝着他这边。

　　"呦!……"这声音从他的心底冲了出来,但立刻被他的喉咙梗住了,只从他的两鼻低微地迸了出去。

　　"四十九!"他定了一定神,大声的喊着。

　　"平一点吧,老板!还没有抬起哩!"卖柴的山里人抬着柴,叫着说,面上露着笑容。

　　"瞎说!称柴比不得称金子!——五十一!——五十五!——五十四!——六十……这一头夹了许多硬柴!叫女人家怎样烧?她家里又没有几十个人吃饭!——四十八!"

　　"可以打开看的!不看见底下的一把格外大吗?"

　　"谁有闲工夫!不要就不要!——五十二!——一把软柴,总在三十斤以内!一头两把,那里会有六十几斤!——五十三!——五十!——"

　　"不好捆得大一点吗?"

　　"你们的手什么手!天天捆惯了的!我这碗饭吃了十几年啦!五十一!——哄得过我吗?——五十!"

　　轧轧轧轧……

　　伊新叔觉得自己的两腿在战栗了。轧米船明明又到了河南桥这边,薛家村的村头。他虽然站在河北桥桥上,到村头还有半里路,他的眼前却已经有无数的黑圈滚来,他的鼻子闻到了窒息的煤油气,他看见了那只在黑圈迷漫中的大

165

船。它在跳跃着，拍着水。埠头上站着许多男女，一箩一箩的把谷子倒进黑圈中的口一样的斗里，让它轧轧的咬着，啃着，吞了下去……

伊新叔呆木地在桥上坐下了，只把秤倚靠在自己的胸怀里。

他自己也是一个做米生意的人……不，他是昌祥南货店的老板，他的店就开在这桥下，街头第一家。他这南货店已经开了二十三年了。十五岁在北碚市学徒弟，二十岁结亲，二十四岁上半年生大女儿，下半年就自己在这里挂起招牌来。隔了一年，大儿子出世了，正所谓"先开花后结果"，生意便一天比一天好了。起初是专卖南货，带卖一点纸笔，随后生意越做越大，便带卖酱油火油老酒，又随后带卖香烟，换铜板，最后才雇了两个长工砻谷舂米，带做米生意。但还不够，他又做起"称手"来。起初是逢五逢十，薛家村市日，给店门口的贩子拿拿秤，后来就和山里人包了白菜，萝菔，毛笋，梅子，杏子，桃子，西瓜，脆瓜，冬瓜……他们一船一船的载来，全请他过秤，卖给贩子和顾客。日子久了，山里人的柴也请他兜主顾，请他过秤子。

他忙碌得几乎没有片刻休息。他的生意虽然好，却全是他一个人做的。他的店里没有经理，没有帐房，也没有伙计和徒弟。他的唯一的帮手，只有伊新婶一个人。但她不识字，也不会算账，记性又不好。她只能帮他包包几个铜板的白糖黄糖，代他看看店。而且她还不能久坐在店里，因为她要洗衣煮饭，要带孩子。而他自己呢，没有人帮他做生意，却还要去帮别人的忙，无论谁托他，他没有一次推辞的。譬如薛家村里有人家办喜酒，做丧事，买菜，总是请他去，因为他买得最好最便宜。又如薛家村里的来信，多半都由昌祥南货店转交。谁家来了信，他总是偷空送了去，有时念给人家听了，还给他们写好回信，带到店里，谁到北碚市去，走过店外，便转托他带到邮局去。

他吃的是咸菜，穿的是布衣，不爱赌也不吸烟，酒量是有限的，喝上半斤就红了脸。他这样辛苦，年轻的时候是为的祖宗，好让人家说说，某人有一个好儿孙；年纪大了，是为自己的儿孙，好让他们将来过一些舒服的日子。他是最爱体面的人，不肯让人家说半句批评。当他第二个儿子才出世的时候，他已经做了一桩大事，把他父母的坟墓全造好了。"钱用完了，可以再积起来的，"他常常这样想。果然不到几年，他把自己的寿穴也造了起来，而且把早年死了的阿哥的坟也做在一道。以后他便热热闹闹的把十六岁的大女儿嫁出去，给十岁的儿子讨了媳妇。到大儿子在上海做满三年学徒，赚得三元钱一月，他又在薛家村尽头架起一幢三间两巷的七架屋了。

然而他并不就此告老休息，他仍和往日一样的辛苦着，甚至比从前还辛苦起来。逢五逢十，是薛家村的市日，不必说。二四七九是横石桥市日，他也站在河北桥桥上，拦住了一二只往横石桥去的柴船。

"卖得掉吗？"山里人问他说。

"自然！卸起来吧！包你们有办法的！"

怎样卖得掉呢，又不是逢五逢十，来往的人多？但是伊新叔自有办法。薛家村里无论哪一家还有多少柴，他全知道。他早已得着空和人家说定了。

"买一船去！阿根嫂！"他看见阿根嫂走到桥上，便站了起来，让笑容露在脸上。

"买半船吧！"

"这柴不错，阿根嫂，难得碰着，就买一船吧！五元二角算，今天格外便宜，总是要烧的，多买一点不要紧！——喂！来抬柴，长生！"他说着，提起了秤杆。

"五十一！——四十九！——五十三！……"

轧轧轧轧……

轧米船在薛家村的河湾那里响了。

伊新叔的耳朵仿佛塞了什么东西，连自己口里喊出来的数目，也听不清楚了。黑圈掩住了手边的细小的秤花，罩住了柴担和山里人，连站在旁边的阿根嫂也模糊了起来。

"生意真好！"有人在他的耳边大声说着，走了过去。

伊新叔定了一定神，原来是辛生公。

"请坐，请坐！"他像在自己的店里一样的和辛生公打着招呼。

但是辛生公头也不回的，却一径走了。

伊新叔觉得辛生公对他的态度也和别人似的异样了。辛生公本是好人，一见面就惯说这种吉利话的。可是现在仿佛含了讥笑的神情，看他不起了。

轧轧轧轧……

轧米船又响了。

它是正在他造屋子的时候来的。房子还没有动工的时候，他已经听到了北碶市永泰米行老板林吉康要办轧米船的消息。他知道轧米船一来，他的米生意就要清淡下来，少了一笔收入。但是他的造屋子的消息也早已传了开去，不能打消了。倘若立刻打消，他的面子从此就会失掉，而且会影响到生意的信用上来。

"机器米，吃了不要紧吗？"他那时就听到了一些人对他试探口气的话。

"各有各的好处！"他回答说，装出极有把握的样子，而且索性提早动工造屋了。

他知道轧米船一来，他的米生意会受影响，但他不相信会一点没有生意。他知道薛家村里有许多人怕吃了机器米生脚气病，同时薛家村里的人几乎每一家都和他相当有交情。万一米生意不好，他也尽有退路。他原来是开南货店兼做杂货的。这样生意做不得，还有那样。他全不怕。

但是林吉康仿佛知道了他提早动工的意思，说要办轧米船，立刻就办起来了。正当他竖柱上梁的那一天好日子，轧米船就驶到了薛家村。

轧轧轧轧……

这声音惊动了全村的男女老小，全到河边来看望这新奇的怪物了。伊新叔只管放着大爆仗和鞭爆，却很少人走拢来。船正靠在他的邻近的埠头边，仿佛故意对他来示威一样。那是头一天。并没有人抬出谷子来给它轧。它轧的谷子是自己带来的。

轧轧轧轧……

这样的一直响到中午，轧米船忽然传出话来，说是今天下午六点钟以前，每家抬出一百斤谷来轧的，不要一个铜板。于是这话立刻传了开去，薛家村里像造反一样，谷子一担一担的挑出来抬出来了。不到一点钟，谷袋谷箩便从埠头上一直摆到桥边，挤得走不通路。

轧轧轧轧……

这声音没有一刻休息。黑圈呼呼的飞绕着，一直迷漫到伊新叔的屋子边。伊新叔本来是最快乐的一天，觉得他的一生大事，到今天可以说都已做完了，给轧米船一来，却弄得落入了地狱里一样，眼前一团漆黑，这轧轧轧轧的声音简直和刀砍没有分别。他的年纪已经将近半百，什么事情都遇到过，一只小小的轧米船本来不在他眼里，况且他又不是专靠卖米过日子的。但是它不早不迟，却要在他竖柱上梁的那一天开到薛家村来，这预兆实在太坏了！他几乎对于一切事情都起了恐慌，觉得以后的事情没有一点把握，做人将要一落千丈了似的。他一夜没有睡熟。轧米船一直响到天黑，就在那里停过夜。第二天天才亮，它又在那里响了。这样的一直轧了两天半，才把头一天三点半以前抬来的谷子统统轧完。有些人家抬出来了又抬回去，抬回去了又抬出来，到最后才轧好。

伊新叔的耳内时常听见一些不快活的话，这个说这样快，那个说这样方便。薛家村里的人没有一个不讲到它。

"看着吧！"他心里暗暗的想。他先要睁着冷眼，看它怎样下去。有些东西起初是可以哄动人家的，因为它希奇，但日子久了，好坏就给人家看出了。这样的事情，他看见过好多。

轧米船以后常常来了。它定的价钱是轧一百斤谷，三角半小洋。伊新叔算了一算，价钱比自己请人砻谷舂米并不便宜。譬如人工，一天是五角小洋，一天做二百斤谷，加上一斤老酒一角三分，一共六角三分就够了。饭菜是粗的，比不得裁缝。咸薺，海蜇，龙头鲞，大家多得很，用不着去买，米饭也算不得多少。有时请来的人不会吃酒，这一角三分就省去了。轧出来的比舂出来的白，那是的确的。可是乡下人并不想吃白米，米白了二百斤谷就变不得一石米。而且轧出来的米碎。轧米船的好处，只在省事，只在快。可是这有什么关系呢？请人砻谷舂米，一向惯了，并不觉得什么麻烦。快慢呢，更没有关系，决没有人家吃完了米才砻谷的。

伊新叔的观察一点不错，轧米船的生意有限得很。大家的计算正和伊新叔的一样，利害全看得出来，而且许多人还在讲着可怕的话，谁在上海汉口做生意，吃的是机器米，生了好几年脚气肿病，后来回到家里吃糙米，才好了。

一个月过去了，伊新叔查查账目，受到的影响并不大。只有五家人家向来在他这里籴米的，这一个月里不来了。但是他们的生意并不多，一个月里根本就吃不了几斗。薛家村里的人本来大半是自己请人砻的。籴米吃的人或者是因为家里没有砻谷的器具，或者是因为没有现钱买一百斤两百斤谷，才到他店里来另碎的籴米吃，而且他这里又可以欠帐。轧米船抢去的这五家生意，因为他们比较的不穷，却是家里还购不起砻谷器具的，轧米船最大的生意还是在那些有谷子有砻具的人家。但这与他并没有关系。

两个月过去，五家之中已经有两家又回到他店里来籴米，轧米船的生意也已比不上第一个月，现在来的次数也少了。

"哪里抢得了我的生意！"伊新叔得意的暗暗地说。他现在全不怕了。他只觉得轧米船讨厌，老是乌烟瘴气的轧轧轧轧响着。尤其是他竖柱上梁的那天，故意停到他埠头边来，对他做出吓人的样子。但是他虽然讨厌它，他却并不骂它。他觉得骂起它来，未免显得自己的度量太小了。

"自有人骂的。"他心里很明白，轧米船抢去的生意并不是他的。它抢的是那些给人家砻谷舂米的人的生意。轧米船在这里轧了二百斤谷子，就有一个人多一天闲空，多一天吃，少收入五角小洋。

"饿不死我们！"伊新叔早已听见有人在说这样又怨又气的话了。

那是真的，伊新叔知道，他们有气力拉得动砻，拿得动舂，挑得动担子，那一样做不得，何况他们也很少人专门靠这碗饭过日子的。

"一只大船，一架机器，用上一个男工，一个写帐的，一个徒弟，看它怎样开销过去吧！"他们都给它估量了一下，这样说。

但是这一层，轧米船的老板林吉康早已注意到了。他有的是钱。他在北碶市开着永泰米行，万余木行，兴昌绸缎庄，隆茂酱油店，天生祥南货店，还在县城里和人家合开了一家钱庄。他并不怕先亏本。他只要以后的生意好。第三个月一开始，轧米船忽然跌价了。以前是一百斤谷，三角半小洋，现在只要三角了。

这真是大跌价,薛家村里的人又哄动了。自己请人砻谷的人家都像碰到了好机会,纷纷抬了谷子到埠头边去。

"吃亏的不是我!"伊新叔冷淡的说。他查了一查这个月的米生意,一共只有六家老主顾没有来往。他睁着冷眼旁看着,轧米船的生意好了一回,又慢慢的冷淡下去了。许多人已经在说轧出来的砻糠太碎,生不得火;细糠却太粗,喂不得鸡,只能卖给养鸭子的,价钱卖不到五个铜板,只值三个铜板一斤,还须自己筛了又筛。要砻糠粗,细糠细,大家宁愿请人来先把谷砻成糙米,然后再请轧米船轧成熟米。但这样一来,不能再叫人家出三角一百斤,只能出得一角半。

轧米船不能答应。写帐的说,拿谷子来,拿米来,在他们都是一样的手续。一百斤谷子只能轧五斗米,一百斤糙米轧出来的差不多仍有百把斤米,这里就已经给大家便宜了,那里还可以减少一半价钱。一定要少,就少到二角半,不能再少了。薛家村里的人不能答应,宁可仍旧自己请人砻好舂好。

于是伊新叔亲眼看见轧米船的生意又坏下去了。

"还不是开销不过去的!"他说,心里倒有点痛快。

"这样赚不来,赚那样!"轧米船的老板林吉康却忽然想出别的方法来了。

他自己本来在北碚市开着永泰米行的,现在既然发达不开去,停了又不好,索性叫轧米船带卖米了。

现在轧米船才成了伊新叔的真正的对头了。它把价钱定得比伊新叔的低。伊新叔历来对人谦和,又肯帮别人的忙,又可以做帐,他起初以为这项生意谁也抢他不过,却想不到轧米船把米价跌了下来,大家争着往那里去买了。土白,中白,倒还不要紧,吃白米的人本来少,下白可不同了,而轧米船的下白,却偏偏格外定得便宜。

"这东西害了许多人,还要害我吗?"他自言自语的说。扳起算盘来一算,照它的价钱,还有一点钱好赚。

"就跌下来,照你的价钱,看你抢得了我的生意不能!"伊新叔把米价也重新订过了,都和轧米船的一样:上白六元二角算,中白五元六角算,下白由五元算改成了四元八角。

伊新叔看见轧米船的生意又失败了,薛家村里的人到底和伊新叔要好,这样一来,又全到昌祥南货店来籴米了,没有一个人再到轧米船去籴米。

"机器米,滑头货!吃了生脚气病,哪个要吃!"

林吉康看见轧米船的米生意又失败了,知道是伊新叔也跌了价的原因,他索性又跌起价来。他上中白的米价再跌了五分,下白竟又跌了一角。

伊新叔扳了一扳算盘，也就照样的跌了下来。

生意仍是伊新叔的。

然而林吉康又跌米价了：下白四元六。

伊新叔一算，一元一角算潮谷，燥干扇过一次，只有九成。一石米，就要四元谷本，一天人工三角半，连饭菜就四元四角朝外了，再加上屋租，捐税，运费，杂费，利息，只有亏本，没有钱可赚。

跟着跌不跌呢？不跌做不来米生意，新谷又将上市了，陈谷积着更吃亏。他只得咬着牙齿，也把米价跌了价。

现在轧米船的老板林吉康仿佛也不想再亏本了。轧米船索性不来了。他让它停在北碶市的河边，休了业。

伊新叔透了一口气过来，觉得亏本还不多，下半年可以补救的。

"瞎弄一场，想害人还不是连自己也害进在内了！"他嘘着气说，"不然，怎么会停办呢！"

但是他却没有想到林吉康已经下了决心，要弄倒他。

轧轧轧轧……

秋收一过，轧米船又突然出现在薛家村了。

它依然轧米又卖米。但两项的价钱都愈加便宜了。拿米去轧的，只要一角五分，依照了薛家村从前的要求。米价却一天一天便宜了下来，一直跌到下白四元算。

伊新叔才进了一批新谷，拼了命跟着跌，只是卖不出去。薛家村里的人全知道林吉康在和伊新叔斗花样，亏本是不在乎的，伊新叔跌了，林吉康一定还要跌。所以伊新叔跌了价，便没有人去买，等待着第二天到轧米船上去买更便宜的米。

伊新叔觉得实在亏本不下去了，只得立刻宣布不再做米生意，收了一半场面，退了工人，预备把收进来的谷卖出去。

"完啦，完啦！"他叹息着说，"人家本钱大，亏得起本，还有什么办法呢！"

然而林吉康还不肯放过他。他知道伊新叔现在要把谷子卖出去了，他又来了一种花样。新谷一上场，他早已收入许多谷，现在他也要大批的出卖了。他依然不怕亏本，把谷价跌得非常的低。伊新叔不想卖了，然而又硬不过他。留到明年，又不知道年成好坏，而自己大批的谷存着，换不得钱，连南货店的生意也不能活动了。他没有办法，只得又亏本卖出去。

轧轧轧轧……

轧米船生意又好了。不但抢到了米生意，把工人的生意也抢到了。它现在三天一次，二天一次，有时每天到薛家村来了。

"恶鬼！"伊新叔一看见轧米船，就咬住了牙齿，暗暗的诅咒着。他已经负上了一笔债，想起来又不觉恐慌起来。他做了几十年生意，从来不曾上过这样大当。

伊新叔看着轧米船的米生意好了起来，米价又渐渐高了，他的谷子卖光，谷子的价钱也高了。

"不在乎，不在乎！"伊新叔只好这样想，这样说，倘若有人问到他这事情。"这本来是带做的生意。这里不赚那里赚！我还有别的生意好做的！"

真的，他现在只希望在南货杂货方面的生意好起来了。要不是他平时还做着别的生意，吃了这一大跌，便绝对没有再抬头的希望了。

他这昌祥南货店招牌老，信用好之外，还有一点最要紧的是地点。它刚在河北桥桥头第一家，街的上头，来往的人无论是陆路水路，坐在柜台里都看得很清楚。市日一到，担子和顾客全拥挤在他的店门口，他兼做别的生意便利，人家问他买东西也便利。房租一年四十元，双间门面，里面有栈房厨房，算起来也还不贵。米生意虽然不做了，空了许多地方出来，但伊新叔索性把南货店装饰起来，改做了一间客堂，样子愈加阔气了。到他店里来坐着闲谈的人本就不少，客堂一设，闲坐的人没有在柜台内坐着那样拘束，愈加坐得久了。大家都姓薛，伊新叔向来又是最谦和的，无论他在不在店里，尽可坐在他的店里，闲谈的闲谈，听新闻的听新闻，观望水陆两路来往的也有，昌祥南货店虽然没有经理，帐房，伙计，学徒，给他们这么一来，却一点不显得冷落，反而格外的热闹了。

但这些人中间有照顾伊新叔的，也有帮倒忙的人。有一天，忽然有一个人在伊新叔面前说了这样的话：

"听说轧米船生意很好，林吉康有向你分租一间店面的意思呢！"

伊新叔睁起眼睛，发了火，说："——哼！做梦！出我一百元一月也不会租给他！除非等我关了门！"他咬着牙齿说。

"这话不错！"大家和着说。

说那话的是薛家村的村长，平时爱说笑话，伊新叔以为又是和他开玩笑，所以说出了直话，却想不到村长说这话有来因，他已经受了林吉康的委托。伊新叔不答应，丢了自己的面子，所以装出毫无关系似的，探探伊新叔的口气。果然不出他所料，伊新叔一听见这话不管是真是假，就火气直冲。

"就等他关了门再说！"林吉康笑了一笑说。他心里便在盘算，怎样报这一口气。

他现在不再显明的急忙的来对付伊新叔，他要慢慢的使伊新叔亏本下去。

最先他只把他隆茂酱油店的酱油减低了一两个铜板的价钱。

北碶市到薛家村只有二里半路程，眨一眨眼就到。每天每天薛家村里的人总有几个到北碶市去。虽然隆茂的酱油只减低了一两个铜板，薛家村里的人也就立刻知道。大家并不在乎这二里半路，一听到这消息，便提着瓶子往北碶市去了。

"年头真坏！"伊新叔叹息着说，他还没有想到又有人在捉弄他。他觉得酱油生意本来就不大，不肯跟着跌，想留着看看风色。

过了不久，老酒的行情却提高了。许多人在讲说是今年的酒捐要加了，从前是一缸五元，今年会加到七元。糯米呢，因为时局不太平，又将和南稻谷一齐涨了起来。

"这里赚不来，那里赚！"伊新叔想。他打了一下算盘，看看糯米的价钱还涨得不多，连忙办好一笔现款，收进了一批陈酒。

果然谷价又继续涨了，伊新叔心里很喜欢。老酒的行情也已继续涨了起来，伊新叔也跟着行情走。

但是不多几天，隆茂的老酒却跌价了。伊新叔不相信以后会再便宜，他要留着日后卖，宁可眼前没有生意，也不肯跟着跌。于是伊新叔这里的老酒主顾又到北碶市去了。

北碶市的隆茂酱油店跌了几天，又涨了起来，涨了一点，又跌了下来，伊新叔愈加以为林吉康没有把握，愈加不肯跟着走。

九月一到，包酒捐的人来了。并没有加钱。时局也已安定下来。老酒的行情又跌了，伊新叔这时才知道上了当，赶快跟着人家跌了价。但隆茂仿佛比他更恐慌似的，卖得比别人家更便宜，跌了又跌，跌了又跌，三十个铜板一斤的老酒，竟会一直跌到二十个铜板。

伊新叔现在不能不跟着走了。别的店铺可以把酒积存起来，过了一年半载再卖，他可不能。他的本钱要还，利息又重，留上一年半载，谁晓得那时还会再跌不会呢！单是利上加利也就够了。

这一次亏本几乎和米生意差不多，使他起了极大的恐慌。他现在连酱油也不敢不跌价了。

然而伊新叔是一生做生意的，人家店铺的发达或倒闭，他看见了不晓得多少次。他一方面谨慎，一方面也有着相当的胆量。他现在虽然已经负了债，他仍有别的希望。

"二十几岁起到现在啦！"他说。"头几年单做南货生意也弄得好好的！"

"看着吧！"林吉康略略的说，"看你现在怎样！"

他又开始叫天生祥南货店廉价了。从北碶市到薛家村，他叫人一路贴着很

173

触目的大廉价广告。这时正是年关将近，家家户户采购南货最多的时候，往年逢到配货的人家送一包祭灶果的，现在天生祥送两包了，而且价钱又便宜了许多。薛家村里的人又往北碶市去了。到了十二月十五，昌祥南货店还没有过年的气象。伊新叔跟着廉起价来，但还是生意不多。平日常常到他店堂里来坐着闲谈的那些人，现在也几乎绝迹了，他们一到年关，也有了忙碌的事情。同时银根也紧缩起来，上行一家一家的来了信，开了清单来，钱庄里也来催他解款了。

伊新叔看看没有一点希望了。这一年来为了造屋子，用完了钱还借了一些债，满以为一年半载可以赚出来还清，却不料米和酒亏了本，现在南货又赚不得钱。倘不是他为人谦和，昌祥南货店的招牌老，信用好，早已没有转折的余地，关上门办倒帐了。幸亏薛家村里的一些婆婆嫂嫂对他好，信任他，儿子丈夫寄来的过年款或自己的私钱，五十一百的拿到他那里来存放，解他的围。

年关终于过去了。伊新叔自己知道未来的日子更可怕，结果怎样几乎不愿想了。但他也不能不自己哄骗着自己，说：

"今年再来过！一年有一年的运气！林吉康不见得会长久好下去，他倒起来更快！那害人的东西，他倒了，没有一点退路，我倒了还可以做'称手'过日子的！"

真的，伊新叔没有本钱，可以做"称手"过日子的。一年到头有得东西称。白菜，萝蓣，毛笋，梅子，杏子，桃子，西瓜，脆瓜，冬瓜……还有逢二四五七九的柴。

单是称柴的生意也够忙碌了，今天跑这里兜主顾，明天跑那里兜主顾。

"这柴包你不潮湿！"他看见品生婶在用手插到柴把心里去，就立刻从桥上站起来，止住了她，说。"有湿柴，我会给你拣出的！价钱不能再便宜了，五元二角算。"

"可以少一点吗？"品生婶问了。

"给你称得好一点吧，"伊新叔回答说。"价钱有行情，别地方什么价钱，我们这里也什么价钱，不能多也不能少的。买柴比不得买别的东西。我自己家里烧的也是柴，巴不得它便宜一点的。就是这两担吗？——来，抬起来！——四十八！——你看，这样大的一头柴，只有四十八斤，燥得真可以了！——五十！——五十一！——四十九！……"

轧轧轧轧……

轧米船在河北桥的埠头边响起来了。

伊新叔的眼前全是窒息的黑圈，滚着滚着，笼罩在他的四围，他透不过气，也睁不开眼来，他觉得自己瘫软得非常可怕，连忙又拖着秤坐倒在桥上。

轧轧轧轧……

他听见自己的心也大声的响了起来。它在用力的撞着。他觉得他身内的精力，全给它撞走了，那里面空得那么可怕，正像昌祥南货店一样，门开着，东西摆着，招牌挂着，但暗地里已经亏了本钱，栈房里的货旧的完了，新的没有进，外面背了一身债，毛一样的多……

"称一斤三全，伊新叔！"吉生伯母来买东西了。

伊新叔开开柜屉来，只剩了半斤龙眼。

他跑到栈房里，那里只有生了白花的黑枣。

再跑到柜台内，拉出几只柜屉来看，那里都是空的。他连忙遮住了吉生伯母的眼光，急速地推进了柜屉。

"卖完了，下午给你送来，好么？"

吉生伯母摇了摇头，走了。

他看见她的眼光里含着讥笑的神情。仿佛在说："你立刻要办倒帐啦！我知道！"

"一听罐头笋！"本全婶站在柜台外，说。

"请坐！请坐！"伊新叔连忙镇定下来，让笑容露在脸上，说。一面怕她看见不自然的神色，立刻转过身来，走到了橱边。

他呆了一会，像在思索什么似的，总算找到了一听。抹了一抹灰。

"怎么生了锈？拣一听好的吧！"本全婶瞪起奇异的眼光，说。

"外面不要紧，外面不要紧！运货的时候下了雨，所以生锈啦。你拿去不妨，开开来坏了再来换吧！"他这么说着，心里又起了恐慌。他看见本全婶瞪着眼在探看他的神色，估量店内的货物。她拿着罐头笋走了，她仿佛在暗地说："昌祥南货店要倒啦！"

"要倒啦！要倒啦！"伊新叔听见她走出店门在对许多人说。

"要倒啦！要倒啦！"外面的人全在和着，向他这边走了过来。

伊新叔连忙开开后门，走到了桥上。

"柴钱一总多少，请你代我垫付了吧！"品生婶说。

这话不对，她有钱存在他这里，现在要还了！

"我五十！"

"我一百！"

"我三百！"

"还给我！伊新叔！"

"…………"

"…………"

175

"……………"

轧轧轧轧……

"把新屋子卖给我偿债！"

轧轧轧轧……

"把店屋让给我！"

轧轧轧轧……

长生嫂，万福婶，咸康伯母，阿林侄，贵财叔，明发伯，本全婶，辛生公，阿根嫂，梅生驼背，阿李拐脚，三麻皮，……上行，钱庄……全来了，黑圈似的漫山遍野的向他滚了过来。

伊新叔从桥栏上站了起来，把柴秤丢在一边。他知道现在连这一分行业也不能再干下去了。他必须立刻离开这里。

"好吧，好吧，明天是市日。明天再来！包你们有办法的！"

他说着从桥上走了下来。

轧轧轧轧……

他听见自己的脚步也在大声的响着。

（选自短篇小说集《雀鼠集》，1935年12月，文化生活出版社）

鲁　彦

惠泽公公

一

"好啦，好啦。您老人家别管啦！吃一点现成饭不好吗？我又不是三两岁小孩！"英华躺在藤椅上，抽着烟，皱着眉说。

"你忘记了你是怎样长大的！你像他那样年纪，不也是整天爱吃零碎的东西！并没有看见你生什么病！为什么你现在要禁止他呢？难道他不是我的孙子吗？我不想他好吗？"惠泽公公说着，从这里到那里的踱着。

"我并没有说你不爱他，说你不把他当自己的孙子看待！我是说你太爱他啦！只是买这样那样的东西给他吃！小孩子懂得什么！只贪零碎的东西吃，吃惯了就不爱吃饭，就会生病的！"

"你哪里懂得！哪一个小孩子不爱吃零碎的东西！他们一天到晚跳着跑着，常常玩得没有心吃饭，不拿别的东西给他们吃，才会饿出病来呢！"

"你不看见他常常生蛔虫吗？还不是零碎的东西吃得太多啦？"

"你怎么晓得就是零碎东西吃出来的？就是吃出来的，也不要紧。生了蛔虫，吃一颗宝塔糖就好啦，又不必吃药，总比饿出病来好些吧？"

"糖呢？牙齿已经蛀坏好几颗啦，不看见吗？糖也能饱肚吗？"

"哪一个孩子的牙齿不生蛀虫？谁不爱吃糖？你忘记你自己小的时候了吗？进进出出只是要我买糖给你吃！有了一颗要两颗，有了两颗要三颗，总是越多越好，最好当饭吃！有什么办法不买糖给你？不答应你，就号淘大哭起来，怎么也哄不好！……"

"好啦！好啦！老人家总是说不清楚，不跟你说啦！这样大的年纪啦，少管一点闲事吧！孩子，我会管的！"英华说着，换了一支烟，又对惠泽公公摇着手，要他停止说话。

但是惠泽公公仍然来去的走着，不息的说：

"你会管的！你会管的！老是骂得他哭！打得他哭！为了一点点小事情！

177

你忘记了你小的时候啦！谁又这样骂你打你？我连指头也不肯碰你一碰的！……我只有这一个孙子，我不管，谁管？……我自己的孙子，管不着吗？……"

"老是说不清楚！"英华说着，从椅子上站了起来，往门外走了。"谁又说你管不着来！……我是说你好清闲不清闲，有福不会享！……"

走出门外，英华一直向办公厅走了去。他心里很苦闷。两个月前，他把家眷从乡里接到省城来的目的，第一是觉得自己父亲老了，想与他在外面一道住着，享一点天伦之乐，让他快活地度过老年；第二是阿毛大了，放在身边好多多教训他，好让他进学校读书。却想不到出来两个月，惠泽公公只是爱管闲事。这一个儿子呢，自己又管不着，惠泽公公样样要做主意。他想使儿子身体好，惠泽公公却在不断的暗中损坏他的健康。他想使儿子学好，惠泽公公却只是放任他，连做父亲的也不准教训他。刚才只大声骂了阿毛几句，惠泽公公便把他叫到房里，罗唆了半天。同他讲理，又讲不清楚。要他少管闲事，又不肯。他已经多少次数了，劝惠泽公公多睡，多到门外看看热闹散散心。他希望惠泽公公要无忧无虑的把闲事丢开，家里的事自己会料理的，不必他操心劳神，年纪这样大了，应该享一点后福，但惠泽公公却有福不愿享。

"唉！真没办法！真没办法！"英华暗暗叹息着，自言自语的说。

惠泽公公看着他一直出去了，像得了胜利似的，心里觉得有一点舒畅；但同时却又有点苦闷，仿佛他要说的话还没完，现在没有人听了。

"总是说我多管闲事！好像阿毛不是我的孙子一样！"他仍喃喃的说着。独自在房子里踱来踱去。

"阿毛还只七岁，还不满六岁！就要把阿毛当大人看待啦！这样那样的为难他！说我多管闲事，多管闲事！我只有一个孙子，怎么能够丢开不管！就是你，我也不能不管！你上了三十岁啦！还是糊里糊涂的过日子，今天这里打牌，明天那里吃酒！赚得百把元钱一月，做什么好……叫我享福！享什么福！……"

惠泽公公这样想着，觉得有点气闷起来，但同时又感觉到了悲哀似的东西，袭到了他的心里。他觉得儿子像在厌烦他，只想把他推开去，所以老是叫他吃现成饭，不要管闲事，还说他总是讲不清楚。

"你老啦！你蠢啦！你糊涂啦！你早点死啦！"他好像听见英华在暗地里这样的对他说。

然而惠泽公公虽然知道自己上了七十岁了，老了，可不相信自己变得蠢，变得糊涂了。他对家里的一切的事仍看得清清楚楚。他觉得自己的意见都是对的，话也有道理。糊涂的是英华，不是他。阿毛从小跟着他，四岁那年，有了妹妹，阿毛就跟着他睡觉，夜里起来一二次给他小便，全没糊涂过。他出门，阿毛跟着他出去；他回来，阿毛跟着他回来。他吃饭，阿毛坐在他旁边。小孩子比大人难对付，如果他真的糊涂了，阿毛就不会喜欢他。然而阿毛现在到了父亲这里还是只喜欢他，连对母亲都没有对祖父亲近。

"我没有糊涂！你自己糊涂！说出来的话全不讲理！"他喃喃的说着。

然而英华却要把他推开了。一切不问他，自己做主意，好像没有看见他似的。对他说说，他就说他说不清楚，多管闲事！"好啦！好啦！您老人家别管啦！吃一点现成饭吧！"好像他是一个全不中用的，只会吃饭的废物似的！

阿毛明天就要上学了。他早就叮嘱媳妇给阿毛做一件好一点的府绸长衫。材料扯来了，英华一看见就说不必这样好，自己去扯了几尺自由布来，叫做一套短的。他和媳妇都以为头一天上学，阿毛不可不穿的阔气一点，尤其是英华自己是一个体面的人，在省政府里办公的，什么地方省不来，他却要在这里省了。他并没有要阿毛天天穿这一件衣服，他原是给他细穿的。

"小孩子穿惯了好衣服，大了穿什么！"这是英华的理由。

"你忘记了你小的时候啦，你是没有好衣服不肯出门的！"惠泽公公回答他说。"有一次……"

他想说许多事实给英华听，但是英华立刻截断了他的话，说："又来啦！又来啦！总是说不清楚！"

英华自己的衣服倒是可以穿得省一点的，但是他却不肯省。今天西服，明天绸长褂。

"做两套竹布长衫换换吧。"

"你哪里晓得我们做人的难处！"

英华又把他推开了。

有一天……

惠泽公公想起来，简直想不完，倘若没有阿毛，他真的会吃不下饭，睡不熟觉。幸亏阿毛乖，立刻进到他的房里来，扑在他的身上。

"公公明天送我进学堂！"

"好宝宝！"惠泽公公紧紧地抱着阿毛，感觉到了无穷的快慰。

"心满意足啦！"他喃喃的说。

二

第二天，惠泽公公起得很早，给阿毛换了衣服，洗了脸，吃了早饭，英华还没起来，便带着他到学校去了。

学校里的孩子们全在叫着跳着玩,惠泽公公看过去仿佛一群小喽罗,心里非常的喜欢。阿毛到了学校也如鱼得水似的快乐。只是看见有些孩子穿得阔气的,惠泽公公心里未免有点不痛快。他总觉得阿毛那一套自由布衣服太难看了。

"这上面可不要去站呢,好宝宝!……那里也不要爬上去!跌下来没有命的!"他叮嘱着阿毛,一次又一次。

他怕那浪桥,铁杠,秋千。他回来以后时刻记挂着阿毛。

"学堂里真野蛮,竟想出这样危险的东西给孩子玩!断了脚,破了头,怎样办啊!私塾好得多啦!私塾!……"

"私塾!私塾!"英华立刻截断了他的话。"现在什么时候啦!还想私塾!"

"真是一代不如一代!从前考秀才考进士,只晓得读四书五经,现在什么唱歌游戏还不够,竟想出那些危险的花样来啦!你反对私塾,你不怕危险吗?"

"那有什么危险!跌几交就会玩啦!像从前私塾里整天到晚坐着不动,一个一个都是驼背,痨病鬼!现在学堂里出身的哪一个不身强力壮!"

"哼!身强力壮!性命先送掉啦!读书人只要书读得好,学问高深就够啦,又不会去砍柴种田,练成了铜筋铁骨也没用的!铜筋铁骨!……"

"你哪里晓得!又是和你说不清楚!"

"好啦,好啦!你让阿毛跌几交去!出了钱,是要叫他去跌几交的!儿子这么不要紧!还只有这一个!只有这一个呢!你答应,我不答应!他是我的孙子!我宁可把他带到乡里去进私塾!私塾好得多啦!……你忘记了你是私塾里读过书的!没有看见你驼背,也没有生痨病!……阿毛是我的孙子。你不要紧,我要紧!我们四代单丁,你三十多啦,还只这一个男孩!……"惠泽公公越说越气了。

"公公的话一点不错!我也不赞成他的话!阿毛到底还只七岁!"英华的妻子插入说。

"你懂得什么!你是一个女人!"

"蠢家伙!还要多说吗?"她捻了一下英华的腿子,咬着牙齿,做出厌恨的样子。

英华笑了一笑,不再说话了。他点起一支烟来。闭上了眼睛。

"到底是亲生的儿子!这么大年纪啦,不如一个女人的见识!"惠泽公公喃喃的说着,心里得到了一点安慰。"你现在到底没话可说啦!……"

他一个人咕罗了许久,看见英华睡熟了,才走到自己的房间去。

"真没办法!真没办法!"英华听见他已经走了出去,便睁开了假寐的眼睛。

"自己蠢哩！"她埋怨似的说，"这样老啦，还同他争执什么？顺从他一点，像对小孩子一般的戴戴高帽子，不就行了吗？他到底是为的你的儿子！"

"为的我的儿子！照他的主意，阿毛简直不必教训，不必读书，只是拿吃的东西塞进他的肚子里去，塞死了就是！他对阿毛的爱，只是害阿毛的！我不能由他怎么办就怎么办！"英华说着又觉得苦恼起来。

"他到底是你自己的父亲！这样老啦，做儿子的应该顺从他，不能执拗下去的！他还有几年活着呢？"

这话使英华又想到了母亲。母亲在时，只有母亲最爱他，一切顺从着他，他常常觉得父亲没有母亲那样的爱他。自己也不知不觉的，对父亲没有对母亲那样的亲热。但是自从母亲死后，他开始觉得父亲的态度和脾气虽然和母亲的不同，父亲却是和母亲一样的爱他的。而自己感到母亲在时，没有好好的顺从过母亲，给一些快慰给她，起了很大的遗憾，便开始想在父亲在时弥补这种缺陷，对父亲尽一点儿子的孝心。他知道自己的脾气最和父亲的相似，两个人住在一起，争执起来最不容易下场，母亲在时不愿意搬出来就是为的这个。但现在他终于下了决心，不再和父亲执拗，接他住在一起了。父亲以前也不愿意出来，这次似乎被他的孝心所感动，也就依了他的话。他到底也感到了自己已经到了风烛的余年，急切地需要享受一下天伦之乐的。

"到底老啦！"英华也常常这样的自己劝慰着自己，要自己退让，当他又和父亲争执的时候。

但是为了阿毛，他现在渐渐觉得不能退让下去了。阿毛比不来他自己。他自己委屈，受苦，都可以。阿毛却不能随便牺牲。阿毛是无辜的。他这时正像一块洁白的玉，洁白的纸，雕琢得不好，裁剪得不好，将来就会成为废物的。英华对于自己已经完全绝了望了，他现在只希望阿毛的成就。他想把自己的缺陷在阿毛身上除掉。然而父亲总是暗暗地阻碍着他，使他不能直接的严厉的教训他。他稍微认真一点，父亲就立刻出来把阿毛带去，或者把他叫去罗唆了许久。他怪他不该打骂阿毛，说孩子禁不起这种责罚。但是他自己却时常拿老虎鬼怪恐吓他。

"老虎来啦，好宝宝！不要哭！再哭下去，老虎要来啦！啊唷！啊唷！蓬蓬蓬！"惠泽公公敲着板壁说，"听见吗？老虎来敲门啦！"

"把他胆子吓小啦！将来没有一点勇气！"英华反对他说。

"这又不痛不养！有什么要紧！难道让你打骂好！让他哭上半天好！……"

于是惠泽公公的话又说着说着，止不住了。每次总要拿英华小时来比。

"你忘记了吗？你小的时候……"

"好啦！好啦！跟你说不清楚！"

"我一点不糊涂，糊涂的是你！你……"

惠泽公公仍然继续地说了下去，英华走了，他还是一个人说着。

三

自从阿毛进了学校以后，惠泽公公几乎没有一天不亲自送他去，亲自接他回来。有时他到了学校，就在那里望着走着，或者坐在什么地方打了一个瞌睡，等阿毛散学一同回家。他自己承认已经老了，但是一天来回四次一共八里路，毫不觉得远。英华两夫妻几次劝他不要亲自去，可以让家里的工人去，他怎样也不答应。家里还有一个三岁的孙女，他却只是舍不得阿毛。

"真是劳碌命，有福不会享！"英华这样的说他。

"走走，快活得多啦！"他回答说。

其实他的确很辛苦。英华好几次看见他用拳敲着背和腿，有的晚上听见他在梦中哼着。

"让阿毛自己睡一床吧，你也可以舒服一点！"英华提议说。

"一点点大的孩子，怎样一个人睡！夜里会捣开被窝受凉，会滚下床来！他并没挤着我！"

"可是你也多少挤着他吧？就在你的床边开一张铺不是一样吗？"

惠泽公公心里不愿意，他是和阿毛睡惯了的。但一听见他多少挤着阿毛，却觉得也有道理，就答应下来了。

然而他还是舍不得，好几天早上，英华的妻子发现阿毛睡在他的床上。

"公公抱我过来的！"阿毛告诉母亲说。

"他会捣被窝！我不放心！"

晚饭才吃完，他便带着阿毛去睡了。

"书还没有读熟，让他迟一点，您老人家先去睡吧。"

"什么要紧！一点点大的孩子一半游戏一半读书就得啦！紧他做什么！"

英华不答应，一定要他读熟了再去睡，惠泽公公便坐在旁边等着。他打着瞌睡，还是要和阿毛一道上床。

每天早上，天没有亮，惠泽公公醒来了。他坐在床上等到天亮。阿毛的母亲来催阿毛起来，他总是摇着手，叫她出去。

"孩子太辛苦啦！睡觉也没睡得够！学堂里体操，跳舞，好不劳碌，还要读书写字费精神。怎么不让他多睡一会呢！"他埋怨英华说。

"那里会辛苦！睡十个钟头尽够啦！"

鲁 彦

"够了会自己醒来的，用不着叫他。"

有一天，阿毛在学校里和人家打弹子输了钱回来向公公讨铜板，给英华知道了。他把他的弹子和铜板全收了起来。"这样一点大就学赌啦！还了得！"他气愤地打了他一个耳光。

惠泽公公立刻把阿毛牵到了自己的房里，自己却走了出来。

"几个铜板有什么要紧！你自己十元二十元要输啦！我没有骂你，你倒打起阿毛来，亏你有脸！危险的东西你说可以玩，还说什么可以使筋骨强壮！这不碍事的游戏倒不准他玩啦！亏你这么大啦，不会做父亲！动不动就要打儿子！你舍得！我舍不得！……"惠泽公公说着，连眼睛也气得红了。

"游戏可以，赌钱不可以！"

"几个铜板输赢，有什么不可以？去了你一根毫毛吗？你这样要紧！一点大的孩子，动不动就吃耳光！痛在他身上，不就痛着你自己吗？他不是你亲生的儿子吗？……"

"赌惯了会赌大的，怎么教训他不得？"

"也看他怎么赌法！和什么人赌钱！你们这班上流人还要赌钱啦！今天这里一桌，明天那里一桌！他又没有和娘姨的儿子赌，又没有和茶房的儿子赌！都是同学，一样小，作一点输赢玩玩罢啦！……只许官兵放火，不许百姓点灯，哼！亏你这么大啦！你忘记你小的时候了啦？……"

"就是小的时候赌惯了钱，到后来只想赌啦！"

"我害了你吗？……你现在几岁啦？两岁吗？三岁？你不懂事，哼！真是笑话！要不是看你这么大啦，我今天也得打你一个耳光！你怎么这样糊涂！几个铜板那么要紧，十元二十元倒不要紧！还说我从小害了你！百把元钱一个月，要是我，早就积下许多钱来啦！只有你吃过用过！……"

"你哪里懂得我的意思！你又扯开去啦！"

"你意思是说我糊涂啦，老啦，我懂得。……你说不出道理，就拿这些话来讥笑我！……好啦！我不管你们也做得！我本来老啦！糊涂啦！阿毛是你生的，你去管就是！看你把他磨难到什么样子！……"

惠泽公公气着走进了自己的房里。他躺在床上，一天没有出来，饭也不想吃了。他想到这样，想到那样。他恨那个学堂。他觉得现在许多没道理的事全是学堂弄出来。从前尊孔尊皇帝，读四书五经，讲忠臣孝子，现在都给学堂推翻了。

"过时啦，过时啦！"他喃喃的说，"活着和死了一样，连自己亲生的儿子都看不起啦！……做人真没趣味，儿子养大啦，便把老子一脚踢开！说什么你不懂，跟你说不清楚！吃一点现成饭不好吗？倒转来做他的儿子！老子听儿子

183

的话！……这还是好的，再过一代，说不定连饭也没有吃啦！……"

他想着不觉心酸起来。他记起了从前年青时候，正像现在英华这样年纪，怎样的劳苦，怎样的费心血，为了英华。指望他大了，享点后福，哪晓得现在这样的不把他放在眼里。他怨恨着不早一点闭上眼睛。

四

天气渐渐冷了下来，惠泽公公渐渐起得迟了。深秋一到，他便像到了隆冬似的怕冷。他现在终于不能再天天送阿毛进学校了。一听到风声，他便起了畏怯，常常坐到床上被窝里去。

"到底老啦！"他自言自语的说。

他的心只系在阿毛一个人身上。他时刻想念着他。阿毛没有在他身边，他好像自己悬挂在半空中一样，他时时从床上走了下来，想到阿毛的学校里去，但又屡次从门口走了回来。他时刻望着钟，数着时刻。

"十一点啦，好去接啦！早一点去，一放学就接回来，不要让他在那里等得心焦！"

"天气冷啦，给他在学堂里包一餐中饭吧！"英华提议说。

"那再好没有啦！免得他跑来跑去！外面风大，到底年纪小！这办法最好！这办法最好！给他包一顿中饭吧！这才像是一个父亲！想出来了好法子！"

但是这办法一实行，他愈加觉得寂寞苦恼了。阿毛清早出门，总到吃晚饭才回来。下了课，放了学，他要在那里玩了许久，常常一身的泥灰，有时跌破了膝盖。头皮。

"呀！啊呀！怎么弄得这样的？快点搽一点药膏！……"他说着连忙给阿毛搽药包扎起来。"明天快活一天，不要到学堂去啦！先生问你，说是公公叫你这样的。……好宝宝，你在翻铁杠吗？那根木头上上去过没有？这个要不得！好孩子，要斯文的玩。那那是红毛绿眼睛想出来害人的东西，不要听人家的话。爸爸的话也不对，不要听他的！……都是他不是！他不是！"他说着又埋怨英华起来了。

"你看看他跌得什么样子吧！多么嫩的皮肤，多么软的骨头！经得起这样的几交！……"

"不要紧，马上会好的！"

"不要紧，又是不要紧！破了皮还不要紧！……阿毛明天不要上学堂啦！……"

但是阿毛却喜欢到学校里去。他第二天一清早偏拿着书包去了。他喜欢学校里的运动器具。浪桥，铁杠，秋千，都要玩。跌了一次又去玩了，跌了一次又去玩了。惠泽公公怎样的叮嘱他，他不听话。

惠泽公公渐渐觉察到这个，禁不住心酸起来。阿毛从前最听他的话，最离不开他，却不料现在对他渐渐疏远，渐渐冷淡了。从前的阿毛是他的，现在仿佛不是他的了。从前的阿毛仿佛是他的心，现在那颗心像已跳出了他的胸腔，他觉得自己的怀里空了的一样。

"做人好比做梦！都是空的！"他说。

他感觉到无聊，感觉到日子太长，便开始在自己的房子里念起经来。他不想再管家里的事了，他要开始照着英华的话，吃现成饭。

"随你们怎样吧！我已经是风烛残年啦，不会活得长久的！……一闭上眼，便什么也没有啦！……"

他开始觉得自己身体衰弱，精力虚乏起来。

天气愈加冷下去，他坐在床上的时候愈加多了。一点寒气的侵入，在他仿佛是利剑刺着骨髓一样的难受。这里也痛，那里也酸。夜里在梦中辗转着，哼着。

"没有病，没有病！"他回答着英华夫妻说。

然而他到底病了。他的整副的骨肉的组织仿佛在分离着，分离着，预备要总崩溃的样子。他的精神一天比一天衰弱了。他渐渐瘦削起来。

"您老人家病啦！请医生来看一看啦。"

"好好的，有什么病！不要多花钱！"

英华开始着急了。他知道父亲的确病了。他天天在观察他的颜色和精神，只看见他一天不如一天起来。他知道这病没有希望，但还是请了医生来。他想到父亲过去对他的好处，想到他自己对他的执拗，起了很深的懊悔。他现在开始顺从父亲起来，决计不再执拗了。但是惠泽公公已经改变了以前的态度，他现在不大问到家里的事了。

"好的，好的。"英华特地去问他对于什么事情的意见，他总是这样的回答。

英华想填补过去的缺陷，惠泽公公却不再给他机会了。对于阿毛，惠泽公公仍时时想念着，询问着。但他也再不和英华争执了。他只想知道关于阿毛的一切。应该怎样，他不再出主意，也不反对英华的意见了。

"你不会错的。"他只这么一句话，不再像以前似的说个不休。

只有一天，他看见阿毛穿了一条短短的绒裤，让双膝露在外面，便对英华的妻子说：

"阿毛的膝盖会受冷，最好再给他加上一条长一点的夹裤呢。"

在平时，英华又会说出许多道理来，但这次立刻顺从了惠泽公公的话。他给阿毛穿上了夹裤，又带他到惠泽公公的床前，给他看。

惠泽公公点了一点头。

五

冬天的一个晚间，雪落得很大。大地上洁白而且静寂。

惠泽公公忽然在床上摇起手来。英华知道是在叫他，立刻走了过去。

"我看见你的祖父来啦！……我今晚上要走啦！"他低声的说。

英华的心像被刀刺着一样，伏在床沿哭了起来。他知道父亲真的要走了。从他的颜色，声音里，都可以看出来。他的面色是枯黄中带着一点苍白，发着滞呆的光。他的颊面上的肉和眼睛全陷下了，只有前额和颊骨高突着，眼睛上已经罩上了一层薄薄的皮。他的声音和缓而且艰涩。

"不要哭！……我享过福啦！……"

"您老人家有什么话叮嘱吗？爹爹！"

惠泽公公停了一会，像想了一想，说：

"把我葬在……你祖父坟边……和你母亲一起……"他说着闭了一会眼皮，像非常疲乏的样子。随后摇着手，叫阿毛靠近着他，把手放在他的头上，说："好宝宝，过了年就大了一岁啦……听爹娘的话……"

他重又疲乏地闭上了眼睛，喘着气。

过了一会，在子孙的呼号的围绕中，他安静地走了。

（选自短篇小说集《雀鼠集》，1935年12月，文化生活出版社）

鲁 彦

河 边

  是忧郁的暮春。低垂着灰暗阴沉的天空。斜风挟着细雨，一天又一天，连绵着。到处是沉闷的潮湿的气息和低微的抑郁的呻吟——屋角里也是。
  "还没晴吗？——"
  每天每天，明达婆婆总是这样的问着，时时从床上仰起一点头来，望着那朝河的窗子。窗子永远是那样的惨澹阴暗，不分早晨和黄昏。
  tak，tak 是檐口的水滴声，单调而又呆板，缓慢地无休止的响着。
  tink，tink……是河边垂柳的水滴声，幽咽而又凄凉，栗颤地无穷尽的响着。
  厌人的长的时间，期待的时间。
  河水又涨了。虽然是细雨呵，这样日夜下着。山里的，田间的和屋角的细流全汇合着流入了这小小的河道。皱纹下面的河水在静默地往上涌着，往上涌着……
  "还没晴吗？……"
  每天每天，明达婆婆总是这样的问着，仿佛这顷刻间雨就会停止下来似的。她明知道那回答是苦恼的，但她仍抱着极大的希望期待着。她暂时忘记了病着的身体的疼痛和蕴藏在心底的忧愁，她的深陷的灰暗的眼球上闪过了一线明亮活泼的光，她那干枯的呆笨的口唇在翕动着，微笑几乎上来了。
  但这也只有一霎那。朦胧无光的薄膜立刻掩上她的眼球，口唇又呆笨地松弛着。一滴滴的雨声仿佛敲在她的心上，忧苦的皱纹爬上了她的面部，她的每一支血管和骨髓似乎都给那平静的河水充塞住了。浑身是痉挛的疼痛。
  "这样的天气，这样的天气……"
  她叹息着，她呻吟着。

天晴了，她会康健；天晴了，她的儿子会来到。她这么相信着。但是那雨，只是苦恼地飘着，一刻也不停歇。一秒一分，一点一天，已经是半个月了，她期待着。而那希望依然是渺茫的。

有三年不曾回家了，她的唯一的儿子。他还能认得她吗，当他回到家里的时候？她已是这样的衰老，这样的消瘦。谁能晓得，她在这世上，还有多少时日呢？风中之烛呵，她是。

然而无论怎样，她得见到他，必须见到他。那是不能瞑目的，倘若在他来到之前，她就离开了这人间。她把他养大，是受了够多的辛苦的。她的一生的心血全在他身上。而现在，她的责任还没有完。她必须帮他娶一个媳妇。虽然他已经会赚钱了，但也得靠她节省，靠她储蓄。幸福吗？辛苦一生，把他养大，看他结婚生孩子，她就够了。但是现在，这愿望还没完成，她要活下去。

什么时候能够恢复健康呢？天晴了，就会爬起来的。而那时，她的儿子也就到了。屋中的潮湿的发霉的气息是使人窒息的，但是天晴了，也就干燥而且舒畅。檐口的和垂柳的水滴声是厌人的，但是天晴了，便将被清脆的鸟歌和甜蜜的虫声所替代，——还有那咕呀咕呀的亲切的桨声。

"是谁来了呢？……"

每次每次，当她听到那远远的桨声的时候，她就这样问着，叫她的十五岁女儿在窗口望着。没有什么能比这桨声更使她兴奋了，她兴奋得忘记了自己的病痛。他来时，就是坐着这样的船来的，远远地一声一声的叫着，仿佛亲切地叫着妈妈似的，渐渐驶了近来，停泊在她的屋外。

那时将怎样呢？日子非常的短，非常的短了。

她是一个勤劳的，良善的女人；一个温和的，慈爱的母亲。而她又有一颗敬虔的心，对于那冥冥中的神。

看呵，慈悲的菩萨将怜悯这个苦恼的老人了。一天又一天，或一个早晨，阳光终于出现了，虽然细雨还没停止。而她的儿子也果然到了她的面前。

"是呵，我说是可以见到你的，涵子！……"她笑着说，但是她的声音颤栗得哽住了。她的干枯的眼角挤出来了两颗快乐的眼泪。世界上没有什么比立在她眼前的儿子更宝贵了。而这三年来，他又变得怎样的可爱呵。

已经是一个大人了，高高的，二十岁年纪，比出门的时候高过一个头。瘦削的面颊变成了丰满，连鼻子也高了起来。温重的姿态，宏亮的声音，沉着的情调，是个老成的青年。真像他的年青时候的父亲。三年了，好长的三年，三十年似的。他出门的一年还完全是个孩子，顽皮的孩子。一天到晚蹲在河边钓鱼，天热了，在河里泅着，没有一刻不使她提心吊胆。

"苦了你了，妈……"涵子抽噎起来，伏在她的床边。

鲁 彦

这样的话，他以前是不会说的，甚至还不晓得，只晓得什么事情都怪她，对她发脾气，从来不对她流这样感动的眼泪。是个硬心肠的人。但他现在含着悲酸的眼泪，只是亲切地望着她，他的心在突突的跳着，他的每一根脉搏在战栗着。他看见他的母亲变得怎样的可怕了呀。

三年前，当他出门的时候，她的头发还是黑的厚的，现在白了，稀了。她那时有着强健的身体，结实的肌肉，现在瘦了，瘦得那样，只剩了一副骨骼似的。从前她的面孔是丰满的，现在满是皱纹，高高地冲出着颧骨。口内的牙齿已经脱去了一大半。深陷的眼睛，没有一点光彩，蒙着一层薄膜。完全是另一个模样了。倘若在路上见到她，涵子决不会认识她。

"到城里去吧，妈，那里有一个医院，你住上半月，就很快的好了……"涵子要求说。

但是她摇了一摇头：

"你放心，这病不要紧……你来了，我已经觉得好了许多呢……你在路上两三天，应该辛苦了，息息吧……学堂里又是日夜用心费脑的……涵子怎么呀？快去要你婶子来，给你哥哥多烧几碗菜……"

随后她这样那样的问了起来。气候，饮食，衣服……非常的详细，什么都想知道，怎样也听不厌，真的像没有什么病了。这只是一时的兴奋，涵子很明白。他看见她不时用手按着心口，不时用手按着头和腰背，疲乏地喘着气。

"到城里的医院去吧，妈……"涵子重又要求说。"老年人呵……"

"菩萨会保佑我的，"她坚决地说。"倘若时候到了，也就不必多用钱。——我要在家里老的。"

涵子苦恼地沉默了。他知道她母亲什么都讲得通，只有这一点是最固执的，和三年前一样，和二十年前一样。她相信菩萨，不相信人的力。火车，飞机，轮船，巨大的科学的出品摆在她眼前，甚至她日用的针线衣服粮食，没有一样不经过科学的洗礼，时时刻刻证明着神的世界是迷信的，但她仍然相信着神的权力。她舍不得吃，舍不得穿，什么都要省俭，但对于迷信的事情却舍得用钱。那明明是骗局：懒惰的和尚尼姑们，什么工作也不做，只靠几尊泥塑的菩萨哄骗愚夫愚妇去拜佛念经，从中取利。说是修行，实际上却是无恶不作的。

"菩萨会保佑我的。"而他的母亲生着重病，不相信医药，却相信神的力。她现在甚至要到寺院里去求神了。菩萨怎样给她医病呢？没有显微镜，没有培养器，没有听诊器，没有温度表，一个泥塑的偶像，能够知道她生的什么病吗？然而她却这样的相信，这样的相信，点上三炷香，跪下去叩了几个头，把一包香灰放在供桌前摆了一会，就以为菩萨给她放了灵药，拿回来吞着吃了。

这是什么玩意呀？涵子想着想着，愤怒起来了。

"菩萨会保佑，你早就不会生病了！"他忿然的说。

"还不是全靠的菩萨，能够再见到你？"

"那是我自己要来的！菩萨并没有叫我回来！"

"我能够活到今天，便是菩萨保佑……"

"菩萨在哪里呢？你看见过吗？"

"呵，哪里看不到。你难道没到过庙堂寺院吗？……"

"泥塑木雕的偶像，哼！打它几拳，又怎样！"涵子咬着牙齿说。

"咳，罪过，罪过……"她忽然伤心了。"我把你养大，让你进学校，你现在竟变到这样了……你从小本是很敬菩萨的……你忘记了，你十五岁的时候，生着很大的病，就是庙里求药求好的……"

"那是本来要好了。或者，病了那么久，就是求药求坏的。听了医生的话，早就不会吃那么大亏的。"

"你没有良心！我哪种药没有给你吃，哪个医生没有请到，还说是求药求坏的！……"

三年不见了，她的心爱的儿子忽然变得这样厉害，她禁不住流出眼泪来。她懊恼，她怨恨，她想起来心痛。儿子虽然回来了，却依然是非常的寂寞，非常的孤独。

"做人真没味呵……"她喃喃的叹息着，觉得活着真和做梦一般。刚才仿佛过了，现在又听到了那乏味的忧愤的声音：tak，tak……檐口的水滴声缓慢地无休止的响着，又单调又呆板。

tink，tink……河边垂柳的水滴声栗颤地无穷尽的响着，又幽咽又凄凉。

窗子外面的天空永远是那么惨澹阴暗，她的一生呵……

她低低地哭泣了。

"妈！你怎么呀？……病着的身体呀……饶恕我……我粗鲁……我陪你去，只要你相信呀！"

涵子着了急。他不能不屈服了，见到他母亲这样的伤心。他一面给她拭着眼泪，一面坚决地说：

"无论哪一天，你要去，我就陪你去。"

"这样就对了，"她收了眼泪说。"你才回来，休息一天，后天是初一，就和我一道到关帝庙去吧……"

"落雨呢？"

"会晴的。"

"不晴呢？……明天先请个医生来好吗？"

鲁 彦

她摇了一摇头：

"我不吃药。后天一定会晴的……不晴也去得，路不远，扶着我……"

涵子点了点头，不敢反对了。但他的心里却充满了痛苦，他和母亲本是一颗心，生活在同一个世界上的；现在却生出不同来，在他们中间隔下了一条鸿沟，把他们的心分开了，把他们的世界划成了两个。母亲够爱他了，为着他活着，为着他苦着，甚至随时准备着为他牺牲生命，但对于她的信仰，却一点不肯放弃。而这信仰却只是一种迷信，一种愚蠢，她相信菩萨，既不知道神的历史和来源，也不了解教条和精神。她只是一味的盲从，而对于无神论者不但不盲从，却连听也不愿意听。无论拿什么证明给她看，都是空的。而他自己呢？他相信科学，并不是盲从，一切都有真凭实据的真理存在着的。在二十世纪的今日，他决不能跟着他母亲去信仰那泥塑木雕的偶像，无论他怎样的爱她母亲。他们中间的这一条鸿沟真是太大了，仿佛无穷尽的空间和时间，没有东西可以把它填平，也没有法子可以跨越过去。他的痛苦也有着这么大。

现在，他得陪着他母亲去拜菩萨了。他改变了信仰吗？决不。他不过照顾他病着的母亲行走罢了。他暗中是怀着满腹的讥笑的。

"下雨也去吗？"

"也去的。"

四月初一的早晨，果然仍下着雨，她仍要去。

为的什么呢？为的求药！哼！生病的人，就不怕风和雨了！仿佛已经给菩萨医好了病似的！这样要紧。仿佛赶火车似的！仿佛奔丧似的！仿佛逃难似的！仿佛天要崩了，地要塌了似的！……这简直比小孩子还没有知识，还糊涂！那边什么也没有，这里就先冒了个大险！这样衰弱的身体，两腿站起来就发抖，像要立刻栽倒似的！而她一定要去拜菩萨！拜泥塑木雕的偶像！一无知觉的偶像！

"香火受得多了，自然会灵的，"她说。

那么连那里的石头也有灵了！桌子也有灵了！凳子也有灵了！屋子也有灵了！一切都该成了妖精了！

就假定那泥塑木雕的关帝有灵吧，他懂得什么呀，那个红面孔的关云长？他几时学过医来？几时尝过百草？他活着会打杖，死后为什么不把张飞救出来，刘备救出来，诸葛亮救出来？为什么要眼望着蜀国给人家并吞呢？

"那是天数，是命运注定了的。"

那么，生了病，又何必求药呢？既然死活都是天数，都是命运注定了的！

没有一点理由！一丝一毫也没有！而她却一定要去！给她扶到船上，盖着很厚的被窝，还觉得寒冷的样子。这样老了，什么都慎重得利害的，现在却和自己开这么可怕的玩笑,儿戏自己的生命!

"唉,唉……"

涵子坐在船上,露着忧郁的脸色,暗暗地叹着气。他同他母亲在同一个天空下,在同一个时间里,在同一只船上,在同一条河上,听着同一的流水声,看着同一的细雨飘,呼吸着同一的空气,而他和他母亲的思想却是那么样的相反,中间的距离远至不堪言说,永无接近的可能……横隔在他们中间的,倘若是极大的海洋,也有轮船可通;倘若是大山,也有飞机可乘,而他们的心几乎是合拍地跳着的,竟被分隔得这样可怕……

看呀,他现在是怎样的讥笑着,反对着那偶像和他母亲的迷信,怎样苦恼着焦急着他母亲的病,而他母亲呢?

她非常的敬虔,非常的平静,她确信她这次的病立刻会好了。她头一天晚上就预备得好好的:洗脚梳头备香烛,办金箔,已经开始喃喃地念着她所决不了解也不求了解的经句。睡在床上只是反来复去的等天亮。东方才发白,她已经穿好衣服,斜坐在床上了。倘若不是生着病,这时已经到了庙里,跪在香案前呢。一早下着雨,她不再问"还没晴吗",也不再怨恨似的说"这样的天气,这样的天气"。这两天,这寒凉的,潮湿的,忧郁的暮春天气,在她仿佛和美丽的晴天一样。她心里非常的舒畅,眼前闪耀着光明的快乐的希望。她不说半句不吉利的话,不略略皱一下眉头,什么也不想,只是一心一意的喃喃地念着经句,仿佛她只有一颗平静如镜的心,连那痛苦的躯壳也脱离了似的。虽然是下着细雨,吹着微风,船在河面驶着,依然是相当喧扰的:咕呀咕呀的船桨声,泊泊的破浪声,两岸淙淙的沟流声,行人的脚步声,时或远远地呜呜的汽车或汽船的汽笛声,某处咕咕的斑鸠唤雨声,一路上埠头边洗衣女人嘻嘻哈哈的笑语声,水面上来去的船只喧闹声,……但是这一切,她都没有听见,没有看见,她仿佛已经离开了这世界,到了清默寂寞的天堂似的。

"唉唉,……"

涵子一路叹息着,几乎发出声音来了。为了母亲,他现在是把他的痛苦紧紧地压在心里。但这痛苦却愈压愈膨胀起来,仿佛要爆烈了。他仰着头,望着天空,天空是那样的灰暗阴沉,无边的痛苦似的。他望着细雨,细雨像在低低的哭泣。他望着河面,河面蹙着忧苦的皱纹也对他望着。他转过脸去,对着两岸,两岸的水沟在对他诉苦似的呻吟着。

"苦呀,苦呀……"船桨对他叫着似的。

接着是一声声"唉,唉"的船夫叹息声。

"哈哈哈哈……"两岸埠头上的女人笑了起来,仿佛看见了他和她母亲中间隔着的那一条鸿沟。

鲁　彦

涵子几乎透不过气了，连那潮湿的空气也是沉闷的窒息的。

船靠埠头了。要不是他母亲叫他，涵子简直还以为船仍在河的中心走着。

"滑稽的世界！"涵子自言自语的说，看着岸边，不觉好笑起来。

这里已经停满了船了：小的划子，大的摇船，有许多连篷边没有，在这样风雨的天气。有几只是二十里外的峇里来的，他看着船名就知道。有几只船上还载着兜子，那一定是更远在深山冷峇里了，或者是病得很利害。

他扶着他母亲走上岸来，一所堂皇华丽的庙宇和热闹的人群就映入了他的眼帘。这还是初一，如果是诞辰，还不晓得热闹到什么样子呢。

白了头发的，脱了牙齿的，聋了耳朵的，瞎了眼睛的，老的小的，男的女的，坐着摇篮，坐着轿子，坐着船，从旱路，从水路，远远近近的来了，这中间，有的肿着眼睛，有的生着疮，有的烂着腿，有的在咳嗽，有的在发热，有的是肺病，有的是肠胃病，有的是心脏病，……这些人都是来求药的，他们都把关帝菩萨当做了内外科，妇人科，小儿科，一切疾病的治疗者。此外有些康健的人是来求财，求子孙，问寿命，问信息。把关帝菩萨当做了无所不能，无所不知的万能者。一个一个拿着香烛进去，一个一个拿着香灰或签司出来。有的忧愁着，有的呻吟着，有的叹息着，有的流着眼泪，有的微笑着。他们生活在各种不同的屋角里，穿着各种不同的衣服，露着各种不同的面色，抱着各种不同的希望和要求，而他们的信仰却是一致的。

"愚蠢的人们……"涵子暗暗地说着，扶着他的母亲走到了关帝庙的门口。

那门口有着一片好大的广场，全用平滑的细致的石板铺着。左右两旁竖着高入云霄的旗杆，前面一个广大的圆池，四围用石栏杆绕着。走上高的石级，开着三道巨大的红漆的门，门口蹲着两个高大的石狮子。两边站着一个雄壮的马和马夫。香烟的气息就在这里开始了，大家都在这里礼拜着。

"让我点香呵……"明达婆婆说着，从涵子的手臂中脱出手来，衰弱无力地颤栗着，燃着了火柴。

"我给你插吧，"涵子苦恼地说着，"你没有一点气力呀！"

他接着香往香炉里插了下去，但他的心里充满了愤怒，这是一匹马，一匹泥塑的马！有着思想，有着情感的动物中最智慧的人现在竟向这样的东西行礼了！而且还不止一个人，无数的，无数的男女老少，连他也轮到了点香的义务！要不是为了母亲，他几乎把香摔在那东西上面，用什么棍子敲毁了那塑像！

三个好高大的门限，他吃力地扶着他母亲跨了进去，就是宽阔的堂皇的走廊。脚下的石板是砌花的，红漆的柱子和栋梁上都有着精细的雕刻，墙上挂满

193

了金光夺目的匾额和各色的旗幡，上面写着俗不可耐的崇拜与称扬的语句。墙的下部份砌着许许多多石刻的碑铭，一样地不值得一读的语句，下面署着某某善男或信女的名字。

"哼！……"涵子暗暗地自语着，"都是好人，到这里来的！但是我们社会的黑暗，社会的腐败，贪婪残暴的恶人从哪里来的呢？……"他愤怒地对着那些来来去去的男女老少射着轻蔑的眼光。他看见他们都把头低下了，非常惭愧，非常内疚似的，静默得只听见轻缓的脚步声，微细的衣服磨擦声，和低低的暗祷声。

"看你们这些人出了庙门做些什么！争闹，欺骗，骄傲，凶横残忍……"

他现在绕过一个大院子，走上一个雕刻的石级，到了第二道门了。这里的柱子，栋梁，墙壁和门道，雕刻得愈加精细，仿佛是以前的皇宫一般，金光灿烂的。门的两边竖着很大的木牌，写着"肃静回避"几个大字。走进门，又是非常宽阔的走廊，走廊又是许多旗幡，匾额和碑铭，外面还装着新式的玻璃门窗。广大的院子中间筑着一个华丽的戏台，面对着正中的大殿，倘若演戏了，那是演给菩萨看的。

"菩萨也要看戏！原来是个凡俗的菩萨！"涵子不觉苦笑起来。

这些人们真是够愚蠢了，他觉得。他们一面把菩萨当做了万能的，全知的，一面又把他当做平凡的愚笨的，和他们一模一样。

绕过围廊，他扶着母亲走进大殿了。这里简直是惊人的华丽。和溜冰场一样光滑的发光的石板，两抱粗的柱子，巨大的细致的铜炉，红木的雕刻的供桌，金碧辉煌的神龛，光彩焕发的泥像。关羽，周仓，关平。两旁神龛中还站着四个判官一类的神像，这连涵子也不晓得是谁了。关羽在这里仿佛做了皇帝，那些是他的文武官员似的。大殿中迷漫着香烟的气息，涵子几乎窒息了。而在这气息里面还夹杂肉的气息，鱼的气息。原来那偶像是吃荤的。

而那些顶礼的人们呢？却都是斋戒沐浴了来，奉行着佛教徒的习惯。他们都说自己是善男信女，而关羽活着的时候却是以善于杀人出名的。

他抬起头来，望见了上面两块大匾，一边是"正义贯天"四个字，一边是"保国福民"四个字。

"哼……！"涵子又愤怒了。

这偶像在怎样的"保国福民"呢？他叫人民迷信，叫人民服从，叫人民否认现实的世界，叫人民忘却自己的"人"的能力！社会的经济破产了，国家将亡了，他还在不息地吮吸着人民的脂膏，造下富丽堂皇的王宫似的庙宇来供奉他的偶像！他在祸国，他在殃民，他的罪恶是贯天的！……

"快些点起香烛吧……"他母亲说着，已经跪倒在拜凳上。

他愤怒地咬着牙齿，点起香烛，几乎眼中喷出火来！——他要烧掉这庙宇！

"唉，唉……"他又痛苦地叹息起来。

那是完全为了他母亲，为了他母亲呵。

他母亲是多么的敬虔，多么的深信。她伏在拜凳上是那样的安静，那样的舒畅。她低着头，微微地睁着眼，久久地等候着。她看见了金光的闪耀，神帷的荡动，伟大的庄严的神像的起立，明亮如电的目光的放射，慈悲的万能的手在香案上面的伸展，她甚至还闻到了一阵奇异的非人间所有的神药的气息，听见了宏亮的神的安慰的语声：

"给你加寿了……"

她感激地拜了几拜，缓慢地站起身来，充满了沉默的喜悦。她心头的一颗巨石落下了。她的眼前照耀着快乐的希望的光明。她走近香案，恭敬地取了香灰。

但这时，她的另一个急切的愿望起来了。她要求那万能的全知的神给她解答。她取了两片木卦，重又跪倒在香案前，喃喃地祝祷了一会，把木卦举得高高的，往地上掷了下去。

是一阴一阳的胜卦。

她拾起来，喃喃地祈祷着，第二次掷了下去，也是胜卦。第三次又是胜卦。她抑制着最大的喜悦，感激地拜了几拜，这才站了起来。

"你去看一看卦牌，是怎样讲的吧，涵子，我求得了三胜卦呵……"

"呃！只怕太好了呀，看它做什么！"涵子摇着头说。

"自然是好卦，——但你给我看来吧，听见吗？"

"哼！专门和我开玩笑似的……"涵子喃喃地说着，终于苦恼地走近了那厌憎的卦牌：

"日出东方，前程亨泰，"他懒洋洋的念着。

她母亲微笑了。那样的快乐，是他回家后第一次的快乐的微笑。她的病仿佛好了。她的脚步很轻快，虽然一手扶着涵子的手臂，涵子却觉得非常轻松，没有扶着他似的。他们很快的走出了庙宇。

涵子惊异了一会，又立刻起了恐惧和痛苦。他知道这是他母亲的心理作用，病原并没有真正的去掉。他相信她的精神是过度的兴奋，不久以后，她的病会更加增重起来，尤其是疲劳的行动和风寒的感染。

他们又坐着原船在河面上了。

斜风依然飘着细雨。天空依然是灰暗阴沉的低垂着。河面依然露着忧苦的深刻的皱纹。

而涵子也依然苦恼地沉着脸,对着他母亲坐着。

他刚才做了什么事呢?他,一个有着新的知识和思想的青年学生?他是相信科学的人,他是反对迷信的人。他有勇气,他有热诚,他抱着改革社会的极大的志愿。但是现在呢?他连那最爱他的自己的母亲也劝不醒来,也倔强不过她,也坚持不过她。他们中间距离是这样的远,这样的远,永没有接近的可能……

"涵子,你怎么老是这样的苦恼模样呵……"他母亲说了。"我的病已经好了,你不必忧愁呀……"

"我吗?……我没有什么,……"他喃喃地回答说,这才注意出了母亲下船后就是直着背坐着,很有精神的样子。

"你看,天就要晴了。"她微笑地安慰着他说。"日出东方…底下一句怎么呀?"

"日出东方,日出东方,天就会晴了吗?"涵子不快乐的说。

"那自然,菩萨说的……"

"谁相信!"

"你不相信也罢,我总是相信的……"

"你去相信吧;我,不。"他摇着头。

"那没关系……总之,天要晴了……日出东方……前程……你说呀,怎么接下去的。"

"前程吗?哼……前程亨泰呀!"

"可不是!……前程亨泰呵……"她笑了。"那是给你问的卦呀……你譬如东方的太阳呢……"

她笑了。她笑得这样的起劲,她的苍白的脸色全红了,连头颈也是红的。她的口角是那样的生动,那样的自然,和年青人的一模一样。她的眼球上的薄膜消失了,活泼泼地发着明亮的光。她的深刻的颤动的皱纹下呈露着无限的喜悦。她仿佛看见了初出的太阳在她前面灿烂地升腾了起来,升腾了起来,仿佛听见了鸟儿的快乐的歌唱,甜蜜的歌唱。她的心是那样的平静清澈,仿佛是无际的碧蓝透明的天空。

他惊异地望着她,看不出她是上了年纪的人,看不出她有一点病容,只觉得她慈祥,快乐,活泼,美丽,和年青时候一样。

"我的病已经好了,"她继续着说,"你的前途是光明的,譬如日出东方……自从你出门三年,我没有一天宽心过,所以我病了,我知道的……现在我心头的一块石头落下了……"

涵子低下了头:

鲁 彦

她三年来没有宽心过,自从他出门以后!

而她现在笑了,第一次快乐的笑了……

他感动地流下几滴眼泪,忘记了刚才的愤怒和痛苦。

"你还忧愁什么呢?"她紧紧地握着他的手,眼角润湿了。"我的病真的好了。我知道你相信医生,你真固执……你一定不放心,我明天就到城里的医院去,只要有你在我身边……"

大滴的眼泪从涵子的眼里涌了出来。

是忧郁的暮春。低垂着灰暗阴沉的天空。

河水又涨了。虽然是细雨呵,这样日夜下着。山里的,田间的和屋角的细流全汇合着流入了这小小的河道。皱纹下面的河水在静默地往上涌着,往上涌着,像要把他们的船儿浮到岸上来。

(选自短篇小说集《河边》,1937年1月,上海良友图书印刷公司)

银　变

一

　　赵老板清早起来，满面带着笑容。昨夜梦中的快乐到这时还留在他心头，只觉得一身通畅，飘飘然像在云端里荡漾着一般。这梦太好了，从来不曾做到过，甚至十年前，当他把银条银块一箩一箩从省城里秘密地运回来的时候。

　　他昨夜梦见两个铜钱，亮晶晶地在草地上发光，他和二十几年前一样的想法，这两个铜钱可以买一篮豆芽菜，赶忙弯下腰去，拾了起来，揣进自己的怀里。但等他第二次低下头去看时，附近的草地上却又出现了四五个铜钱，一样的亮晶晶地发着光，仿佛还是雍正的和康熙的，又大又厚。他再弯下腰去拾时，看见草地上的钱愈加多了。……倘若是银元，或者至少是银角呵，他想，欢喜中带了一点惋惜……但就在这时，怀中的铜钱已经变了样了；原来是一块块又大又厚的玉，一颗颗又光又圆的珠子，结结实实的装了个满怀……现在发了一笔大财了，他想，欢喜得透不过气来……於是他醒了。

　　当，当，当，壁上的时钟正敲了十二下。

　　他用手摸了一摸胸口，觉得这里并没有什么，只有一条棉被盖在上面。这是梦，他想，刚才的珠玉是真的，现在的棉被是假的。他不相信自己真的睡在床上，用力睁着眼，踢着脚，握着拳，抖动身子，故意打了几个寒噤，想和往日一般，要从梦中觉醒过来。但是徒然，一切都证明了现在是醒着的；棉被，枕头，床子和冷静而黑暗的周围。他不禁起了无限的惋惜，觉得平白地得了一笔横财，又立刻让它平白地失掉了去。失意地听着呆板的的答的答的钟声，他一直反来覆去，有一点多钟没有睡熟。后来实在疲乏了，忽然转了念头，觉得虽然是个梦，至少也是一个好梦，才心定神安地打着鼾睡熟了。

　　清早起来，他还是这样想着：这梦的确是不易做到的好梦。说不定他又该得一笔横财了，所以先来了一个吉兆。别的时候的梦不可靠，只有夜半十二时的梦最真实，尤其是每月初一月半——而昨天却正是阴历十一月十五。

198

鲁彦

什么横财呢？地上拾得元宝的事，自然不会有了。航空奖券是从来舍不得买的。但开钱庄的老板却也常有得横财的机会。例如存户的逃避或死亡，放款银号的倒闭，在这天灾人祸接二连三而来，百叶凋零的年头是普通的事。或者现在法币政策才宣布，银价不稳定的时候，还要来一次意外的变动。或者这梦是应验在……

赵老板想到这里，欢喜得摸起胡须来。看相的人说过，五十岁以后的运气是在下巴上，下巴上的胡须越长，运气越好。他的胡须现在愈加长了，正像他的现银越聚越多一样——哈，法币政策宣布后，把现银运到日本去的买卖愈加赚钱了！前天他的大儿子才押着一批现银出去。说不定今天明天又要来一批更好的买卖哩！

昨夜的梦，一定是应验在这上面啦，赵老板想。在这时候，一万元现银换得二万元纸币也说不定，上下午的行情，没有人捉摸得定，但总之，现银越缺乏，现银的价格越高，谁有现银，谁就发财。中国不许用，政府要收去，日本可是通用，日本人可是愿意出高价来收买。这是他合该发财了，从前在地底下埋着的现银，忽然变成了珠子和玉一样的宝贵。——昨夜的梦真是太妙了，倘若铜钱变了金子，还不算希奇，因为金子的价格到底上落得不多，只有珠子和玉是没有时价的。谁爱上了它，可以从一元加到一百元，从一千元加到一万元。现在现银的价格就是这样，只要等别地方的现银都收完了，留下来的只有他一家，怕日本人不像买珠子和玉一样的出高价。而且这地方又太方便了，长丰钱庄正开在热闹的毕家碶上，而热闹的毕家碶却是乡下的市镇，比不得县城地方，容易惹人注目；而这乡下的毕家碶却又在海边，驶出去的船支只要打着日本旗子，通过两三个岛屿，和停泊在海面假装渔船的日本船相遇，便万事如意了。这买卖是够平稳了。毕家碶上的公安派出所林所长和赵老板是换帖的兄弟，而林所长和水上侦缉队李队长又是换帖的兄弟。大家分一点好处，明知道是私运现银，也就不来为难了。

"哈，几个月后，"赵老板得意地想："三十万财产说不定要变做三百万啦！这才算是发了财！三十万算什么！……"

他高兴地在房里来回的走着，连门也不开，像怕他的秘密给钱庄里的伙计们知道似的。随后他走近账桌，开开抽屉，翻出一本破烂的《增广玉匣记通书》出来。这是一本木刻的百科全书，里面有图有符，人生的吉凶祸福，可以从这里推求，赵老板最相信它，平日闲来无事，翻来覆去的念着，也颇感觉有味。现在他把周公解梦那一部分翻开来了。

"诗曰：夜有纷纷梦，神魂预吉凶……黄梁巫峡事，非此莫能穷。"他坐在椅上，摇头念着他最记得的句子，一面寻出了"金银珠玉绢帛第九章，"细细地看了下去。

金钱珠玉大吉利——这是第二句。

玉积如山大富贵——第五句。

赵老板得意地笑了一笑，又看了下去。

珠玉满怀主大凶……

赵老板感觉到一阵头晕，伏着桌子喘息起来了。

这样一个好梦会是大凶之兆，真使他吃吓不小。没有什么吉利也就罢了，至少不要有凶；倘是小凶，还不在乎，怎么当得起大凶？这大凶从何而来呢？为了什么事情呢？就在眼前还是在一年半年以后呢？

赵老板忧郁地站了起来，推开《通书》，缓慢地又在房中踱来踱去的走了，不知怎样，他的脚忽然变得非常沉重，仿佛陷没在泥渡中一般，接着像愈陷愈下了，一直到了胸口，使他感觉到异样的压迫，上气和下气被什么截做两段，连结不起来。

"珠玉满怀……珠玉满怀……"他喃喃地念着，起了异样的恐慌。

他相信梦书上的解释不会错。珠玉不藏在箱子里，藏在怀里，又是满怀，不用说是最叫人触目的，这叫做露财。露财便是凶多吉少。例如他自己，从前没有钱的时候，是并没有人来向他借钱的，无论什么事情，他也不怕得罪人家，不管是有钱的人或有势的人，但自从有了钱以后，大家就来向他借钱了，今天这个，明天那个，忙个不停，好像他的钱是应该分给他们用的；无论什么事情，他都不敢得罪人了，尤其是有势力的人，一个不高兴，他们就说你是有钱的人，叫你破一点财。这两年来市面一落千丈，穷人愈加多，借钱的人愈加多了，借了去便很难归还，任凭你催他们十次百次，或拆掉他们的屋子把他们送到警察局里去。

"天下反啦！借了钱可以不还！"他愤怒地自言自语的说。"没有钱怎样还吗？谁叫你没有钱！没有生意做——谁叫你没有生意做呢？哼……"

赵老板走近账桌，开开抽屉，拿出一本账簿来。他的额上立刻聚满了深长的皱痕，两条眉毛变成弯曲的毛虫。他禁不住叹了一口气。欠钱的人太多了，五元起，一直到两三千元，写满了厚厚的一本簿子。几笔上五百一千的，简直没有一点希望，他们有势也有钱，问他借钱，是明敲竹杠。只有那些借得最少的可以紧迫着催讨，今天已经十一月十六，阳历是十二月十一了，必须叫他们在阳历年内付清。要不然——休想太太平平过年！

赵老板牙齿一咬，鼻子的两侧露出两条深刻的弧形的皱纹来。他提起笔，把账簿里的人名和欠款一一摘录在一个手折上。

"毕尚吉！……哼！"他愤怒的说，"老婆死了也不讨，没有一点负担，难道二十元钱也还不清吗？一年半啦！打牌九，叉麻将就舍得！——这次限他五天，要不然，拆掉他的屋子！不要面皮的东西！……吴阿贵……二十元……赵阿大……三十五……林大富……十五……周菊香……"

赵老板连早饭也咽不下了，借钱的人竟有这么多，一直抄到十一点钟。随后他把唐账房叫了来说：

"给我每天去催，派得力的人去！……过了限期，通知林所长，照去年年底一样办！……"

随后待唐账房走出去后，赵老板又在房中不安地走了起来，不时望着壁上的挂钟。已经十一点半了，他的大儿子德兴还不见回来。照预定的时间，他应该回来一点多钟了。这孩子做事情真马虎，二十三岁了，还是不很可靠，老是在外面赌钱弄女人。这次派他去押银子，无非是想叫他吃一点苦，练习做事的能力。因为同去的同福木行姚经理和万隆米行陈经理都是最能干的人物，一路可以指点他。这是最秘密的事情，连自己钱庄里的人也只知道是赶到县城里去换法币。赵老板自己老了，经不起海中的波浪，所以也只有派大儿子德兴去。这次十万元现银，赵老板名下占了四万，剩下来的六万是同福木行和万隆米行的。虽然也多少冒了一点险，但好处却比任何的买卖好。一百零一元纸币掉进一百元现银，卖给××人至少可作一百十元，像这次是作一百十五元算的，利息多么好呵！再过几天，一百二十，一百三十，也没有人知道！……

赵老板想到这里，不觉又快活起来，微笑重新走上了他的眉目间。

"赵老板！"

赵老板知道是姚经理的声音，立刻转过身来，带着笑容，对着门边的客人。但几乎在同一的时间里，他的笑容就消失了，心中突突地跳了起来。

走进来的果然是姚经理和陈经理，但他们都露着怆惶的神情，一进门就把门带上了。

"不好啦，赵老板！……"姚经理低声的说，战栗着声音。

"什么？……"赵老板吃吓地望着面前两副苍白的面孔，也禁不住战栗起来。

"德兴给他们……"

"给他们捉去啦……"陈经理低声的说。

"什么？……你们说什么？……"赵老板不相信自己的耳朵，重复的问。

"你坐下，赵老板，事情不要紧，……两三天就可回来的……"陈经理的肥圆的脸上渐渐露出红色来。"并不是官厅，比不得犯罪……"

"那是谁呀，不是官厅？……"赵老板急忙地问，"谁敢捉我的儿子？……"

"是万家湾的土匪,新从盘龙岛上来的……"姚经理的态度也渐渐安定了,一对深陷的眼珠又恢复了庄严的神情。"船过那里,一定要我们靠岸……"

"我们高举着××国旗,他毫不理会,竟开起枪来……"陈经理插入说。"水上侦缉队见到我们的旗,倒低低头,让我们通过啦,那晓得土匪却不管,一定要检查……"

"完啦,完啦!……"赵老板叹息着说,敲着自己的心口,"十万元现银,唉,我的四万元!……"

"自然是大家晦气啦!……运气不好,有什么法子……"陈经理也叹着气,说。"只是德兴更倒霉,他们把他绑着走啦,说要你送三百担米去才愿放他回来……限十天之内……"

"唉,唉……"赵老板蹬着脚,说。

"我们两人情愿吃苦,代德兴留在那里,但土匪头不答应,一定要留下德兴……"

"那是独只眼的土匪头,"姚经理插入说。"他恶狠狠的说:你们休想欺骗我独眼龙!我的手下早已布满了毕家碶!他是长丰钱庄的小老板,怕我不知道吗?哼!回去告诉大老板,逾期不缴出米来,我这里就撕票啦!……"

"唉,唉!……"赵老板呆木了一样,说不出话来,只会连声的叹息。

"他还说,倘若你敢报官,他便派人到赵家村,烧掉你的屋子,杀死你一家人哩……"

"报官!我就去报官!"赵老板气愤的说,"我有钱,不会请官兵保护我吗?……四万元给抢去啦,大儿子也不要啦!……我给他拚个命……我还有两个儿子!……飞机,炸弹,大炮,兵舰,机关枪,一齐去,量他独眼龙有多少人马!……解决得快,大儿子说不定也救得转来……"

"那不行,赵老板,"姚经理摇着头,说。"到底人命要紧。虽然只有两三千土匪,官兵不见得对付得了,也不见得肯认真对付,……独眼龙是个狠匪,你也防不胜防……"

"根本不能报官,"陈经理接着说,"本地的官厅不要紧,倘给上面的官厅知道了,是我们私运现银惹出来的……"

"唉,唉!……"赵老板失望地倒在椅上,痛苦得说不出来。

"唉,唉!……"姚经理和陈经理也叹着气,静默了。

"四万元现银……三百担米……六元算……又是一千八百……唉……"赵老板喃喃地说,"珠玉满怀……果然应验啦……早做这梦,我就不做这买卖啦……这梦……这梦……"

鲁彦

他咬着牙齿，握着拳，蹬着脚，用力睁着眼睛，他不相信眼前这一切，怀疑着仍在梦里，想竭力从梦中觉醒过来。

二

五六天后，赵老板的脾气完全变了。无论什么事情，一点不合他意，他就拍桌骂了起来。他一生从来不会遇到过这样大的不幸。这四万元现银和三百担米，简直挖他的心肺一样痛。他平常是一分一厘都算得清清楚楚，不肯放松，现在竟做一次的破了四万多财。别的事情可以和别人谈谈说说，这一次却一句话也不能对人家讲，甚至连叹息的声音也只能闷在喉咙里，连苦恼的神情也不能露在面上。

"德兴到哪里去啦，怎么一去十来天才回来呢？"人家这样的问他。

他只得微笑着说："叫他到县城里去，他却到省城里看朋友去啦……说是一个朋友在省政府当秘书长，他忽然还做官去啦……你想我能答应吗？家里又不是没有吃用……哈，哈……"

"总是路上辛苦了吧，我看他瘦了许多哩。"

"可不是……"赵老板说着，立刻变了面色，怀疑人家已经知道了他的秘密似的。随后又怕人家再问下去，就赶忙谈到别的问题上去了。

德兴的确消瘦了。当他一进门的时候，赵老板几乎认不出来是谁。昨夜灯光底下偷偷地出现在他面前的时候，完全像一个乞丐：穿着一身破烂的衣服，赤着脚，蓬着发，发着抖。他只轻轻地叫了一声爸，就哽咽起来。他被土匪剥下了衣服，挨了几次皮鞭，丢在一个冰冷的山洞里，每天只给他一碗粗饭。当姚经理把三百担米送到的时候，独眼龙把他提了出去，又给他三十下皮鞭。

"你的爷赵道生是个奸商，让我再教训你一顿，回去叫他改头换面的做人，不要再重利盘剥，私运现银，贩卖烟土！要不然，我独眼龙有一天会到毕家碶上来！"独眼龙踞在桌子上愤怒的说。

德兴几乎痛死，冻死，饿死，吓死了。以后怎样到的家里，连他自己也不知道。

"狗东西！……"赵老板咬着牙，暗地里骂着说。抢了我的钱，还要骂我奸商！做买卖不取巧投机，怎么做？一个一个铜板都是我心血积下来的！只有你狗东西杀人放火，明抢暗劫，丧天害理！……"

一想到独眼龙，赵老板的眼睛里就冒起火来，恨不能把他一口咬死，一刀劈死。但因为没处发泄，他于是天天对着钱庄里的小伙计们怒骂了。

"给我滚出去，……你这狗东西……只配做贼做强盗！……"他像发了疯似的一天到晚喃喃地骂着。

一走到账桌边，他就取出账簿来，翻着，骂着那些欠账的人。

"毕尚吉！……狗养的贼种！……吴阿贵！……不要面皮的东西！……赵阿大！……混账！……林大富！……屄东西！……赵天生！……婊子生的！……吴元本！猪罗！二十元，二十元，三十五，十五，六十，七十，一百，四十……"他用力拨动着算盘珠，笃笃地发出很重的声音来。

"一个怕一个！我怕土匪，难道也怕你们不成！……年关到啦，还不送钱来！……独眼龙要我的命，我要你们的命！……"他用力把算盘一丢，立刻走到了店堂里。

"唐账房，你们干的什么事！……收来了几笔账？"

"昨天催了二十七家，收了四家，吴元本，赵天生的门给封啦，赵阿大交给了林所长……今年的账真难收，老板……"唐账房低着头，喏喏地说。

"给我赶紧去催！过期的，全给我拆屋，封门，送公安局！……哼！哪有借了不还的道理！……"

"是的，是的，我知道，老板……"

赵老板皱着眉头，又踱进了自己的房里，喃喃地骂着：

"这些东西真不成样……有债也不会讨……吃白饭，拿工钱……哼，这些东西……"

"赵老板！……许久不见啦！好吗？"门外有人喊着说。

赵老板转过头去，进来了一位斯文的客人。他穿着一件天蓝的绸长袍，一件黑缎的背心，金黄的表练从背心的右袋斜挂到背心的左上角小袋里。一副瘦长的身材，瘦长的面庞，活泼的眼珠，显得清秀，精致，风流。

"你这个人……"赵老板带着怒气的说。

"哈，哈，哈！……"客人用笑声打断了赵老板的语音。"阳历过年啦，特来给赵老板贺年哩！……发财，发财！……"

"发什么财！"赵老板不快活的说，"大家借了钱都不还……"

"哈，哈，小意思！不还你的能有几个！……大老板，不在乎，发财还是发财——明年要成财百万啦……"客人说着，不待主人招待，便在账桌边坐下了。

"明年，明年，这样年头，今年也过不了，还说什么明年……像你，毕尚吉也有……"

"哈，哈，我毕尚吉也有三十五岁啦，那里及得你来……"客人立刻用话接了上来。

"我这里，……"

"可不是！你多财多福！儿子生了三个啦，我连老婆也没有哩！……今年过年真不得了，从前一个难关，近来过了阳历年还有阴历年，大老板不帮点忙，我们这些穷人只好造反啦！……我今天有一件要紧事，特来和老板商量呢！……"

"什么？要紧事吗？"赵老板吃惊地说，不由得心跳起来，仿佛又有了什么祸事似的。

"是的，于你有关呢，坐下，坐下，慢慢的告诉你……"

"于我有关吗？"赵老板给呆住了，无意识地坐倒在账桌前的椅上。"快点说，什么事？"

"咳，总是我倒霉……昨晚上输了两百多元……今天和赵老板商量，借一百元做本钱……"

"瞎说！"赵老板立刻站了起来，生着气。"你这个人真没道理！前账未清，怎么再开口！……你难道忘记了我这里还有账！"

"小意思，算是给我毕尚吉做压岁钱吧……"

"放——屁！"赵老板用力骂着说，心中发了火。"你是我的什么人？你来敲我的竹杠！"

"好好和你商量，怎么开口就骂起来？哈，哈，哈！坐下来。慢慢说吧！……"

"谁和你商量！——给我滚出去！"

"阿，一百元并不多呀！"

"你这不要面皮的东西！……"

"谁不要面皮？"毕尚吉慢慢站了起来，仍露着笑脸。

"你——你！你不要面皮！去年借去的二十元，给我三天内送来！要不然……"

"要不然——怎么样呢？"

"弄你做不得人！"赵老板咬着牙齿说。

"哦——不要生气吧，赵老板！我劝你少拆一点屋子，少捉几个人，要不然，穷人会造反哩！"毕尚吉冷笑着说。

"你敢！我怕你这光棍不成！"

"哈，哈，敢就敢，不敢就不敢……我劝你慎重一点吧……一百元不为多。"

"你还想一千还是一万吗？咄！二十元钱不还来，你看我办法！……"

"随你的便，随你的便，只不要后悔……一百元，决不算多……"

"给我滚！……"

"滚就滚。我是读书人从来不板面孔,不骂人。你也骂得我够啦,送一送吧……"毕尚吉狡猾地霎了几下眼睛,偏着头。

"不打你出去还不够吗?不要脸的东西!冒充什么读书人!"赵老板握着拳头,狠狠的说,恨不得对准着毕尚吉的鼻于,一拳打了过去。

"是的,承你多情啦!再会,再会,新年发财,新年发财!……"毕尚吉微笑地挥子一挥手,大声的说着,慢慢地退了出去。

"畜生!……"赵老板说着,砰的关上了门。"和土匪有什么分别!……非把他送到公安局里去不可!………十个毕尚吉也不在乎!……说什么穷人造反!看你穷光蛋有这胆量!……我赚了钱来,应该给你们分的吗?……哼!真是反啦!借了钱可以不还!还要强借!……良心在哪里?王法在哪里?……不错,独眼龙抢了我现银,那是他有本领,你毕尚吉为什么不去落草呢?……"

赵老板说着,一阵心痛,倒下在椅上。

"唉,四万二千元,天晓得!……独眼龙吃我的血!……天呵,天呵!……"

他突然站了起来,愤怒地握着拳头:

"我要毕尚吉的命!……"

但他立刻又坐倒在别一个椅上:

"独眼龙!独眼龙!……"

他说着又站了起来,来回的踱着,一会儿又呆木地站住了脚,搓着手。他的面色一会儿红了,一会儿变得非常的苍白。最后他咬了一阵牙齿,走到账桌边坐下,取出一张信纸来。写了一封信:

  伯华所长道兄先生阁下兹启者毕尚吉此人一向门路不正嫖赌为生前欠弟款任凭催索皆置之不理乃今日忽又前来索诈恐吓声言即欲造反起事与独眼龙合兵进攻省城为此秘密奉告即祈迅速逮捕正法以靖地方为幸……

赵老板握笔的时候,气得两手都战栗了。现在写好后重复的看了几遍,不觉心中宽畅起来,画上露出了一阵微笑。

"现在你可落在我手里啦,毕尚吉,毕尚吉!哈,哈!"他摇着头,得意地说。"量你有多大本领!……哈,要解决你真是不费一点气力!"

他喃喃地说着,写好信封,把它紧紧封好,立刻派了一个工人送到公安派出所去,叮嘱着说:

"送给林所长,拿回信回来,——听见吗?"

随后他又不耐烦地在房里来回的踱着，等待着林所长的回信，这封信一去，他相信毕尚吉今天晚上就会捉去，而且就会被枪毙的。不要说是毕家碶，即使是在附近百数十里中，平常无论什么事情，只要他说一句话，要怎样就怎样。倘若是他的名片，效力就更大；名片上写了几个字上去，那就还要大了。赵道生的名片是可以吓死乡下人的。至于他的亲笔信，即使是官厅，也有符咒那样的效力。何况今天收信的人是一个小小的所长？更何况林所长算是和他换过帖，要好的兄弟呢？

"珠玉满怀主大凶……"赵老板忽然又想起了那个梦，"自己已经应验过啦，现在让它应验到毕尚吉的身上去！……不是枪毙，就是杀头……要改为坐牢也不能！没有谁会给他说情，又没有家产可以买通官路……你这人运气太好啦，刚刚遇到独眼龙来到附近的时候。造反是你自己说的，可怪不得我！……哈哈……"

赵老板一面想，一面笑，不时往门口望着。从长丰钱庄到派出所只有大牛里路，果然他的工人立刻就回来了，而且带了林所长的回信。

赵老板微笑地拆了开来，是匆忙而草率的几句话：

惠示敬悉弟当立派得力弟兄武装出动前去围捕……

赵老板重复地暗诵了几次，幌着头，不觉哈哈大笑起来，随后又怕这秘密泄露了出去，又立刻机警地遏制了笑容，假皱着眉毛。

忽然，他听见了屋外一些脚步声，急速地走了过去，中间还夹杂着枪把和刺刀的敲击声。他赶忙走到店堂里，看见十个巡警紧急地往东走了去。

"不晓得又到哪里捉强盗去啦……"他的伙计惊讶地说。

"时局不安静，坏人真多——"另一个人说。

"说不定独眼龙……"

"不要胡说！……"

赵老板知道那就是去捉毕尚吉的，遏制着自己的笑容，默然走进了自己的房里，带上门，坐在椅上，才哈哈地笑了起来。

他的几天来的痛苦，暂时给快乐遮住了。

三

毕尚吉没有给捕到。他从长丰钱庄出去后，没有回家，有人在往县城去的路上见到他匆匆忙忙的走着。

赵老板又多了一层懊恼和忧愁。懊恼的是自己的办法来得太急了，毕尚吉一定推测到是他做的。忧愁的是，他知道毕尚吉相当的坏，难免不对他寻报复,他是毕家碶上的人,长丰钱庄正开在毕家碶上,谁晓得他会想出什么鬼计来!

于是第二天早晨,赵老板回到自己的家里去了。一则暂时避避风头,二则想调养身体。他的精神近来渐渐不佳了。他已有十来天不曾好好的睡觉,每夜躺在床上老是合不上眼睛,这样想那样想,一直到天亮。一天三餐,尝不出味道。

"四万元现银……三百担米……独眼龙……毕尚吉……"这些念头老是盘旋在他的脑里。苦恼和气愤像锉刀似的不息地锉着他的心头。他不时感到头晕,眼花,面热,耳鸣。

赵家村靠山临水,比毕家碶清静许多,但也颇不冷静,周围有一千多住户。他所新造的七间两巷大屋紧靠着赵家村的街道,街上住着保卫队,没有盗劫的恐慌。他家里也藏着两枝手枪,有三个男工守卫屋子。饮食起居,样样有人侍候。赵老板一回到家里,就觉得神志安定,心里快活了一大半。

当天夜里,他和老板娘讲了半夜的话,把心里的郁闷全倾吐完了,第一次睡了一大觉,直至上午十点钟,县政府蒋科长来到的时候,他才被人叫了醒来。

"蒋科长?……什么事情呢?……林所长把毕尚吉的事情呈报县里去了吗?……"他一面匆忙地穿衣洗脸,一面猜测着。

蒋科长和他是老朋友,但近来很少来往,今天忽然跑来找他,自然有很要紧的事了。

赵老板急忙地走到了客堂。

"哈哈,长久不见啦,赵老板!你好吗?"蒋科长挺着大肚子,呆笨地从嵌镶的靠背椅上站了起来,笑着,点了几下肥大的头。

"你好,你好!还是前年夏天见过面,——现在好福气,胖得不认得啦!"赵老板笑着说。"请坐,请坐,老朋友,别客气!"

"好说,好说,哪有你福气好,财如山积!——你坐,坐!"蒋科长说着,和赵老板同时坐了下来。

"今天什么风,光顾到敝舍来?——吸烟,吸烟!"赵老板说着,又站了起来,从桌子上拿了一枝纸烟,亲自擦着火柴,送了过去。

"有要紧事通知你……"蒋科长自然地接了纸烟,吸了两口。低声的说,望了一望门口。"就请坐在这里,好讲话……"

他指着手边的一把椅子。

赵老板惊讶地坐下了,侧着耳朵过去。

"毕尚吉这个人,平常和你有什么仇恨吗?"蒋科长低声的问。

赵老板微微笑了一笑。他想，果然给他猜着了。略略踌躇了片刻，他摇着头，说：

"没有！"

"那么，这事情不妙啦，赵老板……他在县府里提了状纸呢！"

"什么？……他告我吗？"赵老板突然站了起来。

"正是……"蒋科长点了点头。

"告我什么？你请说！……"

"你猜猜看吧！"蒋科长依然笑着，不慌不忙的说。

赵老板的脸色突然青了一阵。蒋科长的语气有点像审问。他怀疑他知道了什么秘密。

"我怎么猜得出！……毕尚吉是狡诈百出的……"

"罪名可大呢：贩卖烟土，偷运现银，勾结土匪……哈哈哈……"

赵老板的脸色更加惨白了，他感觉到蒋科长的笑声里带着讽刺，每一个字说得特别的着力，仿佛一针针刺着他的心。随后他忽然红起脸来，愤怒的说：

"哼！那土匪！他自己勾结了独眼龙，亲口对我说要造反啦，倒反来诬陷我吗？……蒋科长……是一百元钱的事情呀！……他以前欠了我二十元，没有还，前天竟跑来向我再借一百元呢！我不答应，他一定要强借，他说要不然，他要造反啦！——这是他亲口说的，你去问他！毕家碑的人都知道，他和独眼龙有来往！……"

"那是他的事情，关于老兄的一部份，怎么翻案呢？我是特来和老兄商量的，老兄用得着我的地方，没有不设法帮忙哩……"

"全仗老兄啦，全仗老兄……毕尚吉平常就是一个流氓……这次明明是索诈不遂，乱咬我一口……还请老兄帮忙……我哪里会做那些违法的事情，不正当的勾当……"

"那自然，谁也不会相信，郝县长也和我暗中说过啦。"蒋科长微笑着说，"人心真是险恶，为了这一点点小款子，就把你告得那么凶——谁也不会相信！"

赵老板的心头忽然宽松了。他坐了下来，又对蒋科长递了一支香烟去，低声的说：

"这样好极啦！郝县长既然这样表示，我看还是不受理这案子，你说可以吗？"

蒋科长摇了一摇头：

"这个不可能。罪名太大啦，本应该立刻派兵来包围，逮捕，搜查的，我已经在县长面前求了情，说这么一来，会把你弄得身败名裂，还是想一个变通的办法，和普通的民事一样办，只派人来传你，先缴三千元保。县长已经答应啦，只等你立刻付款去。"

"那可以！我立刻就叫人送去！……不，……不是这样办……"赵老板忽然转了一个念头，"我看现在就烦老兄带四千元法币去，请你再向县长求个情，缴二千保算了。一千，孝敬县长，一千孝敬老兄……你看这样好吗？"

"哈哈，老朋友，哪有这样！再求情也可以，郝县长也一定可以办到，只是我看孝敬他的倒少了一点，不如把我名下的加给他了吧！……你看什么样？"

"哪里的话！老兄名下，一定少不得，这一点点小款，给嫂子小姐买点脂粉罢了，老朋友正应该孝敬呢……县长名下，就依老兄的意思，再加一千吧……总之，这事情要求老兄帮忙，全部翻案……"

"那极容易，老兄放心好啦！"蒋料长极有把握的模样，摆了一摆头。"我不便多坐，这事情早一点解决，以后再细细的谈吧。"

"是的，是的，以后请吃饭……你且再坐一坐，我就来啦……"赵老板说着，立刻回到自己的卧室。

他在墙上按下一个手指，墙壁倏然开开两扇门来，他伸手到暗处，一捆一捆的递到桌上，略略检点了一下，用一块白布包了，正想走出去的时候，老板娘忽然进来了。

"又做什么呀？——这么样一大包！明天会弄到饭也没有吃呀！……"她失望地叫了起来。

"你女人家懂得什么！"赵老板回答说，但同时也就起了惋惜，痛苦地抚摩了一下手中的布包，又复立刻走了出去。

"只怕不很好带……乡下只有十元一张的……慢点，让我去拿一只小箱子来吧！"赵老板说。

"不妨，不妨！"蒋科长说。"我这里正带着一只空的小提包，本想去买一点东西的，现在就装了这个吧。"

蒋科长从身边拿起提包，便把钞票一一放了进去。

"老实啦……"

"笑话，笑话……"

"再会吧……万事放心……"蒋科长提着皮包走了。

"全仗老兄，全仗老兄……"

赵老板一直送到大门口，直到他坐上轿，出发了，才转了身。

"唉，唉！……"赵老板走进自己的卧室，开始叹息了起来。

他觉得一阵头晕，胸口有什么东西冲到了喉咙，两腿发着抖，立刻倒在床上。

"你怎么呀？"老板娘立刻跑了进来，推着他身子。

赵老板脸色完全惨白了，翕动着嘴唇，喘不过气来。老板娘连忙灌了他一杯热开水，拍着他的背，抚摩着他的心口。

"唉，唉，……珠玉满怀……"他终于渐渐发出低微的声音来，"又是五千元……五千元……"

"谁叫你给他这许多！……已经拿去啦，还难过做什么……"老板娘又埋怨又劝慰的说。她的白嫩的脸上也是一阵红一阵青。

"你哪里晓得！……毕尚吉告了我多大的罪……这官司要是败了，我就没命啦……一家都没命啦……唉，唉，毕尚吉，我和你结下了什么大仇，你要为了一百元钱，这样害我呀！……珠玉满怀……珠玉满怀……现在果然应验啦……"

赵老板的心上像压住了一块石头。他现在开始病了。他感到头重，眼花，胸膈烦满，一身疼痛无力。老板娘只是焦急地给他桂元汤，莲子汤，参汤，白木耳吃，一连三天才觉得稍稍转了势。

但是第四天，他得勉强起来，忙碌了，他派人到县城里去请了一个律师，和他商议，请他明天代他出庭，并且来一个反诉，对付毕尚吉。

律师代他出庭了，但是原告毕尚吉没有到，也没有代理律师到庭，结果延期再审。

赵老板忧郁地过了一个阳历年，等待着正月六日重审的日期。

正月五日，县城里的报纸，忽然把这消息宣布了。用红色的特号字刊在第二面本县消息栏的头一篇：

奸商赵道生罪恶贯天
勾结土匪助银助粮！
偷运现银悬挂×旗！
贩卖烟土祸国殃民！

后面登了一大篇的消息，把赵老板的秘密完全揭穿了。最后还来了一篇社评，痛骂一顿，结论认为枪毙抄没还不足抵罪。

这一天黄昏时光，当赵老板的大儿子德兴从毕家碶带着报纸急急忙忙地交给赵老板看的时候，赵老板全身发抖了。他没有一句话，只是透不过气来。

他本来预备第二天亲自到庭，一则相信郝县长不会对他怎样，二则毕尚吉第一次没有到庭，显然不敢露面，他亲自出庭可以证明他没有做过那些事情，所以并不畏罪逃避。但现在他没有胆量去了，仍委托律师出庭辩护。

这一天全城鼎沸了，法庭里挤满了旁听的人，大家都关心这件事情。

毕尚吉仍没有到，也没有出庭，他只来了一封申明书，说他没钱请律师，而自己又病了。于是结果又改了期。

当天下午，官厅方面派了人到毕家碶，把长丰钱庄三年来的所有大小账簿全吊去检查了。

"那只好停业啦，老板，没有一本账簿，还怎么做买卖呢？……这比把现银提光了，还要恶毒！没有现银，我们可以开支票，可以到上行去通融，拿去了我们的账簿，好像我们瞎了眼睛，聋了耳朵，哑了嘴巴……"唐账房哭丧着脸，到赵家村来诉说了。"谁晓得他们怎样查法！叫我们核对起来，一天到晚两个人不偷懒，也得两三个月呢！……他们不见得这么闲，拖了下去，怎么办呀？……人欠欠人的账全在那上面，我们怎么记得清楚？"

"他们没有告诉你什么时候归还吗？"

"我当然问过啦，来的人说，还不还，不能知道，要通融可以到他家里去商量。他愿意暗中帮我们的忙……"

"唉，……"赵老板摇着头说，"又得化钱啦……我走不动，你和德兴一道去吧：向他求情，送他钱用，可少则少，先探一探他口气，报馆里也一齐去疏通，今天副刊上也在骂啦……真冤枉我！"

"可不是！谁也知道这是冤枉的！……毕家碶上的人全知道啦……"

唐账房和德兴进城去了，第二天回来的报告是：总共八千元，三天内发还账簿；报馆里给长丰钱庄登长年广告，收费五千元。

赵老板连连摇着头，没有一句话。这一万三千元没有折头好打。

随后林所长来了，报告他一件新的消息：县府的公事到了派出所和水上侦缉队，要他们会同调查这个月内的船只，有没有给长丰钱庄或赵老板装载过银米烟土。

"都是自己兄弟，你尽管放心，我们自有办法的。"林所长安慰着赵老板说。"只是李队长那里，我看得送一点礼去，我这里弟兄们也派一点点酒钱吧，不必太多，我自己是决不要分文的……"

赵老板惊讶地睁了眼睛，呆了一会，心痛地说：

"你说得是。……你说多少呢？"

"他说非八千元不办，我已经给你说了情，减做六千啦……他说自己不要，部下非这数目不可，我看他的部下比我少一半，有三千元也够啦，大约他自己总要拿三千的。"

"是，是……"赵老板忧郁地说，"那么老兄这边也该六千啦？……"

"那不必！五千也就够啦！我不怕我的部下闹的！"

赵老板点子几下头，假意感激的说：

"多谢老兄……"

其实他几乎哭了出来。这两处一万一千元，加上报馆，县府，去了一万二千，再加上独眼龙那里的四万二千，总共七万一千了。他做梦也想不到，有了一点钱，会被大家这样的敲诈。独眼龙拿了四万多去，放了儿子一条命，现在这一批人虽然拿了他许多钱，放了他一条命，但他的名誉全给破坏了，这样的活着，的比一刀杀死还痛苦。而且，这案子到底结果怎样，还不能知道。他反诉毕尚吉勾结独眼龙，不但没有被捕，而且反而又在毕家碶大模大样的出现了，几次开庭，总是推病不到。而他却每改一次期，得多用许多钱。

这样的拖延了两个月，赵老板的案子总算审结了。

胜利是属于赵老板的。他没有罪。

但他用去了不小的一笔钱。

"完啦，完啦！"他叹息着说。"我只有这一点钱呀！……"

他于是真的病了。心口有一块什么东西结成了一团，不时感觉到疼痛。咳嗽得很利害，吐出浓厚的痰来，有时还带着红色。夜里常常发热，出汗，做恶梦。医生说是肝火，肺火，心火，开了许多方子，却没有一点效力。

"钱已经用去啦，还懊恼做什么呀？"老板娘见他没有一刻快乐，便安慰他说，"用去了又会回来的……何况你又打胜了官司……"

"那自然，要是打败了，还了得！"赵老板回答着说，心里也稍稍起了一点自慰。"毕尚吉是什么东西呢！"

"可不是！……"老板娘说着笑了起来。"即使他告到省里，京里，也没用的！"

赵老板的脸色突然惨白了。眼前的屋子急速地旋转了起来，他的两脚发着抖，仿佛被谁倒悬在空中一样。

他看见地面上的一切全变了样子，像是在省里，像是在京里。他的屋前停满了银色的大汽车，几千万人纷忙地杂乱地从他的屋内搬出来一箱一箱的现银和钞票，装满了汽车。疾驰地驶了出去。随后那些人运来了一架很大的起重机，把他的屋子像吊箱子似的吊了起来，也用汽车拖着走了……

一个穿着黑色袍子，戴着黑纱帽子的人，端坐在一张高桌后，伸起一枚食指，大声地喊着说：

"上诉人毕尚吉，被告赵道生，罪案……着将……"

（选自短篇小说集《河边》，1937年1月，上海良友图书印刷公司）

中　人

端阳快到了。

阿英哥急急忙忙地离开了陈家村，向朱家桥走去。一路来温和的微风的吹拂，使他感觉到浑身通畅，无意中更加增加了两脚的速度，仿佛乘风破浪的模样。

他的前途颇有希望。

美生嫂是他的亲房，刚从南洋回来。听说带着许多钱。美生哥从小和他很要好，可惜现在死了。但这个嫂子对他也不坏，一见面就说：

"哦，你就是阿英叔吗？——多年不见了，老了这许多……我们在南洋常常记挂着你哩！近来好吗？请常常到我家里来走走吧！"

她说着，暗地里打量着他的衣衫，仿佛很怜悯似的皱了一会眉头，随后笑着说：

"听说你这几年来运气不大好……这不必愁闷，运气好起来，谁也不晓得的……像你这样的一个好人！"

最后他出来时，她背着别人，送了他两元现洋，低声的说：

"远远回来，行李多，不便带礼物，……就把这一点点给婶婶买脂粉吧。"

他当时真是感动得快流下眼泪来了！

这三年，他的运气之坏，连做梦也不会做到。最先是死母亲，随后是死儿子，最后是关店铺，半年之内，跟着来。他这里找事，那里托人，只是碰不到机会。一家六口，天天要吃要穿，货价又一天高似一天，兼着关店时负了债，变田卖屋，还偿清不了。最后单剩了三间楼房，一年前就想把它押了卖了，却没有一个顾主。大家都说穷，连偿债也不要。他的上代本来是很好的，一到他手里忽然败了下来，陈家村里的人就都议论纷纷，说他是赌光的，嫖光的，吃光的，没有一个人看得他起。从前人家向他借钱，他没有不借给人家；后来他向人家借钱，说了求了多少次，人家才借给他一元两元。而且最近，连一元半元也没有地方借了。人家一见到他，就远远地避了开去，仿佛他身上生着刺，生着什么可怕的传染病一般。

美生嫂的回来，他原是怕去拜望她的。他知道她有钱，他相信她和别的人一样，见着他这个穷人害怕。但想来想去，总觉得她和他是亲房，美生哥从小和他很好，这次美生嫂远道回来，陈家村里的人几乎全去拜望过她了，单有他不去，是于情于理说不过去的。所以他终于去了。他可没有存着对她有所要求的念头。

然而事情却完全出乎他意料之外，美生嫂一见面就非常亲热，说她常常记念他，现在要他常常到她家里去，并不看见他衣服穿的褴褛，有什么不屑的神情，反而说他是好人，安慰他好运气自会来到的。而且，临行还送他钱用。又怕他难堪，故意说是给他的妻子买脂粉用的。这样的情谊，真是他几年来第一次遇到！

她真的是一个十足的好人，他这几天来还听到她许多的消息。说是她在南洋积了不少的钱，现在回到家中要做慈善事业了：要修朱家桥的桥，陈家村的祠堂，要铺石碶镇的路，要设施粥厂，要开平民医院……一个人有一个人的说法，但总之，全是做好事！她有多少钱呢？有的说是五万，有的说是十万，二十万，也有人说是五十万，总之，是一个很有钱的女人！

于是阿英哥不能不对她有所要求了。

他想，倘若她修桥铺路，她应该用得着他去监工，若她办平民医院，应该用得着他做个会计，或事务员，或者至少给她做个挂号或传达。

但这还只是将来的希望，他眼前还有一个更迫切的要求，必须对她提出。那就是，端阳快到了，他需要一笔款子。

他不想开口向她借钱，他想把自己的屋子卖给她。他想起来，这在她应该是需要的。她本是陈家村里的人，从前的屋子已经给火烧掉，现在新屋还没有造，所以这次回来就只好住在朱家桥的亲戚家里。她只有两个十几岁的儿子，人口并不多，他的这三间楼房，现在给她一家三口住是很够的，倘若将来另造新屋，把这一份分给一个儿子也很合宜。况且连着这楼房的祖堂正是她也有份的，什么事情都方便。新屋造起了，这老屋留着做栈房也好，租给人家也好。他想来想去，这事于她没有一点害处。至于他自己呢，将来有了钱，造过一幢新的；没有钱，租人家的屋子住。眼前最要紧的是还清那些债。那是万万不能再拖过端阳节了！年关不曾还过一个钱，——天晓得，他怎样挨过那年关的！……

他一想到这里，不觉心房砰砰的跳了起来，两脚有点踉跄了。

阿芝婶，阿才哥，得福嫂，四喜公……仿佛迎面走来，伸着一只手指逼着他的眼睛，就将刺了进来似的……

"端阳到了！还钱来！"

阿英哥流着一头的汗，慌慌张张走进了美生嫂的屋里。

"喔！阿英叔！……"美生嫂正从后房走到前房来，惊讶地叫着说。

"阿嫂……"

"请坐，请坐……有什么要紧事情吗？怎么走出汗来了……"

"是……天气热了哩……"阿英哥答应着，红了脸，连忙拿出手巾来揩着额角，轻轻地坐在一把红木椅上。

"不错，端阳快到了……"美生嫂笑着说。

阿英哥突然站了起来。他觉得她已经知道他的来意了。

"就是为的这端阳，阿嫂……"他说到这里，畏缩地中止了，心中感到了许多不同的痛苦。

美生嫂会意地射出尖锐的眼光来，瞪了他一下，皱了一皱眉头，立刻用别的话宕了开去：

"在南洋，一年到头比现在还热哩……你不看见我们全晒得漆黑了吗？哈哈，简直和南洋土人差不多呢！……"

"真的吗？……那也，真奇怪了……"阿英叔没精打彩的回答说。他知道溜过了说明来意的机会，心里起了一点焦急。

"在那里住了几年，可真不容易！冬天是没有的，一年四季都是夏天，热死人！吃也吃不惯！为了赚一碗饭吃，在那里受着怎么样的苦呵！……"

"钱到底赚得多……"

"那里的话，回到家来，连屋子也没有住！"

"正是为的这个，阿嫂，我特地来和你商量的……"

美生嫂惊讶地望着阿英哥，心里疑惑地猜测着，有点摸不着头脑。她最先确信他是借钱而来的，却不料倒是和她商量她的事情。

"叔叔有什么指教呢？"她虚心地说。

"嫂嫂是陈家村人，祖业根基都在陈家村……"

"这话很对……"

"陈家村里的人全是自己人，朱家桥到底只有一家亲戚，无论什么事情总是住在陈家村方便……"

"唉，一点不错……住在朱家桥真是冷落，没有几个人相识……"美生嫂叹息着说。

216

"还有，祖堂也在那边，有什么事情可以公用。这里就没有。"

"叔叔的话极有道理，不瞒你说，我住在这里早就觉着了这苦处，只是……我们陈家村的老屋……"

"那不要紧。现在倒有极合宜的屋子。"

"是怎样的屋子，在哪里呀？"美生嫂热心地问。

"三间楼房……和祖堂连起来的……"阿英哥嗫嚅地说，心中起了惭愧。

"那不是和叔叔的一个地方吗？是谁的，要多少钱呢？那地方倒是好极了，离河离街都很近，外面有大墙。"她高兴的说。

"倘嫌少了，要自己新造，这三间楼房留着也有用处。"

"我哪里有力量造新屋！有这么三间楼房也就够了。叔叔可问过出主，要多少钱？是谁的呢？倘若要买，自然就请叔叔做个中人。"

阿英哥满脸通红了，又害羞又欢喜，他站了起来，走近美生嫂的身边，望了一望门口，低声地嗫嚅的说：

"不瞒阿嫂……那屋子：就是……我的……因为端阳到了……我要还一些债……价钱随阿嫂……"

"怎么？……"美生嫂惊诧地说，皱了一皱眉头，投出轻蔑的眼光来。"那你们自己住什么呢？"

"另外……想办法……"

"那不能！"美生嫂坚决的说，"我不能要你的屋，把你们赶到别处去！这太罪过了！"

"不，阿嫂……"阿英哥嗫嚅地说，"我们可以另外租屋的，拣便宜一点，……小一点……有一间房子也就够了……"

"喔，这真是罪过！"美生嫂摇着头说，"我宁愿买别人的屋子。你是我的亲房！"

"因为是亲房，所以说要请阿嫂帮忙……端阳节快到了，我欠着许多债……无论是卖，是押……"

"你一共欠了许多债呢？"

"一共六百多元……"

"喔，这数目并不多呀！……"她仰着头说。"屋子值多少呢？""新造总在三千元以上，卖起来……阿嫂肯买，任凭阿嫂吧……我也不好讨价……"

"不瞒叔叔说，"美生嫂微微地合了一下眼睛，说，"屋子倒是顶合宜的，叔叔一定要卖，我不妨答应下来，只是我现在的钱也不多，还有许多用处……都很要紧，你让我盘算一两天吧。"

"谢谢阿嫂，"阿英哥感激地说，"那么，我过一两天再来听回音……总望阿嫂帮我的忙……"他说着高兴地走了出去。

"那自然，叔叔的事情，好帮总要帮的！"

美生嫂说着，对着他的背影露出苦笑来，随后她暗暗地叹息着说：

"唉！一个男子汉这样的没用！"她摇着头。"田卖完了，还要卖屋！从前家产也不少，竟会穷到没饭吃！……做人真难，说穷了，被人欺，说有钱，大家就打主意这个来借，那个来捐……刚才说不愿意买，他就说押也好，倘若说连押也不要，那他一定要说借了，倒不如答应他买的好……但是，买不买呢？嘻！真是各人苦处自己晓得！……"

美生嫂想到这里，不觉皱上了眉头。

她的苦处，真是只有她自己晓得。现在人家都说她发了财回来了，却不晓得她还有多少钱。

三四年前，她手边积下了一点钱，那是真的。但以后南洋的生意一天不如一天，她的钱也渐渐流出去了。一年前，美生哥生了三个月的病，不能做生意，还须吃药打针，死后几乎连棺材也买不起，她现在总算带着两个孩子把美生哥的棺材运回来了。这是一件太困难的事！幸而她会设法，这里募捐，那里借债，哭哭啼啼的弄到了三千元路费。回到家乡，念佛出丧，开山做坟，家乡自有家乡的老办法，一点也不能省俭。

"南洋回来的！"大家都这么说，伸着舌头。下面的意思不说也就明白了：南洋是顶顶有钱的地方，从那边回来的没有一个不发财。无论怎样办，说是在那边做生意亏了本，没有一个人不摇头，说这是假话。在南洋，大家相信，即使做一个茶房，也能发财。十年前就有过这样的例子。

"那是出金子出珠子的地方，到处都是，土人把它当沙子一样看待的！"从前那个做茶房的发了财回来告诉大家说。大家听了，都想去，只是没有这许多路费。现在美生嫂居然在那边住了许多年，还扛着一口棺材回来，谁能不相信她发了财呢？许多人甚至不相信美生哥真的死了，他们还怀疑着那口棺材里面是藏着金子的。

美生嫂知道穷人不容易过日子，到处会给人家奚落，讥笑，欺侮，平日就假装有钱的样子，现在回到家乡，也就愈加不得不把自己当做有钱的人了。因为虽说她是这乡间生长的女人，离开久了，人地生疏了许多，娘家夫家的亲人又没有一个，孤零零的最不容易立足。所以当人家羡慕称赞她发了财回来的时候，她便故意装出谦虚的样子，似承认而不承认的说：

"哪里的话，在南洋也不过混日子，哪里说得上发财！有几百万几千万家当，才配得上说发财呢！"

她这么说，听的人就很清楚了。倘若她没有百万家当，几十万是该有的，没有几十万,几万也总是有的。于是她终是一个发了财的人了。

发了财回来,做些什么事呢?大家都开心着这事。有些人相信她将买田造屋,因为她的老屋已经没有了。有些人相信她将做好事,修桥铺路,办医院,因为她前生有点欠缺,所以今生早年守寡,现在得来修点功德。有些人相信她将开店铺做生意,因为她有两个儿子,丈夫死了,不能坐吃山空。大家这样猜想,那样猜想,一传十,十传百,不晓得怎的这些意思就全变成了美生嫂自定的计划,说她决定买田造屋了,决定修桥铺路了,决定……于是今天这个来,明天那个来,有卖田的,卖屋的,有木匠,有石匠,有泥水,有中人,有介绍人……

"没有的事!"美生嫂回答说。"我没有钱!"

但是没有一个人相信,只是纷纷的来说情。她没办法了,只得回答说:"缓一些时候吧,我现在还没决定先做那一样呢。决定了,再请帮忙呀。"

大家这才安心的回去了。而她要做许多大事业也就更加使人确信起来。

"但是,天呵!"美生嫂皱着眉头,暗暗叫苦说。"日子正长着,只有五百元钱,叫我怎样养大这两个孩子呀!……"

她想到这里,心中像火烧着的一样,汗珠一颗一颗的从额上涌了出来。

她在南洋起身时候,对于未来的计划原是盘算得很好的:她想这三千元钱除了路费和美生哥的葬费以外,应该还有一千元剩余,家里有八亩三分田,每年收得四千斤租谷,一家三口还吃不了,至于菜蔬另用,乡里是很省的,每月顶多十元,而那一千元借给人家,倘若有四分利息,每年就有四百元,养大孩子是一点也不用愁的了。哪晓得到得家乡,路费已经多用了,葬费又给大家扯开了袋口,到现在只剩下了五百元。租谷呢,近几年来早已打了个大折头,虽然勉强够吃了,钱粮大捐税多,却和拿钱去买差不了好多。乡里的生活程度也早已比前几年高了好几倍,每月二十元还愁敷衍不下了。至于放债,都是生疏的穷人,本来相信不了,放心不下。而现在却也并不能维持她这一生的生活了。

将来怎么办呢?横在她眼前的办法是很显明的:不久以后,她必须把那八亩三分的田卖出去了。发了财的人也卖田吗?那她倒有办法。她可以说,因为自己是个女人,儿子们太小,一年两季秤租不方便,或者说那几亩田不好,她要换好的,或者说……然而,到处都是穷人,大家的田都没有人要,她又卖给谁呢?

"现在,阿英叔却来要我买他的屋子了!咳,咳!"她想到这里,心中说不出的痛苦,简直笑不得,哭不得,连鼻梁也皱了起来。

"呵呵,天气真热,天气真热!"忽然门口有人这样说着走了进来。"美生嫂在家吗？"

"美生嫂立刻辨别出来这是贵生乡长的声音，赶忙迎了出去。

"刚才喜鹊叫了又叫，我道是谁来，原来是叔叔！"她微笑着说，转过身，跟在贵生乡长后面走了进来。

"请坐，请坐，叔叔，"她说着，一面从南洋带来的金色热水瓶里倒了一杯茶水，一面又端出瓜子和香烟来。

贵生乡长的肥胖的身子缓慢地坐下椅子，又缓缓地转动着臃肿的头颈，微仰地射出尖锐的眼光望了一望四周的家具，打量一下美生嫂的瘦削的身材，沉默地点了几下头，仿佛有了什么判断似的。

"天气真热，端阳还没到。哈哈！"贵生乡长习惯地假笑着说。

"真是！这样热的天气要叔叔走过来，真是过意不去。我坐在房子里都觉得热哩。"美生嫂说着，用手帕揩着自己的额角，生怕刚才的汗珠给贵生乡长看了出来。

"那到没有什么要紧。我原来是趁便来转一转的。刚才看见阿英从这里走了出去，喜气洋洋的，想必你……"贵生乡长说到这里，忽然停住了，等待着美生嫂接下去。

"还不是和别人一样，叔叔，……我实在麻烦不下去了，这个要我买田，那个要我买屋……你说，我有什么办法？"。

"想是阿英要把他的三间楼房卖给阿嫂了。"

"就是这样……"

"哦，答应他了吗？"贵生乡长故意做出惊异的神情问。

"怎么样？叔叔，你说？"美生嫂诧异地问。

"怪不得他得意扬扬的……咳，现在做人真难……不留神便会吃亏……"

"叔叔的话里有因，请问这事情到底怎么样呢？"

"我说，阿嫂，"贵生乡长像极诚恳似的说，"做人是不容易的，……请勿怪我直说，你到底是个女人家，几年出门才回来，这里情形早已大变了，你不会明白的……现在的人多么滑头！往往一间屋子这里押了又在那里抵，又在别处卖的！"

"幸亏我还没有答应他！"美生嫂假装着欢喜的说，"叔叔不提醒我，我几乎上当了！"

"你要买产业，中人最要紧。现在可靠的中人真不容易找。有些人贪好处，往往假装不知道，弄得一业二主。老实对阿嫂说，我是这里的乡长，情形最熟悉，也不怕人家刁皮的……"

"我早已想到了，来问叔叔的，所以答应他给我盘算一两天哩。"美生嫂假装着诚恳的说,"给叔叔这么一说,我决计不要那屋子了。"

"喔,那到不必,"贵生乡长微笑着说。"但问阿嫂,那屋子合宜不合宜呢?"

"那倒是再合宜没有了,离街离河都近,又有大墙,又有祖堂。"

"他要多少钱呢?"

他没说,只说任凭我。说是新造总要三千元。推想起来,叔叔,你说该值多少呢?"

"这也很难说。阿嫂一定要买,我给你去讲价,总之,这是越少越好的。我不会叫阿嫂吃亏。"贵生乡长说着,用手摸着自己的面颊,极有把握的样子。

"房子虽然合宜,不过我不想买。听了叔叔的一番话,我宁愿自己造呢。"

"那自然是自己造的好,"贵生乡长说着,微笑地瞟了她一眼,"不过这事情更麻烦,你一个女人家须得慢慢的来,照我的意思,这里弊端更多着呢:木匠,泥水匠,木行,砖瓦店……况且也不是很快就可以造成的……我看暂时把它拿下,倒也是个好办法,反正化的钱并不多。况且新的造起了,旧的也有用处的:租给人家也好,自己做栈房也好。不瞒阿嫂说,"贵生乡长做出非常好意的神情说,"我倒非常希望便搬到陈家村去:一则我们陈家村人大家有面子,二则阿嫂有什么事情,我也好照顾。现在地方上常常不太平,那一村的人是只顾那一村的人哩。"

贵生乡长说到这里,又瞟了美生嫂一眼,看见她脸上掠过一阵阴影,显出不安的神情来,便又微笑地继续的说:

"我因此劝你早点搬到陈家村去,阿嫂。怕多化钱,不买它也好,化三五百元钱作抵押吧。你要是搬到陈家村去了,那你才什么都方便,什么也不必担心,我们是自己人,我是乡长,什么事情都有我在着……"

"美生嫂起先似有点抑不住心中的恐慌,现在又给贵生乡长一席话说得安定了。而且她心里又起了一阵喜悦,觉得他给她出的主意实在不错。那三间楼房原是她所非常需要的,只因自己没有钱,所以决计止住了自己的欲望,只是假意的和阿英哥敷衍,和贵生乡长敷衍。但现在贵生乡长说只要化三五百元钱作抵押,不由得真的动了心了。说是三五百元,也许三百元,二百五十元就够了,她想。她剩余下来的五百元,现在正没处存放,一面也正没屋子住。这事情倒是一举两得。而且,还是体面的事情!还帮了阿英叔的忙,还给了乡长的面子!

"只是不晓得那屋子抵押给别人过没有哩。"

"这个我清楚。阿英是个老实人,他不会骗人的。"

"那么,就烦叔叔做中人,可以吗?钱还是少一点,横直将来要退还的。"

美生嫂衷心的说。

"那自然,我知道的。我没有不帮阿嫂的忙。"

贵生乡长笑着说,心里非常的得意。他最先就知道这个女人有点厉害,须费一些唇舌,现在果然落入他的掌中了。

"此外,阿嫂有什么事情,只管来通知我。"他继续着说,"我是陈家村的乡长,陈家村里的人都归我管的。我们有保卫团,谁不服,就捉谁。各村的乡长和上面的区长,县长都是和我要好的哩,哈哈!……"他说着得意地笑了起来,眯着眼。

"叔叔才大福大,也是前生修来的功德。要在前清,怕也是戴红翎的三品官哩。……我们老百姓全托叔叔的庇护呀!"美生嫂感激的说。

"那也是实话,现在的乡长虽没有官的名目,其实也和做官一样了。只是,这个乡长却也委实不易做。"贵生乡长眉头一皱,心里就有了主意。"下面所管的人都是自己人,大小事体颇不容易应付,要能体恤,要能公平。而上面呢,像区长,像县长,得要十分的服从,一个命令下来,限三天就是三天,要怎样就得怎样,绝对没有通融的,尤其是一些户口捐哪,壮丁捐哪,大家拿不出来,只得我自己来垫凑,也亏得村中几个有钱的人来帮助。……譬如最近,上面又有命令下来了,派陈家村筹两千元航空捐,就把我逼得要命,航空捐,从前是已经征收过好几次的,一直到现在,钱粮里还附征着。大家都说不愿意再付了,也没有能力再付了。他们不晓得这次的航空捐和以前是不同的。从前是为的打××人,现在是××,我们陈家村能不捐款吗?但大家是自己人,又不好强迫,你说,阿嫂,这事情怎么办呢?"

"这也的确为难……"美生嫂皱着眉头说,她心里已经感觉到一种恐慌了。她知道贵生乡长的话说下去,一定是要她捐钱的,因此立刻想出了一句话来抵制。"我们在南洋也付过不少的航空捐哩!收了又收,谁也不愿意!"

"可不是呀!"贵生乡长微笑着说。"谁也不愿意!幸亏得几个有钱的帮我的忙,两百三百的拿出来,要不然我这乡长真不能当的,而且,这数凑不成,也是本村的几个有钱的吃亏,上面追究起来,是逃不脱的。……"

贵生乡长说到这里停住了,故意给她一些思索的时间,用眼光盯着她,观察着她的神色。美生嫂是一个聪明人,早已知道这话的意义,把脸色沉了下来。而且那数目使她害怕,开口就是几百元,这简直是要她的命了!她一时怔得说不出话来,脸色非常的苍白。

贵生乡长见着这情形,微笑了一下,又继续的说了:

"阿嫂,这笔款子明天一早就要解往县里去了,我现在还差四百元,你说怎么办呢?照我的意思,——唉,这话也实在不好说,——照我的想法,还得

鲁 彦

请阿嫂帮个忙,我自己垫一百元,阿嫂捐一百五十元,另外借我一百五十元,以后设法归还你。你说这样行得吗?"

美生嫂一时说不出话来,只是发着怔,过了半晌,才喃喃的像恳求似的说:

"叔叔,这数目太大了……我实在没有……"

"那不必客气,阿嫂有多少钱,这里全县的人都知道的。捐得少了,岂止说出去不好听,恐怕区长县长都会生气哩!……这数目实在也不多,这次请给我一个面子吧,我们总是帮来帮去的——啊,阿嫂嫌多了,就请凑两百元,那一百元我再到别处去设法,过了端节,我代你付给阿英一百元就是……这是最少的数目了,你不能少的,阿嫂,再也不能少了……"

贵生乡长停顿了一下,见美生嫂说不出话来,他又重复的像是命令像是请求的说:

"不能少,阿嫂,你不能少了!"

"叔叔……"

"上面不会答应的呀!"贵生乡长不待她说下去,立刻带着命令和埋怨的口气说。

"唉……"美生嫂叹着气眼眶里隐藏了眼泪。

"我们是自己人,阿嫂。"贵生乡长又把话软了下来,"我知道阿嫂的苦处,美生哥这么早过了世,侄子们还正年少,钱是顶要紧的,所以只捐这一点,要是别个当乡长,恐怕会硬派你一千元呢。"

"我好命苦呵,这么早就……"美生嫂给他的话触动了伤处,哽咽地说,眼泪流了下来。

"那也不必,侄子们再过几年就大了,一准比爷会赚钱……喔,阿英那里的价钱,我给你去办交涉,我做中人再好没有了,"贵生乡长得意地安慰她说。"阿嫂在这里出了捐钱,我给你在那里压低价钱,准定叫你不吃亏,你看着吧!"

美生嫂痛苦地用手绢掩着润湿的眼睛,一句话也不说。她明白贵生乡长每一句话的用意,恨不得站起来打他几个耳光,但她没有勇气。她不相信那是什么航空捐,她知道这只是借名目饱私囊——明敲她的竹杠!而且是不能不拿出来的了。她只得咬着牙齿,勉强地装出笑脸说:

"就依叔叔的话……以后也不必还了……"她想,还是索性做个人情,反正是决没有归还的希望的。

她站起来走到了另外一间房子去。

"那不必,那不必,房子,我会给弄好的。"贵生乡长满肚欢喜的说。

223

他听见房子里抽屉声，钥匙声，箱子声先后响了起来，中间似乎还夹杂着叹息声，啜泣声。

过了许久，美生嫂强装着笑脸，走了出来，捧着一包纸票，放在贵生乡长的面前，苦笑着嘲嘘似的说：

"只有这么一点点呢，叔叔……"

"呵呵呵，真难得……"他连忙点了一点数目，站起身来。"再会，再会！"他冷然地骄傲地走了，头也不回，仿佛生了气的样子。

"好不容易。这女人……"他一路想着，跨出了大门，不再理会美生嫂在后面说着"慢走呵，叔叔"的一套话。

"这简直像是逼债！"美生嫂痛恨地磨着牙齿，自言自语的说。"我前生欠了他什么债呀！……"

她禁不住心中酸苦，退到床上，痛哭了起来。

第二天中午，阿英哥急忙地高兴地从陈家村跑到来听回音的时候，美生嫂刚从床上起来。

阿英哥想，这事情是一定成功的，这屋子给她住，没有一样不合宜。至于价钱，端阳节快到了，无论她出多少，他都愿意，横直此外也找不到别的主顾。

"阿嫂，我特来听消息，我想你一定可以帮我的忙哩。"他一进门就这么说。

美生嫂浮肿着脸，一时不晓得怎么回答，她哭了一夜全没想到见了他怎样说，却不防他很快的就来了。

"喔，"她嘎着声音说，脸色有点苍白。她想告诉他不买了，却说不出理由来。她不能对他说没有钱。但她皱了一下眉头，立刻有了回答的话。于是她苦笑地说：

"叔叔，我已经想过了，那房子的确再合宜也没有了……但是，我们总得都有一个中人，才好说话呢。……我已请了乡长做中人，你也去找一个中人吧……我们以后就请中人和中人去做买卖……"

"那自然，阿嫂不说，我倒忘记了，"阿英哥诚实的说，"这是老规矩，我就去找一个中人和乡长接洽去……"

他说着，满脸笑容的别了美生嫂走了。

他觉得他的买卖已经完全成功，端阳节已经安然渡过了。

（选自短篇小说集《河边》，1937 年 1 月，上海良友图书印刷公司）

鲁　彦

陈老奶

　　第二个儿子终于出去当兵了。没有谁能晓得陈老奶的内心起了什么样的震动。第二天，她没有起床。她什么也不吃，话也不愿说。大儿子和大媳妇走近去的时候，她挥着手要他们出去。跟她说话，她摇摇头，转过了脸。她那个顶心痛的孙子，平常是怎样纠缠她也不觉得一点厌烦的，现在都变成了陌生人一样，引不起她什么兴趣。她的脸上没有泪痕，也没有什么悲苦的表情，只显得浮上了一层冷漠的光。她没有叹息。呼吸似乎迟缓而且微弱了。这样的一直躺到夜里，大家都熟睡以后，她忽然起来了。她好像变成了一个青年人，并不像已经上了六十岁，也不像饿了一整天似的。在这一夜里，她几乎没有停止过她的动作，仿佛她的心里有一团火在烧着一样，她这样摸摸，那样翻翻箱子，柜子抽屉全给打开了，什么都给翻乱了。大儿子和媳妇听见她的声音，连连的问她，她只是回答说"找东西"，门又不肯开。找什么东西？好像连她自己也不清楚，一直到东方快发白，她像点尽了油的灯火似的，倒到床上。

　　但是就从这天下午起，她忽然恢复了正常的生活。她没有病，只比以前瘦削些，眼圈大了一点，显得眼窝更加下陷了。走起路来，虽然有点跟跄，但可以相信这是因为小脚的缘故，倘使不遇到强力的跌撞，她是决不会倒下去的。她的心也像很快就平静了，或者至少可以说，即使她在沸滚的水中煎熬着，也不能立刻就在她的外表下找出什么标记来。熟识她的人看不出她和以前有什么不同；不熟识的人也决不会想到，就在不久以前，她的心受过怎样强烈的震动，她的行动起过什么样的变化——不，关于这些，甚至连她自己也好像全忘记了，不但不像曾经发生过一些意外，就连第二个儿子也像不曾存在过似的。她从此不再提起她的这个儿子，别人也竭力避免着在她面前提到他。但当谁稍不留心，偶尔提到他的名字或什么，她冷漠得像没听见或者像不认识他似的。

225

她仿佛本来就不曾生过他,养过他,爱过他,在他身上耗费了无穷尽的心血一般。她像是把一切都忘记了,——但也只是关于他的一切,别的事情就全记得清清楚楚。如果她的脑里存在着一根专司对他的记忆的神经,那么现在就恰像有谁把这一根神经从她脑里抽出去了。

她现在也爱说话,脸上也常有点笑容了。在家里,她虽没有一定的工作,但她却什么事情都做,甚至没比她的儿子或媳妇做得少。煮饭菜,清房子,无论什么杂事,她都要帮着媳妇做。此外大部分的精力就消耗在那个六岁的孙子身上。她不喜欢闲着,这已是她多年的习惯,但在过去五六年中,无论她一天忙到晚,她只是等于一个打杂差的人,许多事情依着大儿子和媳妇的意见,自己不大愿意提出主张来。"我还管他们做什么呢!年纪都不小了,好坏都是他们的,我也落得享几年清福!"她常常对人家这样说。她一点没有错,她的大儿子和媳妇都是又能干又勤劳,对她又孝敬,有什么不放心呢!只有第二个儿子,究竟还是一匹没上缰络的马,她得用全副精神管他……。但是现在,她又一变为这一家的主人了。不论什么事情几乎都要先得到她的同意才行,不然,她就会生气。她已经几年没有管理银钱,现在她却要她的儿子和媳妇交出来,由她自己来支配了。第二个儿子的出着似的,什么咒骂的语句都没有了,总是简短的说:"你——?"在这一个字里,可以听出她的气怒,怨恨,沉痛和失望来。

"妈变了,"大儿子暗地里对自己的妻子说。"好多事情看不透,讲不通,我又不是三岁的小孩,要她时时刻刻管着!"

"我们只有依顺她,"他妻子说,"她现在——唉,只有你这一个儿子了呵!"

"她自己简直变得像个小孩子了。"

"那你就哄哄她,让她满意吧,这样老了呵。"

他的妻子真是个顶贤淑的女人,对丈夫对婆婆总是百依百顺,又能刻苦耐劳,把一切都弄得井井有条。因此她常常博得陈老奶的欢心。但她也并非完全没有过错被她婆婆发现,这时她老人家就用叹息的音代替了埋怨,哼出来一个字:

"唉——"

但无论怎样,在她的管理之下,这一个家庭即使失去了一个年轻力壮的支柱,却并不因此就显出悲伤颓唐的气象,它反而愈加兴奋振作,如一只张满了风帆的船支与激流相搏斗着迅速地前进了。

过了三个月,陈老奶的第二个儿子写信来了。他报告他虽然离家很远,但还在后方受训练,一时不会开到前方去。他简略地报告他平安之后,一再请他母亲放心，要她老人家多多保养自己的身体，劝她别太操心劳碌，劝她吃得好一点，多寻点快活的事情散散心。最后他又问候他的哥哥和嫂嫂，要求他们好好侍候母亲。

这封用着普通书信格式和语句写来的家信，首先就打动了哥哥和嫂嫂的感情。他们虽然没一天为目前和未来挣扎，但自从这个唯一的兄弟走后，却没有一天不像沉在深渊里。讲感情，他们是同胞，讲生活，他们是不可分的左右手。可是，战争使他们遭遇到生别死离之苦，使他们各自孤独起来，在渺茫的生死搏斗场中，谁也不能援助谁了。在从前，当兵是升官发财的一条捷径，像他兄弟那样聪明人也读过几年书的，一出去准会荣宗耀祖，衣锦还乡；但现在可全不同，稍有知识的人都是抱着为救国而牺牲的目的去的，他的弟弟就是这千千万万之中的一个。什么时候能够再见到他呢？没有谁知道！火线上不是只见血肉横飞吗？"不会再回来！"他母亲这样想，哥哥这样想，嫂嫂也这样想。他们几乎已经许久没把他当做活着的人看待了。

可是，信来了，他终于还平安地活着，惦念着家里的亲人……

于是哥哥和嫂嫂首先读到了信，就像从梦里醒转来似的，记起了一切的过去，眼前又辉耀起未来的希望，背着陈老奶哽咽起来。

他们很迟疑，要不要把这消息告诉老年的母亲。母亲变了样，在竭力压抑着心底的悲痛，这是很明白的事，现在究竟要不要触动她的创痛呢？这虽然是个可喜的消息，但它将引起什么样的后果呢？据大儿子的意见，这会给她老人家更大更长久的痛苦，不如完全瞒着她的好。但他的妻子却反对他的意见，她认为这可以使母亲更加安静些。

"这样老了，做什么不让她得点安慰，存点希望呢？"

他们商量了好久，结果还是决定去告诉她。

吃过晚饭，陈老奶逗着孙子睡去后，习惯地独自对着油灯坐着，像在思索什么似的，她儿子和媳妇轻轻走近了她。

"妈，"他手中拿着信，竭力抑制着自己的感情，用极其平静的声调说，"弟弟写信来了，他很平安。"

她好像没有听见似的，只动了一下眉毛，对灯火呆望着，没有什么别的表情。大儿子惶惑地等待了一会，又低声的说了：

"妈，弟弟写了信回来了，他记挂你老人家哩……"

他们看见她那削瘦的下巴动了一动，像是要说话似的，但又忽然停住了，只慢慢地合上了眼睑，像在诚心祈祷一般的过了一会才渐渐睁开来，望着她的儿子。

"你说的是……？"她很安静的问。

"是的，妈，"媳妇立刻接上去说，"弟弟来了信，他还在受训练呢——"

"他很好，"大儿子接着说，把信递到地面前，"什么都很好。"

陈老奶什么表情也没有，仿佛这事情于她毫不相干一样，对信封望了一会，依然很安静的说："你就念一遍给我听吧。"

大儿子照着她的意思做了，读着读着自己却又禁不住感动起来，声音渐渐低了下去。在这信中，他看到了弟弟对家中人的想念的殷切，也想到了他受训时候可遇到的辛苦来。但这时他的妻子却把注意力集中在她婆婆的身上。她已经贴近了她，怕她老人家会感动得倒下来。她把目光盯着她老人家，看她有什么表示。

但是她依然冷淡得利害，等她大儿子读完了信，只淡淡的说道："还在受训，那也好。"

随后她像什么都过去了似的，开始对媳妇嘱咐明天应做的事：买什么菜，怎样煮，孙子的鞋底快烂了，要早点给做新的，罩衣也该给换洗了……最后她看见大儿子惊异地在那里呆着，就对他吩咐道：

"起早的人，也要睡得早，保养身体要紧哩！"

儿子和媳妇一时猜不透她的意思，硬在她的房里张惶失措地坐了许久，一直等到她安静地上了床，他们才出去。但就在隔壁，他们也不能立刻就睡熟去，为的是怕她会半夜里起来，让自己的不安关着门内发作。

但是这一夜她睡着没有什么声息，第二天也和平常一样。这一封信，在儿子和媳妇都认为会激起她极度兴奋的，却竟比一个小石子投到海里还不如，连一丝微波也没漾起，以前，她原是极其善于感动，神经易受刺激的，现在竟变成了一副铁石心肠似的人了。

她的心底里存在着什么呢？没有谁知道。她现在几乎是和深不可测的海底一样，连跟她活上了三十年的大儿子也不能认识她了。然而无论怎样，儿子和媳妇都可以看得出来，她是在狂风逆浪中握紧了船舵，不允许有丝毫松懈，要坚决地冲着前进的。

她的努力并非徒然。因着她的坚决与镇定，耐劳与刻苦，几个月后，这个家庭不但能够在暴风雨中屹然支持着，而且显得稍稍安定了。

他们这一个颇不算小的市镇，本来就很容易激荡，抗战开始以后，物价的增高是和城市里差不多的。可是最近因着搬来两个中学，突然添加了六七百人口，什么东西都供不应求，价格可怕地上涨了。单就青菜来说，以前只卖几分钱一斤的，现在也跳到了一毛半，二毛了。因着这变动，镇上居民的生活就很快失却了平衡，一部分人愈加贫困，另一部分愈加富裕了。

她这一家没什么田地房屋，历年积蓄下来的也只有一千多元，放在杂货店

鲁 彦

里是利息并不厚的。在这时期，若是单靠大儿子每月二十几元薪水的收入，那他们是绝难维持的。幸而陈老奶有主意，她看到物价在渐渐高涨，就连忙从杂货店里抽了一部分本钱出来，买足了几个月的柴，米，油，盐，另外她又就近租了一块菜园，带着媳妇种了各种蔬菜，把生活暂时安定了以后，她还利用着一二百元做一点小买卖，和几个女人家合股采办一小批豆子，花生，菜油，有时几匹布，几只小猪，物价提高了，她就把它们卖出去，如果低落了，她就留着自己吃用，她儿子曾经主张做更大的买卖，以为这时无论什么东西都可赚钱，即使借了钱来也是极合算的。但是她反对这么做，而且她禁止她儿子另外去做买卖。她说：

"你们年轻人，做事不踏实，只爱买空卖空，不走运就破产，就永不能翻身！这世界，有得饭吃就够了，做什么要发横财呢？我做这点小买卖，是留着退步的，不像你们那样不稳当！"

真的，她做事是再稳当没有了，什么都盘前算后的先想个明白。譬如为了买一二百斤花生，她就先要把市面的行情问清楚，各家的存货打听明白，然后一箩箩选了又选，亲手过了秤，才叫人挑回家里来。

她精明能干胜过她的儿子，不久以后，她几乎成了这镇上第三等的商人了，虽然她并不是正式的商人，也无心做商人。因为她留心一切，爱打听，爱查问，所以什么行情都晓得，什么东西要涨价，什么东西要跌价，她也消息很灵通。她吃饱了饭，常常带着孙子在门口望，在街上走，跟这个攀谈，跟那个点头。

"真作孽呵！"有些人暗地里议论她说，"这样大年纪了，却轮到她来受苦，什么都要她担当！"

但也有些人表示另一种意见说："看看榜样吧，年轻人！个个都像她，就天不怕地不怕，什么都担当得起了！"

但是不幸，第二个儿子出门才半年，陈老奶又受到了更大的打击：一个春天的晚上她的大儿子喝得微醺回来，挨了她一顿埋怨，第二天就起不了床了。他发着很高的热，两颊显得特别红，不时咳呛着。她现在终于极度的不安了，正如第二个儿子临走前几天一样，想用所有的力量来挽救。她接连请了几个医生来，但一个说是春瘟，另一个说是酒入了肺，第三个却说是郁积成痨。一连几天药没有停止过，却只见他越来越厉害，言语错乱，到后来竟不认识人了。

她像犯了大罪的人一样，总怀疑着自己是平常太管束了他，那一天晚上的埋怨又伤了他的心。她极度懊悔地去喊他，一再的答应他道："你要怎样就怎样吧……只要你的病快些好，想喝酒就给你买点好的……"

她日夜守在他床边，时时刻刻注意着他的脸色，默默地虔心地祈祷着，一

229

面又不时叫媳妇烧开水，煎药来给他喝。

但是，什么希望也没有了。只经过八天，她的大儿子在高热中昏过去了。他从此不再醒来……

这一只暴风雨中镇定地前进的小船，现在撞着了礁石，波涛从船底的裂缝里涌进来了，全船的人起了哀号，连那最坚强的舵工也发出绝望的呼号来。这个年老的母亲的心底有着什么样的悲痛，几乎没有人能够形容。她生下了两个儿子，费尽半生心血，把他们教养大，现在都失去了，而且是在这样纷扰的时代，老的太老，小的太小的时候。留下来的人是多么脆弱呵，像是风中的残烛，像是秋天的枯叶……

还没有谁曾经看见她这样悲恸的号哭过，只有十几年前，当她丈夫丢下她和两个儿子的时候，她也是哭得很伤心的，但比起现在来，却又不同了。那时她的肩上是负着抚养两个儿子的责任，同时也把一切希望寄托在他们兄弟两个人身上，虽然艰苦，前途却是明亮的。但现在，希望在哪里？光又在哪里呢？……她已经是这样的老了，还能活上几年呢？在她活着的时候，她能看见什么呢？……为了后代，她牛马似的劳碌了一生，而结果竟是这样的悲惨吗？……

不，希望仍然是有的，即使是极其渺远呵。就在眼前，也还有一个春笋般地在成长着的承继香火的孙子，和那贤淑的媳妇呵！——唉，即使单为了这个可怜的好媳妇呵……

是的，几天以后，她终于从悲恸中清醒过来了。她抑制着自己的感情，又开始管理家务。而且不止一次的劝慰着日夜浸在泪水里的媳妇。

"你的日子多着哩，比不得我！孩子长得快呵，你总有称心的一天！……"

有时她这样说："别怕，我还年轻呢，再帮你十年二十年……啊，你老是伤心，伤心有什么用！倒不如爱惜身体，好好把孩子养大，怎见得不是先苦后甜呵，……"

自然，媳妇是不会忘记以前的事的，但为了老年的母亲和幼小的孩子，便不能不强制着自己的情感，她终于也和母亲一样的渐渐振作起来了。

"我有什么要紧呢！"媳妇回答说，"苦了一生又算什么！只是，你老人家也该享点后福呵！"

"活到这年纪，也算是有福了，有媳妇有孙子，我还有什么不足哩！"

这样互相安慰着，她们又照常工作起来，静静地度过了许多长夜和白昼，让悲伤沉埋在最深的心底里。

第二个儿子在这时期里，又曾经写来过第二封信，但陈老奶依然没有什么表示，媳妇只见她的脸上好像掠过一线的笑容似的，动了一动嘴角，随即又把话扯到别的事情上去了。对于大儿子,她从此也一样的不再提到他。

可是,熟识的邻居们可以在这两个遭遇悲惨的婆媳身上看出显著的变化来,一个是头发渐渐秃了顶,脸上的折皱又多又深,眉棱和颧骨愈加高了;一个是脸上蒙着一层黯淡的光,紧蹙着眉毛,老是低着头沉默地深思着。谁要是走进她们的房子,立刻就会感到冷静,凄凉和幽暗。

"可怜呵!这两个婆媳!……"人家都叹息着说。

但这也不过是随便的叹息罢了,谁能帮助她们什么,谁又愿意帮助她们什么呢?在这世上,坏的人多着呢!到处有倚强凌弱的人,到处有蒙面的豺狼……

就在这时,她的大儿子的老板来欺负她们了。他承认陈老奶的大儿子有几百元钱存在他杂货店里,但她大儿子却借支了一千多元,那老板假造了许多张字据,串通了一个伙计做证人,现在来向她催索了。这是她怎样也梦想不到的事情,如果那是真的,她这一家孤儿寡妇怎样度日呢?

"我的天呵,没有这种事,"她叫着说,"我儿子活着的时候,从来没向店里借过钱!他借了这许多钱做什么用呀?他活着的时候,你做什么不和他算清呀!……"

但是,那老板拿着假造的证据,冷笑地说道:

"那么,我们到镇公所去吧,看你要不要还我这笔账——借去做什么用,我哪里知道,中风白牌,花雕绍酒,谁又管得着他!你想想他是怎样得病的吧!"

她气得几乎晕倒了。世界上竟有这样恶毒的人,来欺诈一个可怜的女人,还要侮辱那已死了的儿子!倘使她是个青年的男子,她一定把他用拳头赶了出去!但是现在,她有什么办法呢,一个衰老了的女人?她只得跟着人家到镇公所去。

镇长恰好是个精通公文法律的"师爷",他睁起上眼皮,从玳瑁边的眼镜架上望了陈老奶一眼,再会意地看了看又矮又胖的老板和三角脸的证人,就立刻下了判断说:

"证据齐全,还躲赖什么!"

她叫着,辩解着,诉说着,甚至要发誓了,全没有用,镇长很少理睬她,到最后听得十分厌倦,便走了出去,宣布案子就是这么结束了。

"老实说,我也是个喜欢喝酒打牌的人,"他在大门口含笑地对她说,"你儿子是和我常常在一起的。一次他输了五百,一次三百。这事情你哪里知道呀!"

问题很快被解决了。不管她同意不同意,不到几天,镇长就把存在几处的钱统统提了去。人人都明白，这是一件怎样黑良心的勾当，但没有人敢代她说一句话，只有暗地里叹息说："可怜呵，这老太婆！……"

现在她们怎样活下去呢？剩余的钱没有了，又没有田地房屋，又没有挣钱的人。老的太老，小的太小……

可是陈老奶好像愈加年轻了，她依然紧握着船舵，在暴风雨中行驶。她一天到晚忙碌着，仿佛她的精力怎样也消耗不完似的，虽然她一天比一天老了瘦了。

"眼泪有什么用呀！"她对那常常浸在泪水里的媳妇说，"只有吃得苦中苦，方为人上人！"

她马上改变了她们的生活。她自己戴上一副老花眼镜，开始给人家打起鞋底来。媳妇是很能做针线的，陈老奶就叫她专门给人家缝衣服。有的时候，婆媳俩还给学校里的人洗衣补衣。园里的蔬菜种大了，就卖了大部分出去。遇到礼拜天，学生们纷纷出外游玩时，她就在门口摆下一只炉子，做一些油炸的饼子卖给他们。

物价正在一天天的往上涨，她们的精力也一天比一天消耗得更多。冻饿是给避免了，但人却愈加憔悴起来。尤其是陈老奶，她究竟老了，越是挣扎，越是衰老得很快，不到几个月，头发和牙齿很快就脱光了，背也驼了起来，走路像失了重心似的跟跄得更利害了。

"你老人家本来是早该休养了的，"媳妇苦恼地说，"还是把什么都交给我做吧，我都担当得起的。"

但是陈老奶却固执地回答说：

"我又有什么担当不起呢！你看我老了不是？……早着呢！我没比你老得好多……你看，你的眼皮老是肿肿的，这才是太吃力太熬夜了……"

有时她这样说：

"我是苦惯了的，不动就过不得日子呀！你不看见我老是睡不熟吗？不做一点事情，又怎么过下去呢？"

那是真的，陈老奶睡眠的时间越来越短了。天还没亮，鸡还没啼，她早已就坐在床上了。有时她默默地想着，有时她就在黑暗中摸着打鞋底，一直到天亮。窗子总是在东方发白前就给推开了一部分，她在静静地等候着早晨的来到。她不像一般人似的越老越爱说话，她常常沉默着。她的话总是关联着眼前和未来的事。她不时劝慰着媳妇，教导着孙子，对于自己却很少提起，总说一切都满足，身体也没有什么不舒服。

可是媳妇却看出她眼力渐渐差了，打出来的鞋底常常一针长一针短而且越来越松了，洗出来的衣服也不及以前的干净，有时还看见她的手在颤抖，在晃摇。为了怕她伤心，媳妇不敢对她明说，只有暗地里把她做过的事情重做一遍。这情形，陈老奶虽然没有觉察出来，但过了不久，却似乎也起了一点怀疑，好几次的问媳妇道：

"你看我打的鞋底怎样？怕不够紧吧？"

"结实得很呢，妈！"媳妇哄骗她说，"我打的也不过这样呵！你看又整齐又牢固，我真佩服你老人家哩！"

陈老奶微微笑了一笑，好像很得意的样子。

但是有一天，陈老奶却忽然极其自然的说道：

"有备无患呵，早一点给我准备好，也免得你临时慌张……衣服鞋袜都有了，就差一口寿材了……"

"怎么啦，妈？"媳妇突然吓了一跳，几乎哭了出来，"你怎么这样说呀，妈？你觉得哪里不舒服吗？"

"没有什么，"陈老奶安静地说，"不要着急。你知道我脾气，我是什么都要预备得好好的。现在什么东西都在往上涨，再过两三年用得着它时，又晓得涨到什么样啊。"

媳妇立刻安静了，听见她说是准备两三年后用的，而且想使她安心，也照着她的意思做了。

陈老奶还带着媳妇亲自往棺材店去看材料，和人家讲好厚薄尺寸和价钱，一点不变脸色，却反觉十分满意似的，她看见媳妇皱着眉头，她便笑着说：

"你看，你又怕起来了！我能够把自己以后事情安排得好好的，还不算有福气吗？世上像我一样的有几个呢？……"

"那自然，"媳妇只好勉强装着笑脸回答说，"谁能及得你呀！譬如我——"

"那有什么难处！"陈老奶笑着回答，"做人做人只要做呀，譬如走路，一直向前走，不要回头就是了……你看我老了，我可是人老心不老呢……"

但就在同时，媳妇发现了她老人家又起了另一种变化：她时常忽然的闭上眼睛，摇晃了几下头，用手去支着它，或者把身子靠到墙壁去，约莫经过一二分钟才能恢复过来。

"你有点头晕吗，妈？"

"不，"她回答说，"我好像记起了什么，但又记不起来哩……我真有点糊涂了……"

随后，她推说自己记忆力差了，把银钱统统交给了她的媳妇："还是你去管吧，我到底老了……"

可是虽然这样，她仍旧一天忙到晚，不大肯休息。她看出媳妇在忧虑她的身体，她还埋怨似的说：

"早着呢！你慌什么呀！我要再活十年的！"

然而时候终于来到了。第二个儿子出门后第三年，一个冬天的晚上，陈老奶坐在床上，背靠着床头，对着那在黯淡的灯光里缝衣的媳妇，轻声的说道："你过来，我告诉你……"

媳妇惊讶地坐在床沿上，凝神望着她，看见她的脸上正闪动着一种喜悦的光辉。

"我一连做了好久的梦了，每次都是差不多，"她缓慢而且安详的说，"我看见孙子长大了，成了亲了……又像是大孩子还活着，欢天喜地的在吃谁的喜酒，喝得醉醺醺的……又像是仗打完了，二孩子穿着军装回家了……你好像肥了，老了，做了婆婆，又像是我自己年轻了……喔，你怎么啦？"她看见媳妇眼眶里闪动着泪光，严肃的说道，"我近来做的都是好梦，我心里从来没这样舒畅过……你应该记得我的话，你总有出头的一天的……是吗？"

她看见媳妇伏在她身上哽咽起来，便伸手摸着她的头发，继续的说道：

"别伤心呀，记住我的话：做人总是要吃苦的……先苦后甜呵，你总有快乐的日子……我是很满意了……"

于是她微笑着，渐渐闭上眼睛，躺下去睡熟了。

第二天清晨，媳妇还没醒来，曙光已经从窗隙里射进来了。它压抑着小房中的阴黯，静穆地照明了陈老奶的床铺。陈老奶脸上映着微笑的光辉，安静地休息着。但她的眼睛不再开开来，她已经在深夜里，当媳妇悲伤而且疲劳地进入梦境的时候，和这世界告辞了……

（选自短篇小说集《我们的喇叭》，1942年4月，重庆烽火社）